人民共和國文化與文學叢書

九　編

李　怡　主編

第 6 冊

「實」景「虛」構
——文化生產視域下的中國當代實景演出研究

王　柯　月　著

花木蘭文化事業有限公司

國家圖書館出版品預行編目資料

「實」景「虛」構──文化生產視域下的中國當代實景演出研
究／王柯月 著 -- 初版 -- 新北市：花木蘭文化事業有限公司，
2021〔民110〕
目 2+152 面；19×26 公分
（人民共和國文化與文學叢書 九編；第 6 冊）
ISBN 978-986-518-504-6（精裝）
1. 中國文化 2. 表演藝術
820.8　　　　　　　　　　　　　　　　110011114

ISBN-978-986-518-504-6

9 789865 185046

人民共和國文化與文學叢書

九 編 第 六 冊　　　　ISBN：978-986-518-504-6

「實」景「虛」構
──文化生產視域下的中國當代實景演出研究

作　　者　王柯月
主　　編　李　怡
企　　劃　四川大學中國詩歌研究院
總 編 輯　杜潔祥
副總編輯　楊嘉樂
編　　輯　許郁翎、張雅淋、潘玟靜　美術編輯　陳逸婷
印　　刷　普羅文化出版廣告事業
出　　版　花木蘭文化事業有限公司
發 行 人　高小娟
聯絡地址　235 新北市中和區中安街七二號十三樓
　　　　　電話：02-2923-1455／傳真：02-2923-1452
網　　址　http://www.huamulan.tw 信箱 service@huamulans.com
初　　版　2021 年 9 月
全書字數　135008 字
定　　價　九編 12 冊（精裝）台幣 30,000 元　　　版權所有・請勿翻印

「實」景「虛」構
——文化生產視域下的中國當代實景演出研究

王柯月　著

作者簡介

王柯月，青年學者、文化活動策劃人，主要從事中國現當代文學與文化研究、影視與戲劇、藝術與新媒介研究等，北京大學中文系本科，北京大學中文系中國現當代文學專業博士研究生，美國密西根大學中國研究中心訪問學者，現為北京舞蹈學院人文學院藝術理論部講師，主要教授文學、藝術學理論和創意寫作類專業課程。發表多篇學術期刊及會議論文、文化評論等，譯有《當我在一個仲夏清晨走出》（［英］洛瑞・李，北京：新星出版社，2018 年 11 月）

提　　要

　　2004 年《印象・劉三姐》在聲譽上與商業上的巨大成功引發了全國範圍大規模開發和製作「實景演出」的熱潮，已然成為中國當下文化生活的一種症候。作為當代中國一種新的文化實踐類型，實景演出在演出形態上跨越和糅合了本土與全球範圍內多種表演形式，並帶有某種中國原創性，引發我們追問其創作理念、追問它與以往的文化形式的關係以及產生了什麼樣的效果等問題。而相較於傳統的藝術形式，與旅遊景區和消費緊密結合的實景演出擔負著促進地區經濟發展、塑造地方文化形象的重任，如何將景觀納入表演、選取何種文化資源來建構與凸顯一地的「地方性」，而在這一過程中「地方」與「民族國家」、與「全球化」又如何相互作用等問題同樣引人關注。

　　本書將嘗試綜合運用文化研究、文化社會學、文化產業、人文地理學、旅遊人類學、戲劇及表演學等理論，在歷史化的語境中，從宏觀和微觀層面兩個層面，通過總體概述與個案分析相結合的方式，拆解構成實景演出話語模式的普遍性要素，即「景觀」如何在特定空間中借由自然、傳統、歷史等被「建構」並「表演」出來，「實」景與「虛」構之間構成了怎樣的對話關係，顯示出實景演出這一綜合性表演形態的運作模式與生產機制，從而折射出當代某種社會與文化症候。

研治文學史的方法與心態——代序

李 怡

我曾經以「作為方法的民國」為題討論過中國現代文學研究的「方法」問題，最近幾年，「作為方法」的討論連同這樣的竹內好-溝口雄三式的表述都流行一時，這在客觀上容易讓我們誤解：莫非又是一種學術術語的時髦？屬於「各領風騷三五年」的概念遊戲？

但「方法」的確重要，儘管人們對它也可能誤解重重。

在漢語傳統中，「方」與「法」都是指行事的辦法和技術，《康熙字典》釋義：「術也，法也。《易‧繫辭》：方以類聚。《疏》：方謂法術性行。《左傳‧昭二十九年》：官修其方。《注》：方，法術。」「法」字在漢語中多用來表示「法律」「刑法」等義，它的含義古今變化不大。後來由「法律」義引申出「標準」「方法」等義。這與拉丁語系 method 或 way 的來源含義大同小異——據說古希臘文中有「沿著」和「道路」的意思，表示人們活動所選擇的正確途徑或道路。在我們後來熟悉的馬克思主義哲學中，「世界觀」與「方法論」的相互關係更得到了反覆的闡述：人們關於世界是什麼、怎麼樣的根本觀點是「世界觀」，而借助這種觀點作指導去認識世界和改造世界的具體理論表述，就是所謂的「方法論」。

在我們的傳統認知中，關於世界之「觀」是基礎，是指導，方法之「論」則是這一基本觀念的運用和落實。因而雖然它們緊密結合，但是究竟還是以「世界觀」為依託，所以在「改造世界觀」的社會主潮中，我們對於「世界觀」的闡述和強調遠遠多於對「方法」的討論，在新中國改革開放前的國家思想主流中，「方法」常常被擱置在一邊，滿眼皆是「世界觀」應當如何端正的問題。這到新時期之初，終於有了反彈，史稱「1985 方法論熱」，

一時間，文藝方法論迭出，西方文藝社會學、心理學、語言學、原型批評、接受美學、結構主義、解構主義、新批評、現象學、存在主義、解釋學、以及借鑒的自然科學方法（系統論、控制論、信息論、模糊數學、耗散結構、熵定律、測不準原理等等），這些令人眼花繚亂的「新方法」衝破了單一的庸俗社會學的「舊方法」，開闢了新的文學研究的空間。不過，在今天看來，卻又因為沒有進一步推動「世界觀」的深入變革而常常流於批評概念的僵硬引入，以致令有的理論家頗感遺憾：「僅僅強調『方法論革命』，這主要是針對『感悟式印象式批評』和過去的『庸俗社會學』而來的，主要是針對我們把握世界的『方式』而言的。『方法論革命』沒有也不能夠關注到『批評主體自身素質』的革命。」〔註1〕

平心而論，這也怪不得 1985，在那個剛剛「解凍」的年代，所有的探索都還在悄悄進行，關於世界和人的整體認知——更深的「觀念」——尚是禁區處處，一切的新論都還在小心翼翼中展開，就包括對「反映論」的質疑都還在躲躲閃閃、欲言又止中進行，遑論其他？〔註2〕

1960 年 1 月 25 日，日本的中國研究專家竹內好發表演講《作為方法的亞洲》。數十年後，他已經不在人世，但思想的影響卻日益擴大，2011 年 7 月，溝口雄三《作為方法的中國》在三聯書店出版。〔註3〕此前，中文譯本已經在臺灣推出，題為《做為「方法」的中國》。〔註4〕而有的中國學者（如孫歌、李冬木、汪暉、陳光興、葛兆光等）也早在 1990 年代就注意到了《方法としての中國》，並陸續加以介紹和評述。最近 10 年的中國思想文化與文學批評界，則可以說出現了一股「作為方法」的表述潮流，「作為方法的日本」、「作為方法的竹內好」、「亞洲」作為方法，以及「作為方法的 80 年代」等等都在我們學術話語中流行開來，從 1985 年至 1990 年直到 2011 年，「方法」再次引人注目，進入了學界的視野。

這裡的變化當然是顯著的。

雖然名為「方法」，但是竹內好、溝口雄三思考的起點卻是研究者的立場和研究對象的特殊性。中國何以值得成為日本學者的「方法」總結？歸

〔註1〕吳炫：《批評科學化與方法論崇拜》，《文藝理論研究》，1990 年 5 期。

〔註2〕參見夏中義：《反映論與「1985」方法論年》，《社會科學輯刊》，2015 年 3 期。

〔註3〕溝口雄三：《作為方法的中國》，孫軍悅譯，北京：三聯書店，2011 年。

〔註4〕林右崇譯，國立編譯館，1999 年。

根結底，是竹內好、溝口雄三這樣的日本學者在反思他們自己的學術立場，中國恰好可以充當這種反省的參照和借鏡。日本學人通過中國這樣一個「他者」的來參照進行自我的批判，實現從「西方」話語突圍，重新確立自己的主體性。竹內好所謂中國「迴心型」近現代化歷程，迴異於日本式的近代化「轉向型」，比較中被審判的是日本文化自己。溝口雄三批評那種「沒有中國的中國學」，其實也是通過這樣一個案例來反駁歐洲中心的觀念，尋找和包括日本在內的建立非歐洲區域的學術主體性，換句話說，無論是竹內好還是溝口雄三都試圖借助「中國」獨特性這一問題突破歐洲觀念中心的束縛，重建自身的思想主體性。如果套用我們多年來習慣的說法，那就是竹內好－溝口雄三的「方法之論」既是「方法論」，又是「世界觀」，是「世界觀」與「方法論」有機結合下的對世界與人的整體認知。

事實上，這也是「作為方法」之所以成為「思潮」的重要原因。在告別了 1980 年代浮躁的「方法熱」之後，在歷經了 1990 年代波詭雲譎的「現代－後現代」翻轉之後，中國學術也步入了一個反省自我、定義自我的時期，日本學人作為先行者的反省姿態當然格外引人注目。

如果我們承認中國當代學術需要重新釐定的立場和觀念實在很多，那麼「作為方法」的思潮就還會在一定時期內延續下去，並由「方法」的檢討深入到對一系列人與世界基本問題的探索。

在中國現當代文學的領域中，我堅持認為考察具體的國家社會形態是清理文學之根的必要，在這個意義上，「民國作為方法」或「共和國作為方法」比來自日本的「中國作為方法」更為切實和有效。同時，「民國作為方法」與「共和國作為方法」本身也不是一勞永逸的學術概念，它們都只是提醒我們一種尊重歷史事實的基本學術態度，至於在這樣一個態度的前提下我們究竟可以獲得哪些主要認知，又以何種角度進入文學史的闡述，則是一些需要具體處理、不斷回答的問題，比如具體國家體制下形成的文學機制問題，國家觀念與民族意識的互動與衝突，適應於民國與共和國語境的文學闡述方法，以及具體歷史環境中現代中國作家的文學選擇等等，嚴格說來，繼續沿用過去一些大而無當的概念已經不能令人滿意了，因為它沒有辦法抵近這些具體歷史真相，撫摸這些歷史的細節。

「民國作為方法」是對陳舊的庸俗社會學理論及時髦無根的西方批評理論的整體突破，而突破之後的我們則需要更自覺更主動地沉入歷史，進

入事實，在具體的事實解讀的基礎上發現更多的「方法」，完成連續不斷的觀念與技術的突破。如此一來，「民國作為方法」就是一個需要持續展開的未竟的工程。

對文學史「方法」的追問，能夠對自己近些年來的思考有所總結，這不是為了指導別人，而是為自我反省、自我提高。自我的總結，我首先想起的也是「方法」的問題，如上所述，方法並不只是操作的技術，它同樣是對世界的一種認知，是對我們精神世界的清理。在這一意義上，所有的關於方法的概括歸根到底又可以說是一種關於自我的追問，所以又可以稱作「自我作為方法」。

那麼，在今天的自我追問當中，什麼是繞不開的話題呢？我認為是虛無。

在心理學上，「虛無」在一種無法把捉的空洞狀態，在思想史上，「虛無」卻是豐富而複雜的存在，可能是為零，也可能是無限，可能是什麼也沒有，但也可能是人類認知的至高點。是一個複雜的概念。在今天，討論思想史意義的「虛無」可能有點奢侈，至少應該同時進入古希臘哲學與中國哲學的儒道兩家，東西方思想的比較才可能幫助我們稍微一窺前往的門徑。但是，作為心理狀態的空洞感卻可能如影隨形，揮之不去，成為我們無可迴避的現實。這裡的原因比較多樣，有個人理想與社會現實感的斷裂，有學術理念與學術環境的衝突，有人生的無奈與執著夢想的矛盾……當然，這種內與外的不和諧本來就是人生的常態，對於凡俗的人生而言，也就是一種生活的調節問題，並不值得誇大其詞，也無須糾纏不休。但對於一位以實現為志業的人來說，卻恐怕是另外一種情形。既然我們選擇了將思想作為人生的第一現實，那麼關乎思想的問題就不那麼輕而易舉就被生活的煙雲所盪滌出去，它會執拗地拽住你，纏繞你，刺激你，逼迫你作出解釋，完成回答，更要命的是，我們自己一方面企圖「逃避痛苦」，規避選擇，另一方面，卻又情不自禁地為思想本身所吸引，不斷嘗試著挑戰虛無，圓滿自我。

這或許就是每一位真誠的思想者的宿命。

在魯迅眼中，虛無是一種無所不在的「真實」，「當我沉默著的時候，我覺得充實；我將開口，同時感到空虛」（《野草》題辭）「絕望之為虛妄，正與希望相同」（《希望》）「於浩歌狂熱之際中寒；於天上看見深淵。於一

切眼中看見無所有；於無所希望中得救。」(《墓碣文》)所以，他實際上是穿透了虛無，抵達了絕望。對於魯迅而言，已經沒有必要與虛無相糾纏，他反抗的是更深刻的黑暗──絕望。

虛無與絕望還是有所不同的。在現實的世界上，盼望有所把捉又陡然失落，或自以為理所當然實際無可奈何，這才是虛無感，但虛無感的不斷浮現卻也說明在大多數的時候，我們還浸泡在現實的各自期待當中，較之於魯迅，我們都更加牢固地被焊接在這一張制度化生存的網絡上，以它為據，以它為食，以它為夢想，儘管它無情，它強硬，它狡黠。但是，只要我們還不能如魯迅一般自由撰稿，獨自謀生，那就，就注定了必須付出一生與之糾纏，與之往返。在這個時候，反抗虛無總比順從虛無更值得我們去追求。

於是，我也願意自己的每一本文集都是自己挑戰虛無、反抗虛無的一種總結和記錄。

在我的想像之中，每一個學術命題的提出就是一次祛除虛無的嘗試，而每一次探入思想荒原的嘗試都是生命的不屈的抗爭。

回首這些年來思想歷程，我發現，自己最願意分享的幾個主題包括：現代性、國與族、地方與文獻。

「現代性」是我們無法拒絕卻又並不心甘情願的現實。

「國與族」的認同與疏離可能會糾結我們一生。

「地方」是我們最可能遺忘又最不該遺忘的土地與空間。

「文獻」在事實上絕不像它看上去那麼僵硬和呆板，發現了文獻的靈性我們才真的有可能跳出「虛無」的魔障。

如果仔細勘察，以上的主題之中或許就包含著若干反抗虛無的「方法」。

2021 年 6 月於長灘一號

目

次

導　論

一、選題意義

2004 年，《印象·劉三姐》在廣西桂林市陽朔灕江畔上演，在聲譽上與商業上都取得了巨大成功。隨後全中國大規模興起了開發和製作「實景演出」的熱潮，時至今日還有愈演愈烈的趨勢。去任何一個地方旅遊，不論景區大小，不論知名度如何，實景演出之普遍已經成為中國當下文化生活的一種症候。在如今的廣西桂林，《印象·劉三姐》顯然已經成為了和桂林山水同等、甚至比真實山水更重要的「風景」。

據國家旅遊局不完全統計顯示，目前全國投資百萬元以上、有影響力的實景演出超 200 臺，實景演出已成為一個產值上百億元的大產業。據道略諮詢在 2018 中國旅遊演藝大會上發布的《2017 年～2018 年度中國旅遊演藝行業研究報告》顯示，2017 年中國國內旅遊演出市場十分火爆，共演出劇目 268 臺，演出場次約 8.6 萬場，票房收入達 51 億元，觀眾達 6821.2 萬人次，各項數據較 2016 年均實現相當的增長〔註1〕。旺季期間，為了滿足遊客觀看需求，旅遊演出運營方經常加場到淡季的 100%至 400%，但仍供不應求〔註2〕。從

〔註1〕據同一諮詢機構的數據顯示，2016 年全國旅遊演出總臺數 232 臺，增長 5.5%，全國旅遊演出票房 43.03 億元，增長 20%，2016 年中國旅遊演出旅遊演出觀眾比上一年同期增 14%，達到 5391 萬人次。2018 年旅遊演出市場也十分火爆，共演出劇目 268 臺，同比增長 5.5%；演出場次約 8.6 萬場，同比增長 19%；票房收入達 51 億元，增長 20%；觀眾達 6821.2 萬人次，同比增長 26.5%。

〔註2〕《旅遊演出迎來散客時代》，《中國文化報》，2018 年 10 月 27 日，第 5 版，http://epaper.ccdy.cn/html/2018-10/27/content_244559.htm。

2013 年到 2018 年，國內旅遊演藝劇目數從 187 臺增加至 268 臺。2017 年新增劇目臺數 22 臺，停演 8 臺。新增劇目中，實景類旅遊演出劇目增加 11 臺，是各類型中增加最多的〔註3〕。

　　為什麼實景演出能在商業上取得如此大的成功？是怎樣的演出形式和內容、呈現了怎樣的「景觀」與「文化」以至於吸引如此多的觀眾，讓他們心甘情願掏出腰包？這種文化消費熱潮又折射了當代中國的何種文化語境？這正是這篇論文所關注的核心問題。

　　就筆者的觀察而言，當下中國的實景演出已經是一種相對穩定但又具有一定特殊性的文化產品。首先，實景演出是一種綜合性文藝演出，其發生緣起可以與景觀歌劇等形式有所勾連。早在《印象‧劉三姐》作為一種新的演出形式產生示範作用之前，張藝謀便有過類似將真實景觀和舞臺演出相結合的嘗試。1998 年他以北京太廟為布景執導了普契尼的歌劇《圖蘭朵》。而使這種嫁接具有可行性的原因在於原作中對異域文化的描繪與想像，當真實的故事發生地作為景觀出現在演出之中的時候，虛構的故事由此更加「真實」，景觀本身作為一種劇場中的要素起到了和演員表演一樣令人信服和沉迷的作用，其重要性甚至超過了故事本身。

　　而由梅帥元創意、張藝謀等人為創作核心的《印象‧劉三姐》在幾個方面對此前存在的文藝樣式加以綜合併有所突破：一是真實的自然景觀本身成為演出要素，繼電影《劉三姐》之後，桂林山水再度以新的姿態出現在觀眾面前，而這次轉換媒介之後似乎和影片中的人物一樣成為了表演的「主角」；二是因為演出場地的轉換，極大地擴展了演出本身的規模，造成一種震撼式效果：舞臺由幾層幕布的侷限擴展到露天寬闊的灘江江面，幾十個歌舞演員擴展到幾百個，這種對「恢弘」、「壯觀」的奇觀化追求在隨後的實景演出中被作為核心要素一再突出放大；三是燈光、舞美、布景等要素質感和水平的提升、強化與創新，這都是張藝謀團隊的個人特色與國際水準所帶來的變革。所以究其根本，「實景演出」的「新」與「特」，極為重要的一方面便落在「實景」二字之上。而經過了十餘年的發展，實景演出初期階段文化藝術上的侷

〔註3〕其中實景類劇目票房十強依次分別為：《印象‧劉三姐》《長恨歌》《印象‧麗江》《文成公主》《印象‧大紅袍》《最憶是杭州》《天門狐仙‧新劉海砍樵》《印象‧武隆》《中國出了個毛澤東》《鼎盛王朝‧康熙大典》，見《這些旅遊演藝，讓西安旅遊有風情更有溫度》，http://www.sohu.com/a/270611215_796676。

限單一、過度奇觀化和高度重複造成的審美疲勞也一再被輿論詬病，也導致其一度在商業上表現疲軟，因而創作者也在不斷探索、不斷拓展實景演出的形式和手段，拓展「實景」本身的概念範疇，在對西方當代劇場一些形態的移植與挪用中開發新的觀演形態，最終使得實景演出越來越靠近「沉浸」（immersive）這樣一種觀演狀態。

　　而另一方面，隨著改革開放的進程和居民可支配收入的增加，中國的現代旅遊業也由此進入快速發展階段，許多知名的景觀紛紛成為國家重點旅遊景區，而景區內吸引遊客的「旅遊演藝」活動也應運而生。毫無疑問，中國的實景演出是與二十世紀第一個十年裏地方經濟發展、旅遊消費升級緊密聯繫在一起的。《印象‧劉三姐》也正是在推廣廣西旅遊的初衷下立項，從誕生之初便肩負著宣揚與塑造地區文化形象的重任，以此達成商業利益訴求，所謂「文化搭臺，經濟唱戲」是也。由於實景演出必須借助複雜的光影技術，因此多半在夜間演出，遊客為此增添的消費帶動了一整條旅遊、餐飲、娛樂、服務、地產產業鏈的發展，而對於演出場地的管理和維護、群眾演員的招募等更是為當地提供了大量的就業機會與 GDP 增長要素。作為旅遊產業鏈條的一部分的實景演出，因而具有了純粹的舞蹈、音樂會、戲劇等表演類型所不具備的產業性功能。

　　正是這種帶動地方發展的強烈訴求要求實景演出在主題與內容上必須要具備鮮明的「地方性」特色。也正是因為實景演出表現對象涉及對特定地域自然與文化複合體的認知和闡釋，如何面對來自全國乃至全世界各地的遊客、在短暫的一兩個小時內表現出地方性文化，所以實景演出的創作與生產也涉及到在當下中國如何理解「自然／人」、「傳統／現代」、「地方／民族國家」等關鍵性文化議題，其複雜性遠遠超出了其他旅遊演藝譜系中單純的秀場娛樂表演。而實景演出與旅遊消費捆綁之後，在當地的反覆上演使得觀演高度普遍化，某種程度上比只有一段上映日期的電影具有更長時間、更廣範圍的輻射。

　　綜上所述，實景演出作為當代中國一種新的文化實踐類型，因其快速發展的熱潮引起了我們的關注。一方面它在演出形態上跨越並糅合了本土與全球範圍內多樣的表演方式，並帶有某種獨創性，不由得引發我們追問其理念、追問它與以往的文化／文藝形式的聯繫和區別、產生了什麼樣的效果、預期對觀眾產生什麼樣的影響等問題。而另一方面，實景演出作為一種文化消費產品，其

生產機制也折射出當代社會文化政治的某種重要症候，因而對實景演出多角度的分析有助於我們進一步去理解我們當下時代的文化和社會語境。

二、先行研究

　　近十餘年來陸續有對張藝謀以及梅帥元團隊實景演出創作的學術討論散見於期刊文章、評論隨筆以及一些碩士學位論文。這些討論側重於描繪實景演出的發展演變、內容以及在文化藝術上的特徵及審美屬性等。在價值判斷上則呈現出兩種截然對立的聲音，有論者肯定了實景演出的原創性與藝術表現力、將之視為對中國文化的一種有效整合與正面表述，為中國文化創新注入了新鮮的血液，凸顯出新的「民族性」特質。然而更多的研究者紛紛詬病實景演出在形式上的高度重複、文化表達上的膚淺與符號化。此外相當一部分研究集中在文化產業運作模式、市場營銷、藝術人類學、文化創意與品牌營銷、文化旅遊領域，在此種討論框架裏山水實景演出的成功毫無疑問是值得借鑒與傚仿的。例如旅遊學專家魏小安便認為，「山水實景演出是一個以真山真水為演出舞臺，以當地文化、民俗為主要內容，融合演藝界、商業界大師為創作團隊的獨特的文化模式，是中國人的獨創，是中國旅遊業向人文旅遊、文化旅遊轉型的特殊產物」〔註4〕。

　　當下對以實景演出為對象的文化研究和理論批判主要從大眾文化消費、符號學、擬真與仿真、奇觀化的視聽審美等幾個方面進行。

　　有不少論者引述西方學者的觀點，開門見山地指出實景演出具有消費文化的性質和典型的後現代美學特徵。消費文化是 20 世紀後半期西方學界研究的熱點，商品的價值已經不再取決於商品能否滿足消費者的使用需要，即商品的使用價值的時候，英國學者邁克·費瑟斯通指出，大眾消費運動伴隨著符號生產、日常體驗和實踐活動的重新組織〔註5〕，而消費文化不僅指成為商品的文化產品在生產和突出程度上都得到了提高，而且還指大多數文化活動和表意實踐都以消費為中介，消費也越來越多地包含了符號和形象的消費〔註6〕。正是在消費文化的影響下，藝術與審美泛化，日常生活審美化的結果便

〔註 4〕見魏小安：《從旅遊大國到旅遊強國》，昆明：第四屆中國旅遊論壇，2007 年。
〔註 5〕見邁克·費瑟斯通：《消費文化與後現代主義》，劉精明譯，南京：譯林出版
　　　社，2000 年。
〔註 6〕見邁克·費瑟斯通：《消解文化：全球化、後現代主義與認同》，楊渝東譯，北
　　　京：北京大學出版社，2009 年。

是藝術與日常生活的界限不復存在。實景演出作為一種大眾文化產品，具有典型的後現代美學特徵，例如有學者的描述，即「突破了傳統文化的界限，擴張到了無所不包的程度，文化工業與商品生產緊密結合，影像、廣告、複製、形象文化、各種藝術甚至無意識領域完全滲透了商品化的資本邏輯，統統變成了商品。這時候，文化已經完全大眾化，高雅文化和通俗文化、純藝術和非藝術的界限趨向消失，藝術已經被置入生活，變成了日常生活中的消費用品」〔註7〕，從而消解了傳統的深度，只剩下平面的視覺形象。

　　有研究者進一步借用費瑟斯通關於「旅遊景點正是消費文化的起源」〔註8〕的論述，指出在旅遊景點中充滿了人為製造的符號，為遊客提供一種狂歡娛樂的空間，所以實景演出本身作為旅遊景區的一部分、以促進旅遊消費為目的，正是創作者創作出的一系列具有當地文化特色的符號和形象。河南大學李徵在其碩士論文中對從消費文化的視域中對此進行了較有深度的批判，指出實景演出中呈現出的生活狀態並非真實的生活狀態，而是經過美化、藝術化包裝後供人消費的符號，這些符號不是對真實現實的反映，其營造的是一個虛假的幻象世界，是一個「超真實」的世界，即由符號建構的虛擬世界，不但不反映現實，更使人們誤以為這個虛擬世界比真實的世界更加真實，遮蔽了真實的生存狀態〔註9〕。

　　在此基礎上，有學者結合法國學者鮑德里亞的符號學說，從跨文化的視野下，頗有見地指出實景演出是全球化時代裏空間維度的表演，同時也是本土文化符號與全球化符號的一種「雜糅」（hybridity）。學者濮波經過對實景演出中諸多符號與藝術手法的層層辨析，有力地提出論證，認為山水實景奇觀表演包括了三重雜糅：第一重是跨文化雜糅，即本土文化符號和全球化符號的雜糅，這是創作者「向左碰到傳統文化，向右碰到現代文明」、內外雙重焦慮之下一種試圖兼具中國化與全球化的策略；第二重是跨媒介雜糅，具體又可分為跨越戲劇和劇場媒介之下再現和表現符號的雜糅，實景和虛擬舞臺之間摹仿、仿真、虛擬和實景的雜糅，符號性演出（再現）和非符號（即興、非排演、一次性）表演的雜糅等類型；第三重是可調節、跨節奏的雜糅，

〔註7〕夏之放等：《當代中西審美文化研究》，濟南：山東教育出版社，2005年，第19頁。

〔註8〕見邁克・費瑟斯通：《消費文化與後現代主義》，劉精明譯，南京：譯林出版社，2000年。

〔註9〕李徵：《消費文化視域下山水實景演出研究》，河南大學碩士學位論文，第9頁。

不同於前一種的內容性編碼，這種編碼是形式性、節奏性的。〔註10〕雖然濮波的表述略顯繁複，但經過他對於對於「戲劇」（drama）和「劇場」（theatre）形式在實景演出相互糾纏情形中的清晰辨認，我們不難看出這樣一種表演形態所具有的複雜性，絕非僅用某種單一的、已經成熟的藝術形態便可囊括其全部內容。

而相較於於全球普遍文化主義下的「雜糅說」，以高字民為代表的一派研究者，將實景演出的盛行表述為「戲劇景觀化」和「景觀戲劇」的出現和發展，在對中國本土景觀戲劇和西方景觀戲劇在藝術特徵、運營模式、審美機制進行異同比較的基礎之上，強調實景演出所具有的「民族性」是值得重視的。他以陝西旅遊集團公司製作的「中國首部實景歷史舞劇」《長恨歌》（2007）為例，指出其民族性體現在承襲了中國審美傳統中以「樂」為本、以美為宗，詩、歌、舞三位一體的綜合性特質，凸顯出中國景觀戲劇迥異於西方的中國風貌和民族情趣，表現出鮮明的民族氣質和典雅的美學，昭示著民族景觀戲劇的誕生和未來的發展方向〔註11〕。

海外學者張恩華則對實景演出中表現少數民族的方式提出了擔憂與質疑。她指出，「印象系列」以歌舞表演展現地方和少數民族文化風情，將傳統民族文化塑造成適合現代人凝視的對象，實際構成了離散的多元文化主義，呈現出「去漢化」的離心傾向。與此同時，民間的、少數民族的、地方的文化，成為被漢民族主導的遊客群體的消費對象，在華麗的多元文化主義背後存在著某種「內在東方主義」，值得我們警醒。她還通過對實景演出生產方式和美學特徵考察，另闢蹊徑地指出「印象系列」在中國文化史中的另一條線索，即同社會主義文藝的代表作品──大型音樂舞蹈史詩《東方紅》在文體、結構、舞臺背景、編舞、製作方式、集體性、史詩性、多元文化主義、凝視與被凝視、與現實的關係等諸多方面，具有不少相似性〔註12〕。這為我們向上串聯中國當代的文藝實踐歷史提供了新的思路。

此外還有學者從生態學角度指出實景演出的「造景」是對自然生態的破

〔註10〕濮波：《表演雜糅：山水實景奇觀表演的空間編碼》，浙江傳媒學院學報，2016年第 3 期，第 123～129 頁。

〔註11〕高字民：《民族景觀戲劇的特色追求──以中國首部景觀舞劇〈長恨歌〉》為例，2010 年第 1 期，第 116～118 頁。

〔註12〕張恩華論述內容未刊發，講座內容見《張恩華校友來院做系列講座》，http://wxy.nankai.edu.cn/Article/Detail/5102/65。

壞，創作者在所謂創作意圖中談到實景演出採用的中國古人的「山水論」背離了真正的傳統精神，使得自然的「本真性」不復存在之時，生態環境也面臨著極大的危機。

總體而言，當前的以實景演出為對象的文化研究與批評存在以下幾個問題。

首先，討論對象多集中於實景演出前期「印象」與「山水系列」作品，未能將更多更新的作品納入考察範圍，較為缺乏整體性視野與歷史化眼光。經過十餘年的發展，實景演出在題材和手法上都出現了一定的拓展與革新，其內涵範疇也隨之發生了變化。上述聚焦於個例的做法導致了兩個結果，其一是難以準確地把握實景演出的發展脈絡，其二是往往就此把實景演出本身視為一種穩定不變的表演類型，對其進行本質化、同一化的分析，未曾注意到實景演出作為一個大的概念內部所具有的複雜性，即向當代各種演出形式如歌舞劇、歌劇、舞劇、現代戲劇和大型晚會在不同程度上的靠近，即表演形態「實景化」這樣一種趨勢，也容易忽略十餘年中實景演出隨著文化語境的歷史性變遷在內容結構方式、科技手段使用、景觀舞臺設計等方面所發生的變化，以及不同題材、不同創作團隊選擇（或者說追求）的表現形式上的差異，因而也就無從把握實景演出乃至一系列大眾文化產品更深層次的結構和未來的發展趨勢。正因如此，當下研究者對實景演出概念界定眾說紛紜，對於這種演出形式到底是「西方的」還是「東方的」，是「全球化」的還是「民族性」的，也就難以得到一個相對明晰的回答。

其次，在對文本的具體分析上缺乏理論深度，對西方理論的搬演較為僵硬，缺乏必要的系統性，甚至有為用理論而強行嫁接理論之嫌。許多研究一股腦地將後現代主義、消費文化、符號學和視覺理論搬運到對實景演出的分析上來，恰恰使得理論本身的運用變成了他們所批評的實景演出式的拼盤和大雜燴。而在追溯實景演出的來源、涉及到對實景演出的本體性研究並試圖在世界劇場藝術的脈絡裏為其藝術樣式定位時，是否能不加辨析與說明地用西方當代劇場的理論來闡釋實景演出的形式特徵，此「劇場」是否是彼「劇場」，又如當山水實景演出正式出現之後，一些研究者迅速把《印象·劉三姐》看成是在西方經典景觀歌劇《圖蘭朵》《阿依達》《托斯卡》等作品的啟發影響下創作的作品，急切地將這種演出形態與西方的景觀戲劇、環境戲劇進行比附的做法等等，均有待於進一步商榷。事實上，當前運用上述理論來闡釋

實景演出的研究總體已經呈現出較為疲乏的狀態，一方面這類分析普遍性地顯示出深度與系統性不足等症狀，而另一方面這也啟示我們有必要拓寬現有的理論的框架，跨學科地引入新的理論範式來重新觀察這一研究對象，本論希望能在這方面作出一些新的嘗試。

第三，忽視對生產實景演出這一類文化生產及消費發生與發展的具體時代性因素，即中國當下的社會文化語境與情感結構的關注，因此筆者希望能通過引入文化政治的分析方法從而實現某些突破。

三、研究方法及相關理論背景

本論將綜合性地運用以下幾種理論來展開對實景演出的分析。

（一）文化生產及其相關理論

實景演出是一種面向大眾、面向市場的文化行為，在本論的視域中，首先是將實景演出置於「文化生產」的語境下來檢視和討論的。

西方學界對文化生產的討論經過了一系列的轉變。20 世紀 40 年代，德國法蘭克福學派（Frankfurt School）對「文化工業」（culture industry）概念首先進行了強烈的批判，認為「文化工業」將把藝術作為商品，由此操縱了和侵蝕了大眾的意識形態，這是資本主義邏輯侵入到文化領域的表現。後繼的英國伯明翰學派（Birmingham School）則在重新界定「文化」內涵的基礎上，對「文化生產」持有一種更為積極的態度，作為「一種特殊的生活方式」的文化生產最終被看作生產方式之一，文化不再是區分於經濟基礎的上層建築，而是與經濟生產與社會結構相聯繫，並指出了主張在文化中實現反抗的可能性。而隨著文化工業和消費主義的快速發展，而在更晚近的美國學者眼裏，文化生產似乎具有天然的合法性與合理性，是與傳統藝術創造分庭抗禮的另一種形態，內涵更加中立，其理論生長點不在於再度批判其負面意義而更多地轉向了研究文化生產如何發揮其作用。

（二）人文地理學視域中的「空間」、「地方」與「地方性」

實景演出所具有的「地方性」是最容易為人所觀察到的外部特徵。引用中國實景演出創始人之一梅帥元的表述，「實景演出的靈魂，就是此山，此水，此人」。「山」、「水」、「人」也正是構成實景演出「地方性」特質的核心要素。「山」、「水」指的是特定空間內的自然景觀、地質地貌、水文地理等我們一般意義上所謂的「風景」。隨著實景演出遍布全國、範圍拓展，這一類特定的

景觀範圍也逐步統攝了諸多人文歷史類景觀，如古代民居、建築遺跡、寺廟庭院等等。而「人」指的是生活在該地域空間內的人類群體及其在漫長的歷史時間中孕育出的民俗民情，以及發生於此地的神話、傳說以及民間軼事等。毫無疑問的是，與其他少數民族歌舞及民俗風情表演最大的區別，也正是實景演出之所以能夠風靡全國、甚至成為某種具有中國獨創性的演出形式之處在於，實景演出將「人」放置回原生地，從而具有了不可複製、不可替代、不可移動的特性。

　　但地理環境上的特殊性僅僅是實景演出的「外表」，如梅帥元曾在採訪中談到的：「其實山水實景演出很有講究，我們所做的不只是在自然的情境中搭臺演戲，更重要的是挖掘出當地的故事，再通過輕微包裝不露痕跡地放回自然。」〔註13〕為何要將後工業社會語境裏原本已經日益區隔的「山水」和「人」重新縫合，為何將原本無甚關聯的地理景觀與大型表演進行拼接，花費上億元在旅遊景區打造一臺這樣的演出，除了直接的經濟效益外，這其中還潛藏著怎樣的文化訴求？縫合和拼接的過程又顯示了怎樣的文化邏輯？

　　回答這些問題，必然要求我們釐清「地方」以及「地方性」等相關概念，我們究竟是在何種意義上、何種語境裏談論和使用這些概念序列。事實上在文學研究領域，討論地域性／地方性寫作的傳統久已有之，研究成果汗牛充棟，形成了一定的研究範式，往往與鄉土文學、鄉土／城市的二元對立、民間視角、方言敘事等議題相互聯繫，但因缺乏新的理論視角、侷限於文學文本的討論範疇等原因逐漸陷入某種困境。

　　引入人文地理學領域中對「地方」（place）與「空間」（space）這一二元結構的討論，為我們從微觀視角理解「地方性」、理解實景演出這樣一種立體的、綜合性的文化實踐提供了新的路徑。實景演出作為旅遊行為的延伸，其成功與否的關鍵便在於能否將該地的異質性通過這一觀演活動再度重申、放大與強化，從而使得自身顯著地區別於其他的地域／地區。這自然意味著在當代中國一系列文化符號意義鏈條的重新構建，使用怎樣的資源、媒介、方式將「空間」轉為為負載了文化意義的「地方」從而建構屬於出本地人／遊客獨有的「地方性」，而這種「地方性」又和當下的社會與文化語境發生了怎

〔註13〕梅帥元：《寄情山水講中國故事》，原文刊載於《環球時報》，2017 年 11 月 15 日，轉載在山水盛典官網，見：http://www.shan-shui.com/ArtsNewShow.html 跡 id=37812886。

樣的糾纏、衝突，在高度流動性的、全球化的背景下，這種對「地方性」、「本土性」與「根源」的回歸意味著什麼，都值得我們進一步深入探究。

（三）風景、自然與文化媒介

實景演出最初產生於自然風景之間，並以對本真的「自然」的回歸作為其創造性與標誌性特色，但實際上這些已經作為旅遊目的地被遊客觀賞的「自然」實際上已與原始的自然狀態相去甚遠，經由人的觀看而變成了客體化的對象「風景」。

目前國內並未形成單獨以「風景」為對象進行研究的學術範式和著作的情況，以文學領域為例，研究者多數侷限在挖掘文學和文藝作品中「風景」的審美價值，往往忽略「風景」本身被「發現」與「建構」的過程。日本學者柄谷行人的著作《風景的發現——日本現代文學的起源》在這一問題上對國內學界提供了較多的啟示。柄谷行人指出現代文學根本上來說是一種制度，日本現代民族國家的確立中起到了至關重要的作用，正是基於這樣的「裝置」，文學作品中的「風景」才得以被「發現」。此外，西方學界對「風景」的研究最初集中於人文地理學等領域，自20世紀末以來逐漸發展成為一種跨學科、綜合性的研究，涉及到美術史、文化人類學、文化研究等領域。因此，引入海外學界對「風景」的研究有助於我們更深入地觀察作為「文本」的實景演出中複雜的面向。在實景演出的生產過程中，創作者對於「風景」的作用，體現在通過某種運作機制，建構了一系列關於風景的象徵性、符號性的意義體系。這種客體化、對象化關係不是理所當然、「自然而然」既定存在的，而是通過文化建構出來的，本論的一個工作就是要拆解這個過程和此中的運作機制，即在觀眾進行文化消費的過程中，「風景」、「空間」與「地方」這些概念如何相互交織，進而生成某種社會與人的主體性。

（四）後戲劇視野下的實景劇場空間理念

許多研究者在談及「實景演出」的緣起與產生時，在戲劇本體理論方面將之與西方當代以來的一系列劇場觀念的革命與突破相比附，從而試圖為實景演出的劇場理念尋找到某些史論上的譜系。

需要指出的是，對西方後現代戲劇理論、當代劇場變革的梳理固然有助於我們去理解實景演出作為一種演出形式在劇場空間形式、觀演觀念上的某些突破之處，即便二者存在一定的共性，但相較於實景演出這樣一種雜糅並

且處在動態變化當中的表演形態，並不意味著必須要以這些理論來束縛或者強行挪用它們來界定和表述實景演出本身。

在西方當代戲劇研究的發展進程中，數十年來影響較有代表性的研究即德國學者漢斯‧蒂斯‧雷曼（Hans-Thies Lehmann）提出的「後戲劇劇場」這一術語，涵蓋了 20 世紀 70 年代至 90 年代歐美劇場藝術中的一種顛覆性的變革趨勢。這種趨勢反對以摹仿、情節為基礎的戲劇與戲劇性，強調劇場藝術各種手段和要素（文本、舞臺美術、音響音樂、演員身體等）的獨立性及其平等關係，強調劇場空間本身的意義。「後戲劇劇場」這一理論範疇，其價值之一便在於向上勾連起了 20 世紀 30～40 年代以來西方戲劇界中一系列試圖打破「模仿論」、重新反思劇場中觀眾與演員關係的戲劇思想與實踐，包括布萊希特的「打破第四堵牆」的觀念、法國戲劇家阿爾托的「殘酷戲劇」、美國戲劇家理查德‧謝克納倡導的「環境戲劇」等。

與此同時，近年來的實景演出也紛紛引入了「沉浸式」（immersive art）這樣一種戲劇形態。儘管這些演出以「互動情景劇」、「多維體驗劇」等為名，但重新結構劇場空間及實景環境、強調觀眾的參與和互動體驗的觀演方式，也為實景演出開拓了新的可能。例如《又見平遙》《又見敦煌》《知音號》《法門往事》，傳統鏡框式、180 度的舞臺逐漸變成圓形、環形、步道式等 360 度的立體呈現，不再設有固定的座椅束縛觀眾。

沉浸式的觀演形態引入實景演出也為我們提供一系列追問的可能：當舞臺不再高高再上，沉浸式演出更像是所有人（演員與觀眾）一同參與其中的大型表演，是一種表演的狂歡，這種對於傳統觀演的關係的徹底顛覆是如何創造了新的觀眾主體，如何調動著他們的情感和身體，又在創造新的觀眾主體時的同時如何創造了新的需求與消費、新的經濟形態？沉浸式演出裏的世界究竟是「真實的」還是「虛假」的？這個時代對於真實和虛構的訴求究竟是怎樣的？走出沉浸式劇場，我們又該如何在戲劇化了的中安置自我、承擔「角色」功能？如果說布萊希特曾教導我們跳出特定時代意識形態對我們的麻痺，質疑「真實」的虛偽和虛無，置身於沉浸式藝術中、看似掌握了主動權的觀眾是否不自覺地又回到了幻覺之中？我們又該如何在高揚主體性的參與和互動中，保持一種對徹底沉浸的自覺反思與抵抗？我們是更接近還是更遠離了世界的本原？

四、章節分布

本論分為五章。

緒論將呈現筆者的選題意義、對先行研究的評述、研究方法論和章節分布等。

第一章將從現象角度梳理實景演出作為一種相對成熟的演出類型在中國的起源、發展與現狀，並在此基礎上對實景演出的內涵、特徵和功能等作出較為明晰的描述。2004 年在廣西灕江畔上演的《印象·劉三姐》橫空出世，拉開了中國實景演出的大幕。本章將首先從景觀歌劇、旅遊演藝、環境戲劇等多個源頭來談論作為文藝樣式的實景演出的緣起，參照相關理論、創作者自述等材料，廓清較為雜亂的現有研究表述，創新性地兼顧考察實景演出所具有藝術審美屬性、社會文化屬性與商業消費屬性，從而更加清晰地呈現出作為一種文化產品的實景演出的所具有的核心構成要素。筆者認為，「實景演出」作為一種綜合性視聽表演形式，是既「新」又「舊」的，一方面它與西方當代戲劇變革理念下出現的「景觀歌劇」、「環境劇場」在形式上有一定的內在共性，而從另一方面來看，儘管中國不同景區具有迥然相異的風景地貌、文化歷史傳統，但實景演出卻呈現出極強的衍生力與可複製性，正是因為實景演出為了實現上述幾重複合目的而不得不去最大化幾種核心要素，試圖在景觀的「惟一性」與表演的「程序性」之間實現了一種微妙的平衡，因而實景演出同時也可以被視作一種「中國式雜糅」，從而區別於一些學者將其視作「民族性」形式的表述。接著筆者將對實景演出的現狀加以概括，並在此基礎上以縱向時間為線索、綜合考察實景演出的表演形態、主題內容、技術手段等維度，勾勒出實景演出發展經歷的不同階段，盡可能地為讀者描繪出中國當代實景演出的全貌。最終，歸納出實景演出所具有的「地方性」、「空間性」、「文化消費性」，並由此為觀察視角引出第二至第五章中對實景演出個案的具體剖析。

第二章至第五章，筆者將綜合運用多種文化研究及批判理論，分別選擇《印象·劉三姐》《又見平遙》《知音號》及《紅色娘子軍》等四個代表性文本，從微觀層面關注實景演出如實踐創作者「天人合一」的藝術理念，如何借助現代視聽媒介將表演放置到山水田園中間、以此來「再現」或是想像性地「建構」出人與自然的關係，如何運用舞臺設計調動觀眾的身體和情感，又用何種敘事將地方歷史、民俗、神話甚至家國認同、民族想像重新編織（編

碼），製造出似真似假的時空幻境。

第二章將以山水實景演出《印象·劉三姐》作為分析對象。選址於廣西壯族自治區桂林市陽朔縣灘江畔的《印象·劉三姐》是中國首部大型山水實景演出，也被視為中國實景演出的開端。本章首先將梳理《印象·劉三姐》的誕生過程，並在此基礎上探究如何理解《印象·劉三姐》的總策劃、「山水實景演出」概念的發起人梅帥元提出的「天人合一」、「在山水之間寫意」的理念，追溯考察中國古代傳統文化脈絡中對人與「自然」、人與「風景」的觀念變遷。借由「風景」的「發現」機制，我們得以考察從1961年拍攝的電影《劉三姐》到實景演出《印象·劉三姐》中觀看和再現「風景」的視覺機制的變化，以及這些「風景」經由怎樣的文化語境塑造出不同時期的地方主體性，這種地方性與民族國家之間又存在怎樣的關係。

第三章將以《又見平遙》作為分析對象，通過這部作品來關注實景演出自《印象·劉三姐》開創的模板性樣式之後，由露天到室內、由山水到人文、由傳統鏡框式舞臺到行進式觀演的轉變過程中在形式、結構、敘事等層面上發生的變化，從而在實景演出的總體序列中重新定位其意義以及呈現的症候之所在。《又見平遙》一改「印象系列」著重於意象化表達和抒情的風格，轉向關注表演內容的情節、敘事及歷史文化性內涵，選取了清朝末期平遙「會字號」東家捨棄家產雇傭鏢隊遠赴沙俄贖回分號掌櫃單傳兒子的故事為藍本，並創新性地採用了所謂「室內情景劇」的形式，即在封閉的室內劇場中「仿造」了平遙古城的代表性建築空間、以這些富有戲劇性的空間場景來結構敘事，觀眾以「行進」與「互動」的方式「參與」到演出當中來。本章旨在深入探討《又見平遙》如何運用一系列文化符號、傳統文化資源和「打破第四堵牆」的沉浸式觀演方式，在凸顯地方性文化的同時也調動出一種普遍性的情感結構，在當代中國的文化語境下在主題上強調「血脈傳承」、「捨生取義」、「認祖歸宗」等價值觀背後折射的文化症候等話題。

第四章將以《知音號》作為分析對象。《知音號》既是這部「多維漂移體驗劇」的名字，也是承載這部演出的武漢江灘遊輪的名字。觀眾通過進入這艘遊輪自由觀看和參與船艙內部的表演，演出以20世紀30年代民國時期的大漢口文化為時代背景，遊輪內外以物質文化的方式極其逼真地還原了其歷史風貌，並呈現當時社會各階層在這艘遊輪上的眾生百態與真假故事。本章希望從這種「散點透視」式的敘事方式和民國現代性想像、物質文化還原日

常生活和娛樂社交空間的再造這三個角度來分析當代人在本土與全球化的語境下塑造武漢城市「地方性」的過程中所面對的問題以及處境。

第五章將以海南三亞的大型實景演出《紅色娘子軍》為例，並結合山西《太行山》、江西《井岡山》、湖南《中國出了個毛澤東》等以「紅色革命歷史」為主題的一系列實景演出，探究實景演出如何以真實的景觀空間為媒介、在地方性和消費文化的視角下重新講述這些我們耳熟能詳的革命敘事。「紅色娘子軍」作為是中國二十世紀社會主義文藝時期創造的經典敘事之一，對這一題材從報告文學到電影、芭蕾舞劇以及京劇等不同體裁的反覆改編，構成了關於「紅色娘子軍」的文藝作品序列，而這些不同版本的改編直至成為「樣板」的經典化過程，也顯示出了「十七年」至「文革」時期意識形態訴求的變化過程。而 20 世紀 90 年代進入新時期以來在官方與市場的雙重因素影響下，對革命歷史敘事的「懷舊」情感結構催生了「紅色經典」再度浮出水面並附身旅遊等文化產業搖身變為「紅色經濟」，實景影畫《紅色娘子軍》便是在這樣的情景下誕生的。本章將從「紅色娘子軍」這一經典敘事的流變入手，分析當代「去革命」的語境中革命傳奇、女性解放以及以少數民族服飾、南國景觀為表徵的地方性敘述等話題如何被重新呈現，而實景演出的形式又是如何與其敘事話語發生互動的。

結語部分，將對上述各章討論進行總結，並探討在中國當下的文化語境中實景演出為我們呈現出的當代文化症候，以及「地方—民族國家」和「地方—全球」的複雜關係。實景演出開創了這樣一種的新的表演形式，顯示了對以往劇場理念的革新。景觀成為新的表現對象與主題，它在敘事與表演中的位置和意義啟發著我們重新審視環境、空間與人之間的關係，也形成其吸引眼球的新奇的劇場特色，在表徵一地地方文化同時甚至成為一種國家形式，張藝謀為 G20 峰會所指導的西湖上的實景演出《最憶是杭州》便是證明。另一方面，自然、古城、遊輪等景觀本身無法自我言說，景觀本身成為景觀，就是一個社會象徵建構的過程，而表演同樣是以文化賦予其意味的過程，經由這樣的過程，實景演出不僅僅成為了表徵地方性的文本，更直接參與和建構了地方的主體性本身，所形成的這樣這一種開放的、動態的地方性也顯示了當下社會來自國家層面、主流意識形態層面的或是消費者層面的文化想像與文化訴求。

第一章　實景演出概述：一種
文化生產

第一節　實景演出的緣起

　　2004 年 3 月，由梅帥元擔任總策劃，張藝謀、王潮歌和樊躍合作導演的山水實景演出《印象・劉三姐》，在廣西省桂林市陽朔縣灘江畔山水劇場首演。山水劇場選址在陽朔灘江與其一條支流田家河的交界處，以 2 平方公里的江面為舞臺，舞臺的背景是桂林書童山等 12 座天然的山峰，觀眾席位於河口岸邊，2200 個座位以層層梯田狀搭建，據稱是迄今為止「世界上最大的山水劇場」。整場演出約 70 分鐘，分為「紅色印象・山歌」、「綠色印象・家園」、「藍色印象・情歌」、「金色印象・漁火」、「銀色印象・盛典」及「尾聲・天地頌唱」七個部分，展示了灘江兩岸壯、瑤、苗等少數民族的日常生活和民俗特色，如對歌、捕魚、勞作、婚嫁和節日等內容。

　　《印象・劉三姐》在聲譽與商業上取得了巨大成功，在其官方宣傳語中反覆將之表述為一種「前所未有」、「獨一無二」的演出類型，據稱美國重量級主流媒體《紐約時報》也就此將其命名為「中國式山水狂想」。隨之而來的，全國範圍內迅速地掀起了倣仿《印象・劉三姐》的實景演出熱潮。截至今天，全國大大小小的實景演出遍布全國幾乎所有省份，多達 200 餘臺，帶來了幾十億日票房演出收入，帶動了價值上百億元的相關產業發展。因而今時今日《印象・劉三姐》被普遍地視為中國「實景演出」的鼻祖，也正式將「實景演

出」這一文藝形式與文化實踐的樣貌大致確定下來。此後在以旅遊景區為場地、地域性文化為主題的許多演出都被納入這一概念之下，而《印象·劉三姐》也成為許多演出的模板與目標。那麼，「實景演出」究竟是中國人的原創還是對已有藝術形式的改寫？我們該如何在文化史和現有的藝術種類的脈絡裏理解和定位這樣一種特殊的形式？

作為一種歷史不過十餘年的當代文化樣式，迄今為止國內的研究者也未能對「實景演出」作出一個較為明確和統一的定義，不但在名稱上使用「山水實景演出」、「情境表演」、「水上實景劇」、「實景體驗劇」等眼花繚亂的不同表述，對這種演出類型的起源也是眾說紛紜。因此在這裡我們首先要做的是探討和辨析其中比較具有代表性的觀點，而這也將影響接下來我們在何種理論體系和研究視野下來對其進行討論。

最具有典型性的觀點是實景演出來源於以張藝謀執導的歌劇《圖蘭朵》為代表的「景觀歌劇」。1998 年 9 月 5 日，張藝謀在北京太廟執導了意大利音樂家普契尼改編的著名歌劇《圖蘭朵》〔註1〕，由世界級著名指揮家祖賓·梅塔指揮的佛羅倫薩歌劇院演出。這齣露天歌劇在北京太廟前殿的廣場上搭建觀眾席，以太廟前殿前寬闊的亭臺與臺階為主要舞臺，以中、後三層大殿為舞臺背景。北京太廟原本是明清兩代皇帝祭奠祖先的家廟，被張藝謀用作《圖蘭朵》中的中國宮廷背景，將太廟的傳統殿堂式建築與人工搭建的江南小橋流水、曲院風荷的園林景觀搭配作為布景，演繹這樣一部以中國元朝為背景、西方人想像中的意大利歌劇。這次演出被一些學者視為是《印象·劉三姐》作為一種新的演出形式產生示範效應之前、張藝謀對真實景觀與舞臺演出結合的一次「試驗」。

而這種將傳統室內歌劇藝術重新放置於露天演出的形式，實際上並非張藝謀首創，世界範圍內更通行地將之稱為「景觀歌劇」。景觀歌劇是伴隨著

〔註 1〕歌劇《圖蘭朵》（Turandot）是意大利著名作曲家賈科莫·普契尼（Giacomo Puccini）根據童話劇改編的三幕歌劇，講述了西方人想像中發生在一位中國元朝公主身上的傳奇故事。圖蘭朵的故事始見於 17 世紀波斯無名氏的東方故事集《一千零一夜》《圖蘭朵》，意大利劇作家卡羅·哥茲於 1762 年把它寫成劇本。之后德國詩人席勒在哥茲劇本上翻譯並加以改編。該劇本最著名的改編版本是由普契尼於 1924 年作曲的同名歌劇。普契尼在世時未能完成全劇的創作，在普契尼去世後，弗蘭科·阿爾法諾（Franco Alfano）根據普契尼的草稿將全劇完成。該劇於 1926 年 4 月 25 日在米蘭斯卡拉歌劇院首演。

「歌劇回故鄉」的口號誕生的。原本歌劇藝術中並無這種類別，20 世紀 80 年代中期以來，一些投資人和導演在資本邏輯、演出市場吸引觀眾的需求下提出要讓涉及到世界各地著名景觀的一些經典歌劇「回到故鄉」的想法，於是眾多著名歌劇開始在劇情發生地利用真實背景進行演出。1986 年，以威爾第劇本為藍本創作的大型歌劇《阿依達》在埃及金字塔和獅身人面像前演出，從而使《阿依達》成為世界上第一部大型景觀歌劇〔註 2〕。

　　在此之後，景觀歌劇為了適應更多觀眾的需求，又逐漸發展出一種完全按照實景原樣搭建布景方式進行演出的歌劇樣式，《阿依達》《托斯卡》《卡門》等多部歌劇在世界各地均曾以景觀歌劇的形式上演。1987 年，專門根據演出空間環境而製作的大型景觀歌劇《阿依達》在希臘雅典首次演出。此後，這一世界上規模最大的歌劇相繼在澳大利亞悉尼、德國慕尼黑、瑞士蘇黎世、意大利的維羅納、加拿大蒙特利爾和埃及金字塔下演出，均引起轟動。在內容上，景觀歌劇逐漸由單一的歌劇轉變為以音樂本身作為主體、融合了多種演出門類的雜糅式綜合演出，觀眾除了可以在景觀藝術中欣賞到歌劇中的交響樂、獨唱、對唱、合唱、重唱等音樂性元素外，還可以觀看到舞蹈、馬戲、雜技、魔術、焰火等多種藝術表演形式。從某種程度上來說，景觀歌劇作為一種藝術形式的探索在國際上已經具備一定的影響力。景觀歌劇在中國也有過多次巡演經歷，如 2000 年和 2003 年分別在在上海四萬五千人的體育場和北京工人體育場上演的大型景觀歌劇《阿依達》〔註 3〕。2004 年，景觀歌劇

〔註 2〕威爾第在 1871 年為慶祝蘇伊士運河通航創作了大型歌劇《阿依達》，在開羅首次公演大獲成功。這部充滿異國情調的歌劇，因其曲折的情節、優美的曲調、輝煌的場景和瑰麗的服飾而成為歌劇舞臺上的傳世名作。1920 年代《阿依達》就曾有過在埃及金字塔下的演出。

〔註 3〕2003 年 9 月，世界超大型景觀歌劇《阿依達》作為北京國際戲劇節開幕演出在北京工人體育場上演。該劇此前曾在世界上以露天形式演出過 9 次，此次演出號稱在製作和演出規模上超過以往任何一次，創下諸多演出之最：最大的舞臺製作、最高的演出金字塔、最多的演員陣容等。北京工人體育場內為了重現古埃及的雄渾氣魄，在 6200 平方米的超大舞臺上搭建起一座 40 米高的巨型金字塔及兩側的獅身人面像，動用了上千噸的鋼材和半透明的新型材料。演員隊伍共有三千多人，此外還有巨象、老虎、獅子、黑熊、駱駝、鷹、狗、孔雀、蟒蛇等動物出場繞場一周。演出現場（不包括體育場日常照明）共動用 8 臺激光發生器、4 臺帕尼燈、5 臺強光影視投影機、42 個舞臺反打燈孔、近 4000 臺電腦燈、舞檯燈、強力探照燈等，總耗電量高達 5000 千瓦。同時還有其他像雜技、武術等表演形式加入，比如中國的戲曲表演、小孫悟空、抖空竹、水流星、頂罈子、疊羅漢、口噴焰火、少林武術等等。

《卡門》在上海上演，該版本被稱作該劇的「終極」表演形式，即在原劇的基礎上加入了其他藝術元素，利用現代高科技技術完全再現了19世紀西班牙塞維利亞草原的壯美景觀之外，還搭建了大型廣場噴泉和巨型篝火等布景，突破了舞臺的侷限性，將這部歌劇發展到極限〔註4〕。

由此我們可以看出，景觀歌劇的核心特色首先在歌劇內容所涉及的獨特景觀，這是構成每個不同的演出風格的極為重要的因素，舞臺美術和視覺形象構成了每個演出的個性形象的最突出的特徵。如果說初期的景觀歌劇的內容需要一定程度上與特殊的演出空間環境存在著有機聯繫，如在意大利維羅那競技場演出的《奧賽羅》和《圖蘭朵》、在巴黎體育宮裏上演的大型歷史景觀劇《戴高樂》等，這部演出的獨特性價值將大大提升，而巡演至世界各地、依靠人工搭建舞臺背景的景觀歌劇，總是欠缺了某種「真實」的要素，加上因其投資和製作規模的龐大，一年最多演出兩場的情況也限制了景觀歌劇的大範圍流行。此外，景觀歌劇的選址是以現有的世界範圍內知名度極高的歌劇內容為藍本，吸引觀眾除了依靠景觀之外，本身歌劇內容的流傳度與經典性也起到了相當大的作用。

而回到中國當代「旅遊演藝」的脈絡中，我們同樣可以觀察到實景演出的某些「前世」。中國整體旅遊演出的發展較世界要晚得多。1978年改革開放之後，中國的現代旅遊業進入起步階段，國家為改革開放新局面提出「大力發展旅遊事業」。1981年國務院80號文件《國務院關於加強旅遊工作的決定》是中國第一個關於旅遊業發展的戰略性文件，對旅遊業的發展提出了明確的定位，具有「雙重性質雙重目標」，即旅遊事業在既是經濟事業的一部分，又是外事工作的一部分，旅遊業發展要「政治經濟雙豐收」。20世紀80年代，旅遊演藝的形式逐漸在中國出現及發展，文物旅遊資源豐富地區推出了一系列以歌舞表演為主要內容旅遊演藝活動。1982年，由陝西省歌舞劇院推出仿古宮廷樂舞表演《仿唐樂舞》，是目前公認的國內旅遊演藝開端之作。

〔註4〕2004年，作為第六屆中國上海國際藝術節開幕演出的「終極版」景觀歌劇《卡門》在上海體育場演出。該演出調用了20000平方米的體育場，演職人員與觀眾數量大大超出景觀歌劇《阿依達》，舞臺燈光、音響數量是前者的十七倍。製作方不但在體育場內建造了一個繞內場跑道一周、長達480米的競技場紅色城牆、城牆上鑲嵌了12塊投影屏幕，還在劇場中搭建了面積達800平方米的堡壘和寬度為18米、噴水高度5米的方形噴泉，並在體育場頂棚下安置了1000個焰火點以供結尾時的「紅色瀑布」表演。

該節目以模仿唐代樂舞風格表現了唐玄宗和楊貴妃在宮廷裏的片斷生活，融音樂、舞蹈、詩歌為一體，主要目的正是為了接待當時前來西安參觀訪問的國家政府首腦及相關官員。這類演出多在在晚上舉行，一方面對於靜態類文物資源的活化展示具有積極意義，同時有效起到了完善單一的博物館參觀式遊覽形式、增加遊客駐留的作用。1988 年 6 月，國家旅遊局綜合司牽頭舉辦了「全國主題公園文娛表演藝術研討會」，這是中國國內第一次召開的有關旅遊演藝活動方面的學術研討會，說明將旅遊與表演相結合的文化實踐所發揮的作用已經日益受到理論界的關注。

　　早期的旅遊演藝類活動大多依託特定的主題公園與景點而存在，形式包括體現景區特色的歌舞表演和互動性節目為主，種類多樣，但不具備較為明確與系統性的主題，演出地點多是景區內的廣場、舞臺或專門性劇場。20 世紀 80 年代，深圳華僑城集團為表達文化主題、吸引更多遊客而推出了大型駐場演藝節目，將藝術演出與旅遊文化結合在一起，代表性作品如中國民俗文化村 1995 年 7 月推出的「中華百藝盛會」和世界之窗 1995 年 12 月推出的「歐洲之夜」等。「中華百藝盛會」以民俗文化為主線，配合燈光、音響，在中心廣場上採取歌舞雜技表演與彩車隊列大遊行相結合的花會形式，展現了中國豐富多彩的民間雜技及民俗文化，參加演出人數達 500 人。「歐洲之夜」則是世界之窗在歐洲風情街上舉辦的大型主題新年慶典活動，每晚自 17：00 至 24：00 表演 18 項內容各異的節目。這種模式在當時國內引起了轟動，逐漸形成了主題園區演藝表演的樣式。進入新時代，民俗風情街區的遊覽和家訪等，也作為參觀遊覽有機、靈活的組成部分盛行於各大旅遊景區，與重大、特殊節慶活動相結合。今天旅遊景區的表演從演出形式上進一步還可細分為原生態歌舞、仿古樂舞、山水實景演出、室內立體全景式歌舞、廣場全景式史詩音樂舞蹈、秀歌宴舞、大型實景音樂劇、多媒體夢幻劇等等。隨著這一形式的日益成熟和範圍的拓展，「旅遊演藝」概念也由此成為一種普遍的用法。毫無疑問，實景演出是屬於旅遊演藝的範疇的。

　　此外也有相當一部分學者，從戲劇本體研究的角度出發，將實景演出與西方當代劇場界新的一些劇場類型、範式相提並論。有研究者借用德國學者漢斯‧蒂斯‧雷曼的在《後戲劇劇場》一書出提出的「後戲劇劇場」這一術語來論述實景演出中對山水景觀的作為劇場的運用方式，指出實景演出與「後戲劇劇場」所描述反對以摹仿和情節為基礎的戲劇、強調劇場藝術各種手段和要素（文本、

舞臺美術、音響音樂、演員身體等等）的獨立性及其平等關係等理念有著高度的內在一致性〔註5〕。更有研究者指出，實景演出在某種程度上可以被視作20世紀60年代以降產生極大影響的「環境戲劇」在中國的開花結果。「環境戲劇」是20世紀60年代產生的一種戲劇運動，經美國戲劇家理查德・謝克納倡導，是一系列重新反思劇場中觀眾與演員關係的戲劇思想與實踐〔註6〕。這裡的「環境」並不是指特定的某種自然景物，從廣義上來說指涉的是一種脫離常規的戲劇空間，20世紀以來許多脫離傳統劇院的藝術形式如偶發藝術、街頭劇、政治示威、儀式表演、世界博覽會都被謝克納納入其中，可見環境戲劇所包涵的戲劇形態要廣泛得多。而就實景演出的演出內容必須與當地景觀緊密聯繫這一點來看，相較之下，環境戲劇的自由程度也要大出許多。

此外需要指出的是，無論是作為戲劇運動的「環境戲劇」或是研究者新命名的「後戲劇劇場」的概念，至今都處在當代先鋒劇場界的脈絡當中，從布萊希特的「打破第四堵牆」到阿爾托的「殘酷劇場」彼得・布魯克的「空的空間」，其醞釀、提出與實踐都是出於對兩千年來劇場發展史高度自覺的思考，是緊扣戲劇本體的探索與革新，而並非從屬於商業性文化娛樂的譜系當中，這也是這些劇場探索與實景演出的一大差異之處。

具體地回到《印象・劉三姐》誕生過程來看，《印象・劉三姐》的總策劃梅帥元作為傳統戲曲壯劇編劇出身，曾親身考察包括美國紐約百老匯在內的國內外大小演出，從傳統地方戲曲、雜技到現代話劇、兒童劇和歌舞晚會等，對國內外多種類型的演出情形較為熟悉。《印象・劉三姐》在廣西文化廳發展地區旅遊的初衷之下立項，雖然在最初策劃方案中的定位是山水實景歌劇，在創意階段結合與借鑒了許多張藝謀在執導太廟版實景歌劇《圖蘭朵》時的藝術經驗，但在後來的幾次調整與實踐過程中，梅帥元擔任策劃的兩場晚會類型的演出，即「博鼇亞洲旅遊論壇」閉幕式文藝演出《歡樂灘江》和第四屆陽朔漁火節大型演出《錦繡灘江》，為《印象・劉三姐》最終呈現的藝術樣式奠定了雛形〔註7〕。也就是說，「實景演出」的概念從提出到落實到觀眾眼前，其內涵與表現形式經歷了較為複雜的變化過程，綜合吸收了多種表演藝

〔註5〕見漢斯・蒂斯・雷曼：《後戲劇劇場》（修訂版），李亦男譯，北京：北京大學出版社，2016年。

〔註6〕見理查・謝克納：《環境戲劇》，曹路生譯，北京：中國戲劇出版社，2001年。

〔註7〕山水實景演出《印象・劉三姐》的詳細創作過程可見第二章的分析。

術的要素和呈現方式，因此並非學界許多研究者所表述的直接來自於或者照搬某一種類的藝術形式。而表演與桂林山水的結合，與其說是創作團隊先入為主、自覺地在實踐某種革新性的戲劇本體理念，倒不如說是因地制宜調用和整合現有資源和目標訴求的結果。

由此筆者想要指出的是，「實景演出」是既「舊」又「新」的。「舊」在我們能從其中看到以往許多成熟演出形式的影子，從景觀歌劇、景區內的初代旅遊演藝到各行各業主辦的大型晚會節目、傳統戲曲、百老匯歌舞劇等，而同時這種糅合、以及在糅合基礎上的一些突破，使得實景演出可以被視為是一種「新」的文化實踐與文化生產方式。

首先，在與景觀的結合方面，所謂「實景」的涵義是指真實的、特定地點的自然／歷史人文景觀本身成為背景、成為舞臺、成為重要的演出要素，突破了傳統室內劇院與人造布景的侷限，環境與表演融為一體。而正因為演出場地的轉換，極大地擴展了演出本身的和尺度規模，形成一種強有力的感官震撼與體驗，所以就景觀與表演的結合程度、演出規模的宏大程度來說，實景演出相較景觀歌劇可以說是有過之而無不及的，但同時這種景觀與表演合為一體的觀演是不可複製、不可移動的，一旦離開了景觀本身，演出也就失去了其特殊意義。

其次，在表演形式方面，實景演出具有極強的包容性與開放性，可謂是對現有的多種表演形式的極大綜合，歌舞、戲劇、音樂劇等形式均可被一出實景演出所採用，並且不斷地吸納魔術、傳統戲曲、雜技等藝術形式作為輔助。然而無論以何種形式呈現，其內容與主題都必須緊密地與所在地的地域性特色發生關聯，即著力挖掘和提煉該地域原生的真實的文化性內容，而且不侷限於先在的文學和藝術創作，如歌劇劇本、傳統戲曲等。事實上《印象．劉三姐》僅僅是目前實景演出中較為少數的借用了原有的同名創作的作品，因此也區別於西方主題公園中的諸如迪士尼下屬的星球大戰和超級英雄、哈利．波特系列這種全然想像性的人物和故事序列。

再次，實景演出承襲了旅遊演藝的根本性質，帶有明確的輔助旅遊與商業性收入目的，並與當地的旅遊經濟形成產業化鏈條。一部收益良好的實景演出是內化於旅遊景區的，並形成常態化觀演，是構成當地複雜多態的文化產業的一部分，而且更多地是作為品牌與象徵資本發揮作用。這與一年在全球只能巡演 1～2 場的景觀歌劇是有極大的區別的，景觀歌劇並不能為巡演所在地帶來

常規性的經濟收入且發揮旅遊帶動的作用，觀眾往往更關注的是歌劇的內容如何以更加奇觀化的方式再度演繹，追逐的是劇作本身的經典性內容和創作團隊在世界範圍內具有的知名度，而對演出發生的地域缺乏足夠的興趣。事實上市場上任何一部單獨的演出都不具備實景演出這樣綜合性的經濟功能、產業功能和品牌功能，這也正是實景演出作為一種文化消費品的特別之處。

第二節　實景演出的現狀

《印象・劉三姐》在聲譽與商業上的成功，使得中國的實景演出產業如雨後春筍一般地發展起來。以《印象・劉三姐》在文藝樣式與產業運作方式為模板，當下中國一部實景演出的開發通常採取由政府牽頭立項、吸引地方經濟投資並成立運營公司，知名文化人擔任藝術顧問、專門的演藝公司承擔製作的模式，政府、創作者、民間資本三重力量在此過程中交織作用。

自 2004 年的《印象・劉三姐》迄今，十餘年間，從市場化力量之下製作團隊變遷的角度來看，當下中國實景演出界大致呈現出「兩條主線」和「多個散點」的發展態勢。「兩條主線」是指實景演出的開創團隊——被媒體稱之為「印象鐵三角」的張藝謀、樊悦和王潮歌，以及總策劃、總製作人梅帥元，他們在《印象・劉三姐》大獲成功之後分道揚鑣，其分別成立的觀印象藝術發展有限公司（以下簡稱「觀印象」）〔註8〕和山水盛典文化產業股份有限公司〔註9〕成為之後十餘年實景演出市場的兩大主要力量。

〔註 8〕觀印象藝術發展有限公司係三湘印象股份有限公司全資子公司，前身是由張藝謀、王潮歌、樊躍三位中國著名導演發起的北京印象創新藝術發展有限公司。該公司致力於實景演出的創作、製作、投資和管理，代表作品有「印象」系列山水實景演出（《印象劉三姐》《印象麗江》《印象西湖》《印象大紅袍》《印象普陀》《印象武隆》《印象國樂》），「又見」系列情境體驗劇（《又見平遙》《又見五臺山》《又見國樂》《又見敦煌》《又見馬六甲》），張藝謀任總導演的 2016 年 G20 峰會《最憶是杭州》大型實景演出交響音樂會，以及武漢全國首部漂移式多維體驗劇《知音號》。後續與一系列國內旅遊景區簽約，計劃推出「歸來」系列（《歸來遵義・長征之路》《歸來三峽》）、「最憶」系列（《最憶是杭州》《最憶韶山沖》）。可參考官方網站：http://www.guanyinxiang.com

〔註 9〕山水盛典文化產業股份有限公司由梅帥元發起創立，目前的業務由演出創製作及管理運營，特色小鎮、景區（山水劇場）策劃、規劃、開發及運營，以及文化旅遊新產品的開發運營管理等。已實施的部分項目包括《印象・劉三姐》（桂林陽朔）、《禪宗少林・音樂大典》（河南嵩山）、《大宋・東京夢華》（河南開封）、《天門狐仙・新劉海砍樵》（湖南張家界）、《中華泰山・封禪大

　　一派是以被媒體稱為「印象鐵三角」的張藝謀、樊悅、王潮歌所組成的「印象團隊」，他們打造的作品形成了「印象系列」，如《印象‧劉三姐》（2004）《印象‧麗江》（2006）《印象‧西湖》（2007）《印象‧海南島》（2009）《印象‧大紅袍》（2010）《印象‧普陀》（2010）《印象‧武隆》（2011）等。後期張藝謀淡出實景演出領域，王潮歌與樊躍之後的創作更名為「又見系列」，包括《又見平遙》（2013）《又見五臺山》（2014）《又見敦煌》（2016）三部作品。據其官方團隊介紹，「印象」和「又見」系列演出每年觀演人數超過 530 萬人次，年票房超過 11 億元。

　　另一派主要的製作團隊則是由梅帥元領導的山水盛典文化產業有限公司（以下簡稱「山水公司」）。《印象‧劉三姐》草創之時，梅帥元擔任這部作品的藝術顧問，並首先提出了中國的「山水實景演出」的概念。隨著與張藝謀團隊的分道揚鑣，他成立了「山水公司」，並帶領製作了他稱之為繼「在山水間寫意呈現當地風情」之後「在山水間講故事」的一系列作品，如河南嵩山的《禪宗少林‧音樂大典》（2007）、山東泰山的《中華泰山‧封禪大典》、河南開封的《大宋‧東京夢華》、江西井岡山的《井岡山》、河北承德的《鼎盛王朝‧康熙大典》、湖南張家界的《天門狐仙‧新劉海砍樵》（2009）、西藏拉薩的《文成公主》（2013）等。

　　「多個散點」是指除此兩大「軍團」之外的實景演出，多由地方政府主導、不同的影視文化公司承擔製作，相對比較分散，沒有形成體系，如陝西旅遊集團投資製作的一系列作品包括實景舞劇《長恨歌》（2007）〔註10〕、新疆的《夢回樓蘭》（2009）、江西的《尋夢龍虎山》（2014）和《尋夢牡丹亭》

典》（山東泰山）、《井岡山》（江西井岡山）、《鼎盛王朝‧康熙大典》（河北承德）、《菩提東行》（山東克州）、《文成公主》（西藏拉薩）、《草廬‧諸葛亮》（湖北隆中）、《天下‧盤山》（天津薊縣）、《龍船調》（湖北恩施）、《夢裏老家》（江西婺源）、《金山佛諭》（山東招遠）、《報恩盛典》（江蘇南京）、《火燒圓明園》（浙江橫店）、《法門往事》（陝西法門寺）、《田野狂歡》（三亞海棠灣）、《桃花源記》（湖南常德）等 20 多臺大型劇目，遍及中國。2018 年 3 月 18 日，國際合作劇目《越南往事》在世界文化遺產地越南會安首演。官方網站：http://www.shan-shui.com/index.html。

〔註10〕陝西旅遊集團製作開發的《唐宮樂舞》，被視為開創了中國旅遊文化演藝先河的作品。2007 年陝旅集團投資製作的華清宮實景舞劇《長恨歌》隨後被定位實景演藝國家標準藍本。陝旅集團的製作主要集中在陝西省境內，跨越關中、陝北、陝南地區，包括《出師表》《穿越道情》《12‧12》《法門往事》等演藝項目，並努力拓展國內外演藝項目市場。

（2018）等，此外較有代表性的實景相關旅遊演藝節目如宋城演藝的「千古情」系列和絲綢之路「盛典系列」（《西夏盛典》《吐魯番盛典》《喀納斯盛典》《敦煌盛典》）等也佔據了一定的市場。其中全景式立體歌舞表演「千古情」系列早在 1997 年便開始上演，相較於以《印象・劉三姐》為標準的實景演出，「千古情」系列更接近於傳統的旅遊演藝，其官方宣傳中也將自己表述為與拉斯維加斯「O」秀、法國「紅磨坊」比肩的「世界三大名秀」之一。「千古情」系列總導演為黃巧靈，以 1997 年浙江省內第一個以「宋文化」為主題的公園內露天上演的《宋城千古情》為開端，相繼開發之作了《三亞千古情》《麗江千古情》《九寨千古情》《炭河千古情》等演出，並以實景演出為基礎，形成了大型歌舞表演、消費休閒、旅遊觀光、主題公園等為一體的綜合性旅遊景區項目。

除國內市場之外，近年來，王潮歌所率領的「又見」團隊，已經將目光投向了海外，2013 年與馬來西亞合作簽約了大型實景演出《又見馬六甲》。與此同時，2016 年，山水盛典在國內完成 17 臺大型實景演出布局的基礎上，成功簽約越南 3 個實景演出項目。2018 年 3 月 18 日，山水盛典創作的國際合作劇目《會安記憶》（原名《越南往事》）在世界文化遺產地越南會安首演。

為了更直觀地呈現實景演出當前的發展態勢，筆者對市場上較有影響力的實景演出就時間、製作團隊、演出地點、演出環境、內容及特色等方面進行了以下整理。

時間	名　稱	製作團隊	地　點	環境	內容／特色
2004	《印象・劉三姐》	張藝謀、王潮歌、樊躍任導演，梅帥元任藝術策劃	廣西陽朔	露天	全國首個實景演出，以桂林本地民俗、傳說、生活等為主要表現內容
2006	《印象・麗江》	張藝謀、王潮歌、樊躍任導演	雲南麗江	露天	以麗江當地少數民族民俗文化為主題；坐落於海拔最高的實景演出場地玉龍雪山景區甘海子
2006	《禪宗少林・音樂大典》	譚盾、梅帥元、釋永信、易中天、黃豆豆聯合主創	河南嵩山	露天	少林、禪宗、中原文化內涵為背景，音樂、舞蹈、武術為載體闡釋中國傳統文化；舞臺面積達方圓 5 平方公里

2006	《盛世峽江》	馬志廣任總導演	湖北宜昌三峽大壩旅遊區	露天	三峽大壩大型生態情境演出，以三峽治水文化為主題
2007	《四季周莊》	顧克仁任總策劃、總導演	江蘇周莊	露天	呈現江南原生態水鄉民俗風情
2007	《夜泊秦淮》	熊曉明任藝術總監	江蘇南京	露天	以發生在秦淮河畔的傳說典故為主題，演出位於秦淮河上
2007	《天下峨嵋》	唐娜任總導演	四川峨嵋山風景區	露天	3D實景劇，以佛教文化和武俠意境為主題，再現「峨嵋四絕」與四川民間絕技
2007	《長恨歌》	張小可任導演	陝西西安華清池景區	露天	以白居易《長恨歌》為藍本，講述楊貴妃與唐玄宗愛情故事的實景舞劇；以驪山山體為背景，以華清池九龍湖為舞臺
2007	《印象‧西湖》	張藝謀、王潮歌、樊躍任導演	浙江杭州	露天	以杭州的古老民間傳說、神話為代表性元素；西湖湖面作為舞臺，容納1800人的升降式可收縮移動的階梯形看臺，科技手段再現「西湖雨」
2008	《大宋‧東京夢華》	梅帥元任總策劃，張仁勝任總導演	河南開封清明上河園	露天	以八首代表性宋詞為主線再現宋朝文化景象；中國首部大型皇家園林水上演出
2009	《井岡山》	李前寬任總導演，梅帥元任藝術顧問	江西井岡山	露天	講述井岡山革命鬥爭歷史；全國首個紅色經典實景演出；巨型山野劇場，全景式演出畫面
2009	《印象‧海南島》（已停演）	張藝謀、王潮歌、樊躍任導演	海南海口	露天	展現海南島的民土民風、浪漫時尚元素；建造中國首個仿生劇場
2009	《天門狐仙‧新劉海砍樵》	梅帥元任總策劃及導演，張仁勝任編劇	湖南張家界天門山	露天	以湖南傳說《劉海砍樵》為故事背景；全球首創高山峽谷山水實景音樂劇

2009	《天驕・成吉思汗》	梅帥元任導演	內蒙古呼倫貝爾陳巴爾虎旗白音哈達	露天	呈現成吉思汗在呼倫貝爾草原征戰的場景和蒙古族歷史；世界首個草原大型實景演出，一萬多平方米的表演平臺
2009	《夢回樓蘭》	王儷橋任導演	新疆鄯善縣庫爾塔格沙漠	露天	講述樓蘭古國歷史；世界首個大型沙漠實景演出，360度全景視覺
2010	《印象・大紅袍》	張藝謀、王潮歌、樊躍任導演	福建武夷山	露天	以武夷山茶文化為主題，將自然景觀、茶文化及民俗融於一體；全球首次採用360°旋轉觀眾席概念和多屏幕矩陣式超寬實景電影設計
2010	《中華泰山・封禪大典》	梅帥元任總策劃，李六乙任總導演	山東泰安泰山景區	露天	以五代帝王泰山封禪為線索呈現秦、漢、唐、宋、清五朝六帝封禪泰山時的祈福場景
2010	《道解都江堰》	梅帥元任導演	四川成都都江堰景區	露天	以放水為主題，呈現都江堰水利工程的意義及川西平原的人文風貌和民俗文化；全國首座遺址實景演出
2010	《夢幻北部灣》	馮小剛任導演	廣西防城港	露天	大型海上實景演出，以中國明朝鄭和船隊從北部灣揚帆啟航，開通「海上絲綢之路」為背景和線索
2010	《希夷大理・望夫雲》	陳凱歌任導演	雲南大理	露天	根據大理民間傳說《望夫雲》改編
2011	《印象・普陀》	王潮歌、樊躍任總導演，張藝謀任藝術顧問	浙江舟山	露天	以普陀本地觀音文化為主題；舞臺為360度觀音道場
2012	《印象・武隆》	王潮歌、樊躍任總導演，張藝謀任藝術顧問	重慶武隆	露天	以非物質文化遺產「川江號子」為主線，穿插了抬滑竿、縴夫精神、出嫁、孝道等重慶本土文化；以峽谷中的實景歌會為形式

2012	《菩提東行》	張仁勝任導演、編劇	山東兗州興隆文化園	露天	以舍利東來、安奉於兗州為故事主線，通過以七幕音樂劇的形式展現佛文化主題及北宋歷史
2013	《又見平遙》	王潮歌任導演	山西平遙	室內	以本地晉商文化為主題；打造室內情景體驗劇
2013	《文成公主》	梅帥元、嚴文龍任總導演	西藏拉薩	露天	以唐太宗時期文成公主下嫁吐蕃松贊干布、漢藏交流為故事內容；大型史詩音樂劇
2013	《鼎盛王朝·康熙大典》	梅帥元任總策劃、導演，嚴文龍任導演，於丹任藝術顧問，張仁勝任編劇	河北承德元寶山	露天	講述康熙大帝歷史及傳奇故事，全球首部皇家文化主題實景演出
2014	《又見五臺山》	王潮歌任導演	山西五臺山	室內	佛教情境體驗劇；包括室內情境體驗區、200米長的舞臺闊度、360度全景旋轉舞臺區
2014	《中國出了個毛澤東》	單祥雙任總策劃，李捍忠、熊興保任總導演	湖南韶山	露天	講述中華民族謀求民族解放、民族獨立，直至新中國成立的歷史；超大範圍觀眾席整體移動
2014	《天下·盤山》	梅帥元任總策劃、導演	河北薊縣	露天	取材於清代乾隆皇帝32次遊歷盤山的民間傳說和部分史料；利用盤山腳下的山坳地勢作為舞臺，三座300多米的山峰作為演出背景
2014	《龍船調》	梅帥元任總策劃、導演	湖北恩施	露天	以湖北恩施地區土司時代的一對土家少男少女反對封建束縛、追求愛情的故事為藍本，呈現土家族文化；大型峽谷實景音樂劇

2014	《草廬·諸葛亮》	梅帥元任總策劃、嚴文龍任總導演、張仁勝任編劇	湖北襄陽	露天	以諸葛亮智聖形象為核心，呈現玄學、風水學等元素；國內第一臺以草廬形態演出大型實景影像話劇
2015	《夢裏老家》	梅帥元任總導演、張仁勝任編劇	江西婺源	露天	通過四季自然變化呈現婺源的商、仕、文、武四大文化特色；大型山水田園實景演出，佔地面積超過15000平方米，能夠同時容納3000名觀眾
2015	《金山佛諭》	梅帥元任總導演	山東招遠	露天	講述以淘金為生的古代招遠，栓柱與杏花的愛情故事和他們與採金兄弟間的命運；羅山國家森林公園景區為舞臺
2015	《嫦娥》	梅帥元任總策劃、嚴文龍任導演、張仁勝任編劇	湖北咸寧	露天	基於「嫦娥奔月、后羿射日」神話原型，借鑒「桂花之鄉、嫦娥故里」咸寧民間等素材；實景神話音樂劇，1200平米高清 LED 巨屏，180°全景大幕
2015	《尋夢龍虎山》	楊瀾、王菲、陳維亞、朱海、陳其鋼等參與創作	江西鷹潭	露天	道教文化主題；國內第一部「行進式」山水實景演出
2016	《又見敦煌》	王潮歌任導演，叢明玲、張冬任執行總導演	甘肅敦煌	室內	以六個線索人物為故事脈絡，借五個典型的場景講述敦煌千年歷史；室內情景體驗劇，「穿越式觀演」模式
2016	《報恩盛典》	梅帥元任導演、藝術總監	江蘇南京	露天	報恩為主題，講述了朱棣建塔報恩、玄奘取經譯經、佛陀出家悟道的故事；全國首個歷史遺跡博物館（大報恩寺）內的實景演出

2016	《火燒圓明園》	徐文榮任總編劇，梅帥元為出品人，張仁勝為總導演、編劇	浙江橫店	露天	以「火燒圓明園」事件為故事藍本；以橫店圓明新園等建築景觀為全局實景背景，全國首個大型實景電影
2017	《法門往事》	梅帥元任藝術總監，嚴文龍任總導演	陝西寶雞法門寺景區	室內	根據白阿瑩散文《法門寺之佛》改編，講述跨越唐代、明代、民國、文革、當代五個時期的護法故事；大型佛文化互動體驗式演出，「360度沉浸式」
2017	《桃花源記》	梅帥元任藝術總監，嚴文龍任總導演	湖南常德	露天	以陶淵明《桃花源記》為素材；全國首個以4.6公里溪流為演區的乘船漫遊式大型實景演出，全新浸入式、全視野、全流域河流劇場
2017	《田野狂歡》	梅帥元任編劇、藝術總監，嚴文龍任導演	海南三亞海棠灣水稻國家公園	露天	講述中華農耕文明、稻作文明和海南黎族文化等
2017	《四洞仙境》	／	貴州赤水四洞溝景區	露天	以弘揚孝道和博愛文化為主題；瀑布溪流劇場內的大型奇幻行進式實景夜遊
2017	《武則天》	梅帥元任總策劃，張仁勝擔任總編劇、總導演	河南洛陽盛世唐園文化產業園	露天	講述武則天14歲入宮至去世的人生經歷；一比一復原跨度80餘米、高25米的龍門石窟奉先寺
2017	《知音號》	樊躍任總導演	湖北武漢	室內、露天	以1930年代大漢口歷史和碼頭文化、知音文化為背景；長江上「全球首部漂移式多維體驗劇」
2018	《紅色娘子軍》	金鐵木任總導演	海南三亞	露天	根據劉文韶報告文學《紅色娘子軍》改編，融合海南特色民俗風情、人文地理；大型實景影畫

2018	《再回相府》	「印象」「又見」系列團隊張冬、叢明玲任導演	山西晉城皇城相府景區	露天	中國首部明清院落實景融入劇，以陳昌期壽辰賑災、一代名相陳廷敬的夢境和兩位誥命夫人的故事構成；以整個古堡建築為舞臺展演
2018	《會安記憶》	梅帥元任總導演	越南會安	露天	以一位越南織機女的敘述為引線，講述越南第一個開埠港口會安、昔日東南亞最大商埠的故事；跨國合作打造的首部境外實景演出
2018	《尋夢牡丹亭》	楊瀾任總策劃，劉洲銘任總導演	江西撫州	露天	以湯顯祖劇作《牡丹亭》為藍本的一項大型主題遊園式實景演出；多媒體全息投影互動體驗

第三節　實景演出的發展與變化

　　自 2004 年以來，市場上的實景演出如雨後春筍般蓬勃發展，範圍覆蓋了幾乎整個中國大陸地區，除去東北地區之外，其餘省份包括自然環境極端的新疆、西藏等自治區均擁有至少有一臺以上的實景演出。中國大陸幅員遼闊，因而生長出差異性極大地地域文化，因而各地的實景演出也可謂是名目繁多、新奇迭出、數不勝數。

　　經過十餘年間的發展，實景演出來在其基本面貌、結構方式和觀演關係等幾個方面都有所變化與創新。

　　早期的實景演出多以《印象·劉三姐》為模板，往往是基於地形、地貌景觀將地方文化元素拼貼組合的「印象」式呈現，以符號性地「表現」地域自然風光和原生態少數民族服飾、民俗風情、節慶活動和文化儀式為主，鮮少具有集中的主題與完整的故事情節，旨在片段式地營造出代表性「意象」、獨特的視覺觀賞性及審美氛圍，呈現出極強的抒情性。梅帥元稱之為「在山水之間寫意」。典型作品例如早期「印象系列」的代表作廣西桂林陽朔《印象·劉三姐》、浙江杭州西湖邊的《印象·西湖》、雲南麗江玉龍雪山腳下的《印象·麗江》等。

　　2006 年公演的《印象麗江》，以玉龍雪山為舞臺背景，演出劇場位於甘海子藍月谷，用象徵著雲貴高原紅土地的紅色砂石砌城 12 米高、迂迴多層的圓形，海拔高達 3100 米，號稱「世界上海拔最高的實景演出」。演出分為「古道馬幫」、「對酒雪山」、「天上人間」、「打跳組歌」、「鼓舞祭天」和「祈福儀式」六個演出部分，演員陣容由來自納西族、彝族、普米族、藏族、苗族等 10 個少數民族的漢子和 16 個村莊的普通農民近 500 人組成，主要內容是以歌舞和情境式表演展現麗江當地少數民族的日常生活與節慶儀式等。

　　2007 年公演的《印象·西湖》，儘管在題材上挖掘了諸多杭州與西湖的文化歷史文化典故、民間傳說等，但並不著意於表現起伏的故事情節，而是在音樂、燈光以及特效的輔助下，通過片段式的情景來呈現西湖十景（春日蘇堤楊柳、夏日十里荷香、秋日三潭印月、冬日斷橋殘雪等）以及西湖的人文元素、神話傳說（許仙和白蛇）、歷史傳奇等代表性元素，以「雨」為核心意象打造一種整體性環境氛圍與審美氣質。例如第一幕「相見」的場景，即是兩隻白鶴緩緩從天而降落在湖面上，幻化成年輕男女，在仙境般的雨霧中以一把絹傘定情。

　　隨著口碑及經濟效益方面的優異表現，實景演出所附屬的旅遊景區由純粹的自然風景擴展到人文歷史類景觀，演出內容更多地取材於當地著名的神話傳說、歷史典故和知名人物等，並逐漸納入較為完整的敘事結構，作品形式因而出現了相應變化，是對原有實景演出類型的一次更新，可被視作實景演出發展的第二個階段，用梅帥元的話來說是「在山水之間講故事」。

　　陝西旅遊集團公司製作的「中國首部實景歷史舞劇」《長恨歌》（2007）選址在陝西西安市臨潼區華清池。這部舞劇以唐代詩人白居易的詩歌《長恨歌》為藍本，講述唐代中期唐玄宗與楊貴妃的生死戀情。有學者認為，相較於國內類似主題綜藝晚會、將生活情景和民風習俗的印象式呈現的實景演出，《長恨歌》將演出、歷史文化和戲劇藝術巧妙結合，擁有典型民族題材和民族風格的創意，具有完整統一的故事情節、強烈的戲劇衝突，以及個性鮮明、關係交織的人物刻畫，在「淺層的景觀視覺審美體驗外，又附加了戲劇藝術深邃的綜合之美」，甚至冠之以「中國景觀戲劇的先河」稱謂〔註11〕。

　　雖然這樣的定位值得研究者再商榷，但不難看出的是，敘事性、情節性

〔註11〕高字民：《景觀戲劇民族之路的創意探尋》，《唐都學刊》，2012 年 1 月，第 28
　　　　卷第 1 期，第 52 頁。

與傳統的戲劇衝突仍然在吸引觀眾方面具有相當的優勢。由於實景演出巨大的空間規模使得觀眾與演出場地的距離非常遙遠，難以看清演員的神態與表情，創作者只能通過多媒體和誇張的藝術手段進一步強化環境的氛圍，用以外化劇情中演員的情緒表達，因而也需要不斷去探索屬於自身的藝術法則。

湖南張家界景區的山水實景音樂劇《天門狐仙·新劉海砍樵》就是梅帥元「在山水之間講故事」觀念的一個具體體現。《天門狐仙·新劉海砍樵》實景演出位於張家界中心城區天門山北麓，以高山奇峰為背景、以山澗峽谷為舞臺，音樂劇內容取材於湖南家喻戶曉的神話傳說和花鼓戲《劉海砍樵》，表現主人公樵夫劉海哥與狐仙雖然人妖殊途、但經歷重重阻礙最終有情人終成眷屬的愛情故事。該劇的編劇張仁勝談到如何「調動山水」來抒發人物情感時，舉例劇中狐仙因發覺劉海哥得知自己是妖而無法接受時，伴隨唱詞內容，巨大的瀑布從極高的山峰上跌落，以此畫面來形象地配合敘事的完成〔註12〕。

此外以佛教文化聞名的宗教性旅遊景區也成為創作者爭相關注的地域，代表性演出如浙江普陀山的《印象·普陀》、河南嵩山的《禪宗少林·音樂大典》等。南京大報恩寺的《報恩盛典》以報恩為主題，講述了朱棣建塔報恩、玄奘取經譯經、佛陀出家悟道的三段人生故事。以宗教為主題的實景演出多強調在劇中表現大型宗教儀式性場面，如誦經、講法、燃燈等，整部演出同時也變成了大型宗教儀式的現場。

進入二十一世紀第二個十年，隨著「體驗經濟」的消費熱潮來襲，更多的資本湧入旅遊、地產和文化娛樂產業，科技和多媒體手段的革新也讓實景演出的再度「升級」成為可能。

首要的一個特徵便是新創作的實景演出紛紛以「互動式」、「情境式」作為宣傳噱頭，對傳統的觀演關係作出突破。例如將傳統鏡框式、180度的舞臺逐漸變成圓形、環形、步道式等360度的立體呈現，不再設有固定的座椅，觀演需通過「劇場」內的自由移動和行進來完成，空間成為一種演出參與要素。

在此基礎上，觀眾與演出的「互動性」大大增強，不但觀看行為由被動變為主動，除了創作者刻意設計的預留給觀眾與正在進行中的表演者的互動環節，觀眾與演出空間的關係重新被結構，本身也可以被視作一種與空間要素的「互動」，目的是使得觀眾達到一種更為徹底的「沉浸」體驗。山西平遙

〔註12〕張仁勝：《山水實景演出初探》，《歌海》，2015年第4期，第26頁。

的《又見平遙》、甘肅敦煌的《又見敦煌》、陝西扶風法門寺的《法門往事》等均屬此列。

　　相較於以往山水實景演出觀眾只能在觀眾席上「遠眺」舞臺和意象式感受環境氛圍，近距離的行進觀演也使得「敘事」要素的進一步加強成為可能，並且敘事不再拘泥於傳統的線性方式進行，多重空間的打開製造了非線性、多聲部的敘事空間，觀眾得主動探索、追尋敘事內容與景觀空間的過程猶如遊戲一般，這也讓實景演出真正與西方流行數十年的「沉浸式戲劇」（immersive theatre）等戲劇形式在某種程度上有所接近。而這種趨勢也與當下實景娛樂產品對互動性和沉浸感的強調是一致的，較靜態觀看、機械戲設備為主的前一代產品，當代的實景娛樂產品旨在為觀眾／消費者提供更多維度、更豐富的感官體驗。

　　例如 2017 年江西撫州立項製作的《尋夢牡丹亭》率先打造了首個「遊園式」實景演出模式。《尋夢牡丹亭》以湯顯祖劇作《牡丹亭》為藍本，選址於文昌里新建的牡丹亭文化園，白日作為主題公園開放遊覽，夜間進行演出，在園中選擇三處重點景觀進行分段式表演，分別營造第一折《遊園驚夢》（驚夢、鬧殤）、第二折《魂遊尋夢》（冥判、魂遊、拾畫、玩真）、第三折《三生圓夢》含幽媾、婚走）等主要場景，以「空間平行蒙太奇」的藝術手法展示和表達戲劇關係。觀眾將依據園中設計的兩條觀演動線行進，沿途欣賞詩意園林、小橋流水等景觀，而在三處固定表演區觀演，還可以與演員近距離接觸和互動。

　　同樣以明代戲劇《牡丹亭》為藍本，2018 年著名臺灣導演賴聲川在美國加利福尼亞州亨廷頓圖書館的中式園林流芳園中創作了「環境戲劇」《遊園·流芳》。整個流芳園被設計成九個場景，演出時長約兩個小時，內容分東、西雙線同時進行：東線版本是演員身著古裝的「中國版」，西線則是以 1920 年代洛杉磯為背景的「加州版」。觀演過程中，兩隊觀眾分別以順時針和逆時針行進觀演，並在劇情的中點相遇，而後再度分開，由此觀看完整個故事。

第四節　實景演出的特徵

　　經過前文的分析，我們得以歸納出實景演出作為一種綜合性表演樣式所具備的一系列構成要素：

1. 在選址上，實景演出經常性地使用真實的自然和人文歷史景觀作為演出背景或場域，代表如桂林山水、西湖、玉龍雪山、張家界、華清池、皇城相府、大報恩寺等。

2. 在形式上，實景演出雜糅性地吸納了歌舞表演、音樂劇、舞劇、戲劇、文化儀式和民俗表演等，不同的藝術形式在表達不同的內容題材上各具優劣，例如陝西華清池《長恨歌》主打舞劇，張家界《天門狐仙·新劉海砍樵》是以音樂劇為其形式特色，《印象·武隆》以川江號子為核心突出歌會這一形式中的聽覺性層面。

3. 在題材上，實景演出多以體現地方性特色的民俗文化、儀式禮儀、服飾器物、勞作和生活方式等物質性與非物質性特色為內容，選取與旅遊景區當地緊密相關的民間傳說、歷史故事、知名人物、民俗風情等文化性內容並將之統攝到一個統一、明確、集中的主題之下，例如《印象·劉三姐》的壯族對歌，《印象·西湖》的斷橋相會、梁祝讀書等傳說，《印象·武隆》的川江號子，《又見平遙》的晉商文化，《印象·大紅袍》的茶文化，《井岡山》的革命歷史故事等。

4. 在規模上，盡可能地以現有景區的自然或人文景觀為核心，發掘該景觀與周邊可利用的、具有獨特性的演出場地，「壯觀」、「開闊」的「全景」視野、可容納觀眾的數量多等都是重要參數。

5. 在技術和視聽效果上，實景演出利用並不斷開發燈光、音效、多媒體、環境氛圍和舞臺特效技術，以「新穎」、「奇觀」、「震撼」作為不斷突破的目標。例如 2010 年在福建武夷山上演的實景演出《印象·大紅袍》採用了全球首創的 360 度旋轉的觀眾席，觀眾席五分鐘內旋轉一周，舞臺視覺總長度達 12000 米，耗資達四千萬；此外，導演組還引入「矩陣式」實景電影，以 15 塊電影銀幕組成「矩陣式」超寬實景電影場面，力圖打造「人在畫中游」的視聽體驗。

儘管基於不同地域實景演出，呈現出面目繁多的景象，但總體而言我們能夠抽象地提煉出這樣一種文化生產所具有的普遍性特徵，也是有別於其他類型演出的特徵。

最顯著的毫無疑問是實景演出所具有的「地方性」特徵。

實景演出以地方旅遊景點為依託，以地方文化為主要表現內容，因此演出中對於「地方」及「地方性」觀念的表述可謂是這一文化實踐的重中之重。

「地方」這個概念可以從多個學科領域的研究範式當中來得到闡釋，通常我們在談及實景演出時，首先想到的是傳統地理學意義上的地形、地貌、氣候、建築等物理性要素，但對於一般的遊客而言，僅僅進行物質性的遠距離觀看顯然是不足夠的。事實上，關於「地方性」（placeness）的形成是近 20 年來英美人文地理學界一直探討的問題。1970 年代以降西方地理學界對邏輯實證主義計量方法進行反思，以段義孚（Yi-Fu Tuan）等為代表的學者重新將「地方」（place）概念引入到人文地理學研究中，旨在從人的主體性出發，從人類社會實踐與經驗的角度出發，探究人與地方複雜的互動關係，以及地方所承載的文化意義。在這樣的視野中，抽象化、理性化、物質性的「空間」（space）成為了「地方」（place）的參照物，「地方」被視作是一種「感知價值中心」〔註13〕，一種經由人類主觀性重新建構與定義的社會與文化意義的載體。正是通過個體／群體的經驗範疇、日常生活和情感依附，「空間」被賦予文化意義而被建構而成某個「地方」，而這也是該「地方」與其他「空間」所具有的根本性差異所在。與此同時，地方與個體／群體的身份認同之間也存在著動態辯證的關係，美國哲學家凱西（Edward S. Casey）從海德格爾的現象學哲學出發，指出地方與自我在一個不斷的互動過程中形成了一種親密的相互聯繫，由此，地方成為自我的一個隱喻，發現地方即是發現自我的過程，建立一個獨特的「我」的過程〔註14〕。

　　而在全球化的語境下，現代性在全球的散播過程造成了地方真實性逐漸消弭、同質化的大量普遍存在，這樣一種「去地方化」（delocalization）的浪潮催生了基於「地方」概念的兩個衍生產物，即雷爾夫提出的（Edward C. Relph）的「無地方」（placelessness）和馬克·奧熱提出（Marc Auge）的「非地方」（non-place），其共同特點是「地方」意義的貶值與認同感的減弱。與此同時，全球背景的複雜作用也以非常積極的方式重新創造著地域意識和社會群體意識，因此也有學者認為全球化的力量並不是使得「地方性」徹底消失，而是使得地方性在新的關係體系中被重構和賦予的新的意義，甚至是某種「再地方化」（relocalization）的過程。

〔註13〕段義孚：《空間與地方——經驗的視角》，王志標譯，北京：中國人民大學出版社，2017 年 2 月，第 5 頁。

〔註14〕Edward S. Casey: Between Geography and Philosophy: What Does It Mean to be in a Place-world 跡 [J]. Annals of the Association of American Geographers, 1997, 87(3), P.509～531.

　　因此從人文主義的角度出發，「地方性」不再是自身固有的、區別於另一地方的本質化屬性，也不僅僅是地理現象，而是直觀的、表徵性的地方景觀與符號和特殊生活方式、歷史描述、想像傳說、豐富的人類經驗，以及感知與文本的集合，而後者對空間的主體性創造行為是建構出來的。人和空間的關係，或者簡稱為人地關係，是構成地方性的核心。因而實景演出可以被視作這樣的一種「文本」（text），其本質便是以表演賦予空間文化意味的過程，通過多種敘述方式講述文本中的「人」、即舞臺上的表演者與空間的關係（居住、生活、生產、返鄉、遊覽等），創造出一種「地方性」話語，而這種「地方性」敘事與話語同時作用於建構觀眾席上的觀眾與該空間的聯繫，召喚出他們某種情感與身份認同，進而以該「地方」為參照塑造出某種主體意識。從這樣的「文本」中，我們可以層層深入地觀察到生產和再現這種「地方性」的文化機制，這種「地方性」如何發揮作用，被召喚出的又是一種怎樣的情感體驗與價值認同，而在今天全球化的語境下，地方主體性的顯或隱其中又顯示出怎樣的變化。

　　其次，實景演出具有一種「空間性」特徵。

　　從宏觀層面上而言，現代旅遊活動本身就意味著一種空間的移動，對一種遠離於日常生活的、特定的「空間」的介入與消費，而實景演出強調的正是在這樣特定的「空間」（從鋼筋水泥的現代都市移動到）裏通過文化性的生產，為觀眾與這樣的「空間」構建出一種暫時的、想像性的文化關係，從而發揮其作用，完成對日常生活空間的某種僭越，提供了作為參照的「他者」。

　　而從微觀層面上來看，在實景演出的表演空間、或曰「劇場空間」中，觀眾首先以其真實的在場、通過進入這重空間而獲得某種感官上的體驗，來自於視覺、聽覺甚至觸覺（露天劇場天氣變化所附贈的風、雨、雪、陽光等自然現象，沉浸式劇場裏可以觸摸和取用觀看的物品），這種短暫性停留與日常生活的切割和距離構成了最大程度的奇異感，而在更為進一步、更強調觀眾的自主性與能動性的「沉浸式」（情景式）劇場空間內，如武漢江面上的漂移式體驗劇《知音號》，觀眾甚至可以換上民國時期人們的服飾，被賦予新的身份，並得以和某種「復原／擬造」的歷史情境展開對話，此時觀眾便由物質性、物理性的空間介入轉換成了社會空間、社會性關係的參與。無論是實景演出的發生地是自然山水、歷史古蹟還是仿造的劇場，一旦進入這重空間，也就意味著人與物、與自然乃至與歷史的關係被重新組合與建構了，「實景」

的「虛構」過程便是通過利用這重空間所完成的。

第三個特徵則是「文化消費性」。

實景演出是一種面向大眾、面向市場的文化行為，在本論的視域中，首先是將實景演出置於「文化生產」的語境下來檢視和討論的。這裡，我們首先需要對「文化生產」的理論譜系作出一定的梳理。

西方學界對文化生產的討論經過了一系列的轉變。20 世紀 40 年代，德國法蘭克福學派（Frankfurt School）〔註 15〕對資本主義市場的標準化生產進行了批判，該學派代表人物霍克海默（Max Horkheimer）和阿多諾（Theodor Adorno）提出的「文化工業」（culture industry）概念一定程度上揭示了文化生產的具體內涵。霍克海默和阿多諾從啟蒙自身孕育的自相矛盾的邏輯出發，指出啟蒙的辯證法主要侵害的領域之一就是文化工業，基於資本主義不斷追逐利潤和開拓新市場的固有屬性，這個曾經自治或者相對自治的領域開始遵從工業的法則。在此法則之下形成了所謂的「文化工業」，是資本主義社會藝術生產的一般形態，它把藝術提升為一種商品類型，開始遵循資本主義經濟中普遍存在的積累規律，從前具有批判性和差異性的文化被資本主義的同一性邏輯所侵蝕，結果是導致獨立思考的能力和個人感性經驗的喪失，由此文化工業操縱了大眾的意識形態，是一種欺騙大眾的啟蒙精神。總體而言，在法蘭克福學派這種歐陸知識分子精英立場之下，「文化」專指上層建築領域和高雅藝術，因此他們對全面滲透到文化領域的資本主義邏輯提出了強有力的否定和激烈的批判。

〔註15〕對法蘭克福學派的闡釋參見〔美〕約翰・費斯克等編：《關鍵概念：傳播與文化研究辭典》，李彬譯，北京：新華出版社，2003 年。辭典中將其表述為一群經過鬆散結合而共同致力於發展以「批判理論」（critical theory）著稱的西方馬克思主義革命哲學的德國知識分子。其名稱來自於 1923 年成立于法蘭克福的社會研究所，1930 年代這個學派被迫離開德國，移居美國，儘管 1953 年又在法蘭克福重建。這個學派的重要成員包括霍克海默、阿多諾、馬爾庫塞、弗洛姆及本雅明。哲學家與社會學家哈貝馬斯的工作，為延續與發展這個學派的傳統做出新的努力。他們的語境與經驗，對他們還來討論的重要主題與問題是有力的證明。這些主題與問題涉及對法西斯主義崛起於革命運動衰落的解釋，及對他們所認定的現代西方社會日趨明顯的權威化與科層化趨勢的焦慮。旅居美國期間，這些主題通過他們對大眾媒介的分析獲得發展，他們將大眾媒介稱為「文化工業」。他們認為，在發達資本主義社會裏，這種文化工業合乎邏輯地浮現出來，以扮演一個高度控制性的角色，用來代表占統治地位的資產階級去抑制與擾亂種種對立意識或批判意識。

　　儘管對關於文化生產持一種保守的否定態度，霍克海默和阿多諾的文化生產理論為此後產生的文化研究奠定了基礎，在人文與社會科學領域激起了廣泛的迴響。事實上，英國伯明翰學派（Birmingham School）〔註16〕的經典文化研究就起源於對批判理論的反駁。相對而言，伯明翰學派對文化生產持有一種更為積極的態度，主張文化（和媒體）既是統治存在的陣地，也是反抗存在的陣地。對于法蘭克福學派的理論中更關注文化生產中資本生產的結果的問題，伯明翰學派則釐清了文化生產中「文化」的變遷及合法性，以生產與消費作為理解文化的兩個主要方面。雷蒙・威廉斯（Raymond Williams）在對「文化」一詞的詞義演變過程歸納的基礎之上，將「文化」界定為「一種特殊的生活方式」，在擴大的了的內涵之下，文化生產也不僅僅侷限於狹義的藝術作品的生產，它滲透到日常生活的方方面面。文化生產最終被看作生產方式之一，文化不再是區分於經濟基礎的上層建築，而是與經濟生產與社會結構相聯繫。

　　從法蘭克福學派對文化的精英式觀念到伯明翰學派對文化的定義的擴展，文化的內涵及關注的對象下降到了更普遍的下層階級及整個社會層面，因而這種曾被嚴厲駁斥的商品化的文化工業同時具有了抵抗性。而在更晚近的美國學者眼裏，文化生產似乎具有天然的合法性與合理性，是與傳統藝術創造分庭抗禮的另一種形態，內涵更加中立，其理論生長點不在於再度批判其負面意義而更多地轉向了研究文化生產如何發揮其作用。以美國學者約翰・費斯克（John Fiske）為例，他繼承了雷蒙・威廉斯的文化社會學理論，將文化理解為「生產關於來自我們的社會經驗的意義的持續過程，並且這些意義需要為涉及到的人創造一種社會認同」〔註17〕、「感覺、意義與意識的社會化生產與再生產。將生產領域（經濟）與社會關係領域（政治）聯繫起來的意義領域」〔註18〕。「文化」一詞屬於多重話語。文化滲透到日常生活，將經濟領域與政治領域以一種溫文爾雅的方式聯繫起來。而「文化生產」則是「文化

〔註16〕伯明翰學派是西方當代文化批評及美學學派。20世紀60年代中期圍繞英國伯明翰大學文化研究中心而形成，以研究通俗文化和媒體而著稱。20世紀50～60年代該學派成員出版的幾部著作堪為文化研究的奠基之作，如霍加特的《識字的用途》（1957）、威廉斯的《文化與社會》（1958）、《漫長的革命》（1961）、湯普遜的《英國工人階級的形成》（1963）等。

〔註17〕約翰・菲斯克：《解讀大眾文化》，楊全強譯，江蘇：南京大學出版社，2006年，第1頁。

〔註18〕約翰・費斯克等編：《關鍵概念：傳播與文化研究辭典》，李彬譯，北京：新華出版社，2003年，第62～63頁。

商品的工業化生產，它強調文化的制度化特徵與社會化特徵，從而相對於那種廣泛持有的信仰即文化源於個體的靈感和想像。」〔註19〕至此，文化生產有了更為明確的意指，它強調文學、繪畫、音樂、電影、電視等文化產品的制度化和社會化特徵，所指向的是大眾的群體，而非孤獨的個人。因而費斯克進一步顛覆了把「群眾」（the masses）視為毫無抵抗力的被操縱者、把文化工業視為被奴役者的娛樂消遣這樣的精英主義式觀點，充分肯定了大眾文化（popular culture）的積極功能。進入消費社會，大眾不僅僅是商品的使用者，同時也是意義的「生產者」，生產出了意義、快感和社會認同，也就是說人們不僅僅屈服於消費的邏輯，與此同時也存在能動地在使用中生產、能夠用文化工業所提供的全部商品來創造文化的可能性。

以《印象·劉三姐》為代表的實景演出，其誕生最直接的動因便是梅帥元觀察到中國本土的文藝形式與西方成熟的文化產品如百老匯等在商業化運作和文化影響力方面的強烈反差，因此試圖在以文化工業體系的模式來創造一種的具有本土性的文化形式，來承載對地方文化的講述。《印象·劉三姐》從立項之初便不是一部只關注自身藝術價值的演出作品，更擔負著推廣廣西壯族自治區旅遊的目的，最初定位的目標觀眾群體也並不是普通的當地居民，而是前來桂林旅遊的遊客。也就是說，實景演出是旅遊經濟延伸出的新的文化形態，一部成功的實景演出所能帶來並不僅僅是高上座率之下演出門票的收入，還包括由於創作、運營和維護這部演出所提供的就業和對相關行業的需求，因為觀看這部演出、在景區內延長駐留時間而產生的餐飲、住宿、購物等一系列旅遊消費行為所帶來的收益，以及實景演出作為文化品牌和象徵資本的擁有品牌價值、地產升值等附加收益。此種意義上的實景演出，例如「劉三姐」，正像好萊塢電影公司所創作的超級英雄等著名形象一樣，成為了「IP」（Intellectual Property），變成了資本，變成了經濟鏈條中的一環，還具有相當強的品牌衍生能力。與市場上一般的商業性音樂會、舞蹈、戲劇演出最大的區別在於，實景演出因其「駐留」即常態化觀演，構成當地複雜多態的文化產業的一部分，同時也作為品牌與象徵資本發揮作用。

因此今天我們在考察實景演出時，其「文化消費」和「文化工業品」屬性是絕不能忽視的一個維度，而這種屬性事實上也深刻地影響著實景演出如何來選取其內容、結構以及形式等要素。

〔註19〕約翰·費斯克等編：《關鍵概念：傳播與文化研究辭典》，第68頁。

第二章 《印象·劉三姐》

當我們談論實景演出時,《印象·劉三姐》自然是無法繞開的一部作品。《印象·劉三姐》作為將創作者「實景演出」這一具有中國原創性的表演形式確認下來的作品,有其獨一無二之處。事實上抽象的「實景演出」這一概念與演出形態的產生,正是同具體的桂林山水和以「劉三姐」為代表的廣西地方文化聯繫在一起的。自 20 世紀 60 年代以來,音樂風光片《劉三姐》的風靡全國使得桂林山水、劉三姐和壯族風情等「風景」成為了廣西的地方象徵,而同樣的「山、水、人」,經由當代實景演出這一媒介,再現這些「風景」的機制所發生的變化、塑造出新的地方主體性意涵,也顯示出了當代中國的文化生產方式。

第一節 「山水實景演出」的誕生

如今,選址於廣西壯族自治區桂林市陽朔縣灘江畔的《印象·劉三姐》,毫無爭議地被研究者視為中國「山水實景演出」的發軔之作。從 2004 年上演以來,《印象·劉三姐》在口碑、聲譽與商業上都取得了相當大的成功,並推動了全國範圍內製作實景演出的熱潮,其藝術構想、表現形式和運營方式都成為了日後其他地區實景演出創作的典範與藍本。事實上,時至今日,大多數後續實景演出作品都未能在商業收入、話題熱度、輿論評價和藝術創新性等方面超越這部奠基之作。

因此,任何試圖定義實景演出這一綜合性表演形式的研究都無法繞過對《印象·劉三姐》誕生過程的追溯。從歷史化梳理的角度描述《印象·劉三

姐》這部作品從藝術草創到落地實施的過程，進而深入解讀「山水實景演出」這一構想的內涵與形式上的特徵，這也為我們理解「山水實景演出」與去掉「山水」作為限定詞的「實景演出」的差別奠定了基礎。

　　《印象·劉三姐》的問世經歷了非常漫長與曲折的過程，其歷程今天我們得以從主創團隊和親歷者的採訪、事後回憶等材料當中窺見一斑。普遍地來說，今天被稱作「實景演出之父」的梅帥元是最早提出以桂林山水為舞臺製作一齣表演的人。梅帥元〔註1〕是土生土長的廣西人，其成長過程經歷了20世紀80年代人文學界發展的黃金時期，並在「尋根文學」思潮興起時作為廣西的代表加入這一創作群體，並發表了一系列作品。梅帥元的創作廣泛分布於小說、詩歌、戲劇等領域，在20世紀90年代編獲得了國家一級編劇的稱號，他的作品參加過中國戲劇節、中國藝術節等國家頂級藝術盛會。他在擔任廣西壯劇團團長期間，策劃和執導創作了具有創新精神的風情壯劇《歌王》，獲得了1997年中國戲劇最高獎、文化部頒發的「文華獎」。長期鑽研於傳統舞臺戲劇的梅帥元，隨後很快意識到壯劇和其他地方劇種的在語言障礙和戲劇觀念侷限方面的短板，即便獎項加身仍然無法改變群眾不感興趣、缺乏市場吸引力等現狀。他認為造成這種現象的根本原因是當地演出市場不夠成熟、群眾沒有買票看戲的習慣，即便政府前期大手筆投資製作，後期演出還得自己買單。因而梅帥元的思考，一直是基於與傳統舞臺戲劇的對話關係展開的，包括原創劇目怎樣發展推廣、傳統劇目如何搶救弘揚、如何將戲劇與商業有效結合等一系列問題。

〔註1〕梅帥元，廣西人，國家一級編劇，旅遊演出策劃人及導演。曾任廣西壯劇團團長、廣西雜技團團長、廣西政協常委、廣西戲劇家協會副主席等職。現任廣西戲劇家協會副主席、中國旅遊演藝聯盟主席、山水盛典文化產業有限公司董事長。曾創作壯劇《羽人夢》、大型風情壯劇《歌王》（合著）、舞劇《媽勒訪天邊》（合著）、兒童音樂劇《太陽童謠》（合著）、歌曲《鄉村社戲》（作詞）、小說《紅水河》等多部文學和舞臺藝術作品，獲中宣部「五個一工程」獎、文化部「文華大獎」、「文華劇作獎」、全國少數民族戲劇創作金獎、廣西文藝創作「銅鼓獎」、中國曹禺戲劇文學獎等。曾擔任1999年南寧國際民歌藝術節《大地飛歌》、2001年第七屆中國戲劇節閉幕式晚會《國色天姿》、2002年亞洲博鰲旅遊論壇（中國桂林）閉幕式晚會《歡樂灘江》和2008年慶祝廣西壯族自治區成立50週年文藝晚會《山歌好比春江水》等重大文藝活動的編導。曾獲2012年文化產業年度人物」、2014年「中國旅遊風雲榜年度」影響力人物Top10、2014年「影響世界的中國文化旅遊名人」等榮譽。

　　在國內各地調研考察之後，梅帥元親自前往美國紐約，觀看和瞭解美國最具代表性和商業價值的百老匯（Broadway）的戲劇演出和運作方式，希望能夠在廣西本地借鑒百老匯商業成功的經驗。他的目光首先投向了廣西的旅遊名城桂林，整個廣西只有桂林才具備大型演出所必需的客流觀眾支撐，但當時的桂林城市規劃和市政建設落後，文化產業一片空白，夜生活貧乏，尤其是對於遠渡重洋的外國遊客來說，夜晚無處消遣，造成桂林長期無法留駐遊客，甲天下的風光無法充分發揮其應有的社會與經濟效益。

　　常年在桂林考察和調研、行走於灕江山水邊的梅帥元，隨即萌生了以桂林山水作為舞臺、在灕江上上演一場關於著名廣西傳說人物「劉三姐」〔註2〕的故事的想法。他認為「桂林山水」和「劉三姐」是廣西得天獨厚的兩大品牌，在長期的理論實踐中，兩個品牌一直處於「平行」或「分離」的狀態，從未有人讓她們彼此「交叉」融合過。事實上，抽象的「實景演出」這一概念與形態正是同具體的桂林山水和以「劉三姐」為代表的地方文化聯繫在一起的。倘若沒有梅帥元對於桂林地域景觀和文化的深入瞭解，以及「近水樓臺」的便利條件，也不會有山水實景演出這樣一種新的表演形態，也就是說並不是梅帥元先入為主地構想了這樣一種形態，再尋找合適的地域來實踐這一理念，而正是對桂林地方文化再生產的驅動下因地制宜地創造出這樣一種形式。對於其創作原則的理論概括，也是在《印象‧劉三姐》的具體實踐中總結出來的。

　　梅帥元的創意得到了當時廣西省文化廳廳長容小寧的支持。該想法以文化廳的名義立項、并向廣西壯族自治區發展計劃委員會彙報後，爭取到了20萬元的啟動資金，用於項目的修改完善和前期評估。

　　1999年初梅帥元帶著「山水實景演出」的項目書與可行性報告同導演張藝謀進行了接洽，當時張藝謀剛做完太廟版歌劇《圖蘭朵》，對歌劇放置在原生態環境中的想法產生了一定興趣，此前的歌劇只在太廟、金字塔這樣的人造景觀之前實施過，與自然山水的結合史無前例。1999年春節前，張藝謀團隊到桂林實地勘景，初步確定了演出場地田家灣的可行性之後，以「山水實景歌劇」《劉三姐》為目標開展了一系列籌備工作，包括成立專門文化公司運營項目、成立「張藝謀灕江藝術學校」為演出培養演員、確定歌劇劇本及舞臺設想、與張藝謀簽訂合同及分賬協議等。2000年7月15日，「桂林大型山水實景歌劇《劉三姐》」在北京舉行了新聞發布會，公布了主創陣容。然而隨

〔註2〕關於「劉三姐」這一民間傳說及故事譜系的介紹，將在後文中詳細展開。

後在投資方面出現了一系列難題，致使山水實景歌劇《劉三姐》項目一度處於危機邊緣。2000 年，廣西維尼綸有限責任公司與梅帥元共組桂林廣維文化旅遊文化產業有限公司，解決了初步的投資及土地問題，並聘請廣西博物館的民俗專家設計木屋民居，種植竹林，同時和陽朔縣共同投資 140 萬元，修建了直通演出區域的公路。

在解決了商業投資的問題之後，在創意實現上梅帥元等人也遇到了較大的困難。張藝謀為首的山水實景歌劇《劉三姐》創作團隊在面對生態環保、現有技術和原有電影《劉三姐》對創作的制約等問題時捉襟見肘，歌劇《劉三姐》暫時擱淺。因而梅帥元放棄了歌劇的形式，回歸最初的創意方案，其創作理路經歷了從《劉三姐歌圩》到「山水情景藝術演出」《錦繡灕江》的更迭，並借陽朔縣舉辦的漁火節的機會得以嘗試實施，日後成為山水實景演出《印象‧劉三姐》亮點的「牧童」、「婚船」、「竹排」等元素，在漁火節演出策劃階段已經基本完成創意。

2002 年 11 月，在桂林舉行的「博鼇亞洲旅遊論壇」閉幕式文藝演出邀請梅帥元策劃，當時閉幕式主創團隊推薦了樊躍與王潮歌加入擔任導演職務，為演出提供了大量創新的想法。閉幕式文藝演出《歡樂灕江》的核心思路是「山水實景演出」與「原生態人民生活」概念的結合，即梅帥元後來為「山水實景演出」所下的定義「此山，此水，此人」。晚會地址選在桂林象鼻山下的情人島上，以漁火節演出的成熟節目為元素，不使用明星而是大量調用當地漁民作為竹筏表演的演員，分為《山水盛典‧迎客篇》《錦繡桂林‧風情篇》和《歡樂灕江‧祝福篇》三個章節，分別描繪灕江的風情美、時尚美和包容美，演職人員達 800 餘人，內容上以少數民族音樂、服裝、生活和勞作場面的呈現為主。

在《歡樂灕江》的基礎上，2002 年 11 月底～12 月，閉幕式文藝演出的原班人馬繼續創作了第四屆陽朔漁火節大型演出《錦繡灕江》，地址在原本為山水實景歌劇《劉三姐》選定的田家灣，內容更加突出了灕江漁火的元素與劉三姐的歌聲。《歡樂灕江》和《錦繡灕江》這兩次演出實踐，為後來的山水實景演出《印象‧劉三姐》奠定了雛形。而一度在山水實景歌劇方向上難以前進的張藝謀，在觀看《錦繡灕江》之後，回歸核心創意團隊，與王潮歌、樊躍形成了團隊合作關係。經歷了百餘次的修改，2004 年 3 月 20 日晚，大型山水實景演出《印象‧劉三姐》進行了首次面向觀眾的公演，「山水實景演出」的提法也由此正式固定與確認下來。

　　而在日後實景演出不斷向全國範圍拓展的過程中，梅帥元也在逐步調整和完善「山水實景演出」的內涵，實景演出從「在山水之間寫意」到「在山水之間講故事」，再到不侷限於「山水」等自然景觀的「實景演出」，其創作思路和呈現景觀與表演之間的關係的方式也在原有的理論體系的基礎上不斷地發生著變化。

第二節　山水實景演出中的「風景觀」

一、從「自然」到「風景」

　　梅帥元在談及他提出的「山水實景演出」這一概念時，反覆引用中國古人「天人合一」、「道法自然」的表述〔註3〕作為其思想靈魂，「此山、此水、此人」則是山水實景演出的題中之意，「也就是這裡的山、這裡的水、這裡的人民以及這裡的生態、文化共同組成一個天衣無縫的體系，這樣的演出才叫實景演出」〔註4〕。梅帥元多年的合作搭檔、也是歌劇《劉三姐》第一稿及後續多部實景演出的編劇、導演張仁勝〔註5〕對此有過較為詳盡的解讀。他認為梅帥元所定義的「山水實景演出」裏面「此山、此水、此人」的含義中，山、水、人都是真實的，因為每個地方都有自己獨特的自然地理和人文歷史，「人」包括了這裡人勞作、歌唱及各種生存與文化狀態、生活狀態。這些原則歸在一起的時候，以儒家哲學概括為「天人合一」，以道家思想概括則是「道法自然」。

　　因此所謂「山水實景演出」，其核心便是以「劇場空間」中的「表演」行為作為媒介，以當地的「山水」、「人」以及「人」與「山水」的互動為表現對象，而這些對象便構成了某種獨有的、差異性的「地方」表徵。

　　具體到《印象·劉三姐》中，如梅帥元所說，「我們所做的不只是在自然的情境中搭臺演戲，更重要的是挖掘出當地的故事，再通過輕微包裝不露痕跡地放回自然」。那麼我們如何理解梅帥元所提及的「放回」這一行為？

〔註3〕梅帥元：《實景演出就是此山、此水、此人》，中國旅遊報，2014年9月5日第9版。

〔註4〕梅帥元：《實景演出就是此山、此水、此人》，中國旅遊報，2014年9月5日第9版。

〔註5〕張仁勝，廣西民族文化藝術研究院一級編劇。參與多部大型實景演出的編劇、導演和製作。

　　「放回」這個動作暗示了現代文明體系當中「人」與「自然」之間的割裂這一普遍性狀態。工業革命以來人類改造自然的能力大幅度提高，機器生產和現代工業體系和社會的建立極大地減少了人以自然為直接對象的勞動，與此同時城市聚落大規模興起，人類文明誕生之初與自然之間親密無間的關係被打破，自然以其荒蠻、落後的涵義作為現代性的對立面逐漸被驅逐到特定的區域，例如今天的國家公園和風景名勝景區，成為特定的觀看對象。而原生於特定自然環境中的風俗民情等文化性內容往往只能在城市裏富麗堂皇的劇院中得到表演的機會。梅帥元的「放回」，即讓漁民在灕江上表演捕魚，讓壯族青年男女在桂林山間而不是劇院對歌，似乎是在進行復原一種先驗的原生自然—文化系統的實踐，與這些年來旅遊業中所興起的追求的「原生態」熱潮分享的是相似的邏輯。

　　而另一方面，「放回」的行為主體是當代的創作者，這也就意味著「放回」的方式和過程即便再「不露痕跡」，同樣被施與了人的主觀意圖，更何況梅帥元所謂的「輕微包裝」。

　　事實上，經由「放回」行為，即創作者的創作過程，客觀的「自然」已經轉變為「風景」。此處我們不妨借用近年來西方人類學及文化地理學領域中興起的風景學理論來作為參照。在西方語境中，英文中的「風景」（landscape）一詞源於荷蘭語「landschap」。16 世紀晚期，該詞作為繪畫專業術語引入英文，原意為「從某個單一視點所看見的一片土地」。也就是說風景在產生之初便與「觀看」、「目光」、「距離」等概念有著緊密的聯繫。英國學者約翰·威利（John Wylie）在《風景》（Landscape）一書中將「風景」一詞從其詞源角度產生的各種含義歸結為「四重張力」（four tensions）：親近—距離；觀看—居住；目光—土地；文化—自然。他在此基礎上闡釋了人與風景的關係，即風景本身就蘊含著某種張力：它既意味著與人的親密關係，也意味著人需要與之保持一定的距離感，以便觀看；我們身處風景之中，它是我們所居住的處所和地方，同時風景也在我們眼前，它是我們所觀看的景物；它是視覺性的、藝術性的，也是日常生活化的；它既是文化之創造，也是自然之環境。由此「風景」內涵所囊括的範圍也不斷擴大，既可指涉「地方」、「景色」、「背景」、「土地」、「農耕模式」、「定居方式」、「自然」、「疆界」、「空間」等，此外又與「表徵」（representation）、「文本」（text）、「意義與交流體系」（landscape as meaning or system of communication）、「身份認同」（landscape identity）等話題產生了互動。

在這樣的視域下，研究者區別了「自然」與「風景」所指涉內涵的不同，「自然」是與人工製造物相對、自然產生的物質性存在，桂林的上千年地質運動形成喀斯特地貌、灕江的水等等都是自然，而以自然為表現對象、經由人的主觀行動呈現出的對象化了的自然，則變成了帶有主觀性印跡的「風景」，無論這種再現方式是繪畫、文學、雕塑、攝影、電影或是本論的討論對象實景演出，自然都不再是純然客觀的存在。美國學者米切爾（W. J. T. Mitchell）談到，風景本身是一個物質的、多種感受的媒介（土地、石頭、植被、水、天空、聲音和寂靜、光明與黑暗等），文化意義和價值通過這種媒介被編碼，這些意義和價值或者通過對某個地方的改造而被「賦予」（put）到園林或建築中，或者在我們所說的「天然」形成的地方被「發現」（found）。在最為極端的情形下，我們甚至可以認為早在風景變成繪畫表現的主題之前，在它被欣賞的那一刻，它就已經是一種人工品了〔註6〕。

米切爾在其編著的《風景與權力》一書中總結了20世紀風景研究的兩種主要方法：其一是現代主義式的，研究者依靠風景畫的歷史來閱讀風景的歷史，並將該歷史敘述化；其二則是後現代主義式的，這種做法試圖去除繪畫和純粹視覺形式中的風景的中心化地位，以語義學和闡釋的思路將風景視為某些心理的或意識形態主題的隱喻。這兩種研究方法都將風景視為「名詞」，而他則致力於將風景從「名詞」轉變為「動詞」，考察風景如何作為一種權力的文化實踐（cultural practice of power）而發揮作用，與此同時風景也不僅是文化權力的工具，「也是各種社會身份賴以形成、階級概念得以表述的文化實踐」，而「無論風景具有什麼樣的權力，無論它向空間和地方展現了什麼樣的權力，它無疑是我們生活、活動、實現自身之存在的媒介，是我們最終注定返回的媒介」。此外他也提出有必要將「空間」、「地方」及「風景」這三個術語作為一個整體概念來考察〔註7〕。這對於本論考察實景演出中的風景如何作為媒介，人和風景又是如何相互作用的具有重要的理論借鑒性。

「風景」被視為文化的建構及過程，「風景學」關注的便是風景、記憶與身份認同，風景與權力的關係等等。將「發現」「風景」的機制理論化，意味

〔註6〕〔美〕W. J. T. 米切爾：《帝國的風景》，W. J. T. 米切爾編：《風景與權力》，楊麗、萬信瓊譯，北京：譯林出版社，2014年，第15頁。

〔註7〕〔美〕W. J. T. 米切爾編：《風景與權力》，楊麗、萬信瓊譯，北京：譯林出版社，2014年，第4～5頁。

著「風景」可以被視作一種媒介，因此不同時代語境下「風景」的不同呈現方式，折射出不同時代的文化症候性，探尋柄谷行人所言的某種內在「裝置」〔註8〕的存在成為學者的任務。柄谷行人指出，將「風景」視為美的對象本來是觀看者的自我意識，但近代的認知裝置讓人們將這種自我意識投射到外部世界中，彷彿它們本來就是美的，以至於人們逐漸地並不在意現實的場景到底是什麼樣子，轉而以美的風景來重新定義它。伴隨著這種感覺當作客觀的視角的形成，出現了一種新的敘述制度，這種敘述讓人們忽視敘述者的主觀性，進一步保證這種「美」被當作外部世界原本具有的屬性。因此「風景」的出現／發明，便是以人的意識重新定義世界並將這個重新定義的世界視作客觀的過程，即「風景」之為「風景」，是在其所表現的景觀的基礎上，所附加以一種特定的觀看方式，這種觀看方式是通過一種特定的敘述方法表達出來的，從而使客觀的景觀成為「風景」。因此這裡的「風景」並不限定為某種自然景觀，人文景觀、風俗民情等人類活動都可以視作被表現的景觀。

這也就意味著，實景演出作為對於一地方「風景」之表述，在深層次上折射出來的便是歷史化的語境中人與自然／環境的關係，人對地方及地方文化的理解與體悟。不同的時代即便面對同樣的自然景觀，對「風景」表現的也可能是姿態迥異的。在這樣的視野下，作為媒介的「風景」不僅僅再是一個名詞，而更多地是一個動詞，動態地揭示出人如何通過某種運作機制作用於「風景」、如何人為建構了一系列關於「風景」的象徵性和符號性的意義體系。而在對實景演出的觀看中，觀眾得以在一個整體關係中通過被賦予了特定意義的「風景」，辨認出「地方」甚至辨認出處於潛在「地方─國家」或是「地方─全球化」對話結構中的自我位置，從而形成對「地方」的某種想像或是認同情感。

山水實景演出中特定地域的「風景」，包括自然景觀、當地人的生產生活、民俗風情及少數民族歌舞表演等，被「包裝」、「演繹」和「不著痕跡地還原」的過程是怎樣完成的，是通過怎樣的手段和工具，採取何種媒介、技術、形式所完成的，是否真的達成了創作者所謂「天人合一」的理想境界，而這些運作機制又凸顯出當代社會的何種文化症候，都是值得我們進一步討論的問題。事實上，在某種意義上而言，不僅山水實景演出中的十二座山峰和灘江

〔註8〕〔日〕柄谷行人：《日本現代文學的起源》，趙京華譯，北京：中央編譯出版社，2013年7月，第10頁。

江水成為了「風景」，在《印象‧劉三姐》大獲成功、其風頭與重要性甚至可以與桂林山水比肩而立的今天，演出本身也成為值得我們考察的「風景」。

二、中國式「山水文化」

山水實景演出中所關注的核心便是「自然」以及「自然」與「人」的關係。梅帥元援引了「天人合一」與「道法自然」〔註9〕來描繪山水實景演出所希冀達成的理想境界。當追究「天人合一」與「道法自然」最原始的所指時，我們可以看到中國古代最具代表性的三個思想派別儒、道、釋均對「天人合一」有自己的闡發，後世研究者對這八個字的解讀釋也眾說紛紜，事實上這涉及到對中國古代哲學當中的自然觀、對人與自然之間的倫理關係的辯證闡釋，中國古代思想家就此建構了一個宏大精深的哲學體系。

嚴格來說，「天人合一」與「道法自然」據本意解釋，與梅帥元所試圖表達的含義是有所出入的。梅帥元的多年合作夥伴、也是多部實景演出的編導張仁勝則進一步明確指出，山水實景演出繼承的是中國文人寄情山水的文化傳統和美學體系。梅帥元自己也在採訪中談到，「從審美趣味上來說，實景演出也符合東方人的審美習慣。中國文人也歷來講究寄情山水，把個人情感外化到山水之間；中國的國畫也是如此，不是西方的寫實藝術，而是潑墨似的寫意。這就是中國的文脈，是中國的藝術境界。山水實景演出實際上就是把這種文脈、審美情趣，經過包裝、演繹，不著痕跡地還原到山水之間」〔註10〕。

從上文兩位主創的闡釋中我們不難看出，山水實景演出對於「天人合一」與「道法自然」理念的挪用，並非意在進入精深複雜的中國古代哲學脈絡，探討作為客觀存在的物質性自然和古代社會、制度、立法和思想等層面的相互作用，這一借用並不是在哲學層面展開的，而更多地是在審美層面上發生的，即關注的是中國古代文人如何通過藝術作品描摹和表現自然、自然與人的關係，也就是以中國山水詩和山水畫為代表的藝術創造所體現的審美趣味與文化價值。

因此實景演出中對「風景」的理解關聯著在中國古代傳統文化脈絡中「山水」與「自然」的歷史構造。

〔註 9〕梅帥元：《實景演出就是此山、此水、此人》，《中國旅遊報》，2014 年 9 月 5 日第 9 版。

〔註10〕梅帥元：《實景演出就是此山、此水、此人》，《中國旅遊報》，2014 年 9 月 5 日第 9 版。

　　在先秦時期，由於生產力水平低下，自然主要作為為勞動與生存的物質基礎和來源而存在，因而早期的詩歌中體現的主要是人們對自然的崇拜與敬畏，先民們往往將大自然人格化或神化，即便出現部分山水景物，亦只是作為生活的背景和陪襯、或用來比興的媒介物。

　　魏晉時期士人階層的崛起與山水詩、山水畫的出現，標誌著物質性的、神秘的「自然」轉變為可辨識的「風景」，成為獨立的審美客體，並在隨後更長的歷史時期內是古代知識分子賦予了主觀意識的寄情抒懷的對象。由此我們所討論的中國古代詩文與繪畫中的「自然」已經不再是純然客觀的物質性存在，而是經由古代的文人富於主體性意味的「觀看」、「書寫」和「繪畫」等行為，「自然」轉化成「風景」。

　　日本學者小川環樹在對中國古代詩歌的長期研究中觀察到了中國的敘景詩（landscape poetry）與自然詩（nature poetry）中「自然」（nature）觀念的變化。他從詞源考辨的角度出發，指出漢語中「風」、「景」二字連用並作為一個獨立詞語始見於《晉書・王導傳》，其後又見於《世說新語・言語篇》。「風景」可以理解為「風光景色」，「風」為「空氣」之意，「景」最初有「光」的含義。他進一步指出，六朝文人所謂之「風景」一詞若翻譯成英文便是「light and atmosphere」，而此二者正是歐洲近代繪畫用語。進入唐朝，「風景」一語由「風和光」（光和空氣）轉變為「風所吹、光所照之處」，再轉而指人所看的全部外物。中唐時期，「景「字逐漸失掉「光明」的含義，逐漸變成「view」、「scenery」（景象、景致）的同義詞。在這一階段，這些自然景物在文人眼中筆下逐步被賦予了主觀情感，寄予了個人的胸懷抱負，成為他們抒情詠懷的中介，「意象」概念出現〔註11〕。

　　「意象」即為古人通過山川天地等客觀物象表現出來的主觀感情形象。張仁勝認為，當作為主體的創作者和「意象」這個客體合一時創作出來的作品，往往是呈現出中國文化的最高境界〔註12〕。

　　進入宋代，文人階層逐漸將自然視作親近和啟迪的對象。一方面，人們與自然山水的關係更加親近友好，把山水擬人化、朋友化，而另一方面人們從自然山水的種種特性和奇異形態中，受到啟迪，獲得靈感，創作出意味深

〔註11〕小川環樹：《論中國詩》，譚汝謙、陳志誠、梁國豪譯，貴陽：貴州人民出版社，
　　　　2009 年，第 3～32 頁。
〔註12〕張仁勝：《山水實景演出初探》，《歌海》，2015 年第 4 期，第 26 頁。

長的哲理詩，從而將山水詩的創作推進到一個新的階段。

明清兩代大量的山水畫家的出現將中國古代傳統藝術中的「山水」再現推向了巔峰，而隨著封建社會的衰落與解體，文人傳統沒落，這一體系也逐漸封閉。到 20 世紀初期，英語中的「風景」（landscape）一詞轉道日本，並作為「景觀」一詞進入現代漢語，才成為和古代漢語中「風景」意義相近的名詞。

由此可見，梅帥元與張仁勝所取的「中國文脈」是內在於前現代文化體系中文人階層對於自然的審美化理解與表現。從某種意義上而言，「山水」這個名詞也就相當於中國古代藝術表現中的「風景」。也就是說，「天人合一」原本強調「天意」與「人意」的抽象表達，具體到指導山水實景演出創作上，則是一種「山水」傳統。

中國古代的山水詩和山水畫所秉持的「寫意」原則也是山水實景演出的「中國性」之所在。「寫意」這一概念，顯著地區別於西方風景繪畫所遵循的焦點透視視覺原則下所產生「理性」和「寫實」傳統。值得注意的是，關於《印象・劉三姐》名稱中「印象」的來歷眾說紛紜，一說得名於西方的「印象派繪畫」，倣仿的是西方印象派繪畫中對色彩和光感的直觀性理解，另一說是中國式「寫意」。然而無論是哪種理解，都是與西方藝術史上的「寫實主義」以及機械複製時代攝影技術的紀實性還原相對立，強調以創作者的主觀化再現自然。這便是梅帥元等創作者賦予「放回」和「輕微包裝」的一層含義所在。而在另一個層面，以怎樣的方式「放回」和「輕微包裝」事實上也涉及到當代創作者如何對桂林山水重新賦義、如何提煉與表述桂林山水的地方性特質等問題。

三、「山水劇場」的形式承載

對於獨屬於中國的「山水」傳統的闡發，進一步引起了學者們有關如何界定和描述山水實景演出的在形式方面創新的爭論。這些爭論主要是圍繞「山水」傳統與「環境戲劇」這一源自西方當代戲劇領域的概念的關係所展開的。

《印象・劉三姐》甫一出現，一些研究者迅速將山水實景演出這種演出形態與西方的景觀戲劇、環境戲劇進行比附，把《印象・劉三姐》看成是在西方「景觀歌劇」《圖蘭朵》《阿依達》《托斯卡》等作品的啟發影響下的創作，甚至直接冠之「景觀戲劇」〔註13〕的稱謂（因其內容並非歌劇形式）。另有

〔註13〕筆者對「景觀戲劇」這種舞臺樣式已有過比較充分的描述分析，詳見第一章。

論者如曾親自參與實景演出創作的張仁勝等,在文章中直接指出實景演出源於西方環境戲劇,例如 1920 年在聖彼得堡上演的、根據攻佔冬宮的真實事件創作的環境戲劇《攻佔冬宮》。他進一步認為,從《攻打冬宮》開始的這條環境戲劇的線索斷斷續續地從 1930 年延續至今,並從俄羅斯蔓延到中國,並舉例說明其他在世界範圍內具有代表性和影響力的環境戲劇作品,還包括英國戲劇家布魯克在 1971 年 8 月伊朗設拉子藝術節中上演的《奧格哈斯特》、1985 年導演的《摩訶婆羅多》等〔註 14〕。

　　與之相反的一派學者,以黃偉林為代表,則指出上述這類做法存在巨大誤區,必須借用西方概念來描述中國本土新興藝術形式,是典型的缺乏文化自覺的表現,嚴重遮蔽了這種演出形態的原創力〔註 15〕。

　　黎學銳經過文獻梳理指出,山水實景演出的誕生與西方景觀歌劇在中國的突然走紅有著千絲萬縷的關係。1998 年張藝謀在北京紫禁城太廟演出改編執導的《圖蘭朵》引發關注時,已有學者在文章中有意無意將這種大型景觀歌劇稱為「實景演出」,但並未有過於深入詳盡的闡釋。而正是張藝謀在執導《圖蘭朵》方面的經驗促使梅、張二人產生了在灕江邊合作一臺戶外演出版本的歌劇《劉三姐》的想法,只是在之後的項目推進過程中,經過五年多時間的不斷探索、整合、修改後誕生了《印象·劉三姐》。因此他認為山水實景演出先是借鑒了西方景觀歌劇的表演形式,之後又參考了旅遊景區本土居民文化旅遊表演的方式〔註 16〕。但在黎學銳的分析中,較為明顯的是他並沒有區分景觀戲劇與環境戲劇的差別,也就是潛在上將二者視為相同的戲劇形態。

　　事實上,對於「環境戲劇」的討論,必須還原其產生和發展的社會與文化語境,歷史化地將其放置在西方當代劇場理念變革的脈絡中進行。

　　戲劇作為一種古老的藝術門類,起源於宗教性節日、祭祀和大型儀式,和真實的日常生活、人群與公共生活空間有著密切的關係。古希臘學者亞里士多德在《詩學》當中所提出的戲劇「摹仿論」,在數千年以來一直主導著西方戲劇的思潮與發展方向。在西方古典主義的劇場裏,觀眾就坐於鏡框式舞

〔註 14〕見張仁勝:《山水實景演出初探》,《歌海》2015 年第 4 期,及張仁勝:《山水實景演出再探》,《歌海》,2015 年第 6 期。

〔註 15〕黃偉林:《此山、此水、此人──山水實景演出的藝術法則與核心價值》,《南方文壇》,2014 年第 6 期,第 140 頁。

〔註 16〕黎學銳:《環境戲劇與旅遊表演:山水實景演出的兩個思想來源》,《貴州社會科學》,2017 年第 12 期,第 78 頁。

臺之下一個小小的僵硬的座位上，觀看著臺上演員用肢體和語言表演一個嚴格符合「三一律」的情節劇，努力進入舞臺上創造的戲劇世界裏去。只有到最近一個世紀，這種自足的、封閉的戲劇話語體系才被打破，並且一再地被顛覆和推向極致。

1999 年，德國學者漢斯・蒂斯・雷曼在《後戲劇劇場》〔註 17〕提出了「後戲劇劇場」（Postdramatisches Theater）這一術語，試圖以此來涵蓋 20 世紀 70 年代至 90 年代歐美劇場藝術中出現的一種變革趨勢。這種趨勢反對以摹仿、情節為基礎的戲劇與戲劇性——這種古典主義的以文本為中心的劇作被視作「drama」，反對文本之上的劇場創作結構方式，強調劇場藝術各種手段和要素如文本、舞臺美術、音響音樂、演員身體等的獨立性及其平等關係，強調劇場空間本身的意義，而這種劇場／戲劇形式則對應英文中的「theatre」概念。

雷曼的思想向上可以串聯起 20 世紀 30～40 年代德國戲劇家布萊希特和法國戲劇家阿爾托「殘酷戲劇」對模仿論的顛覆，20 世紀 60 年代以降產生極大影響的「環境戲劇」等一系列重新反思劇場中觀眾與演員關係的戲劇思想與實踐。「環境戲劇」是 20 世紀 60 年代經美國戲劇家理查德・謝克納（Richard Schechner）倡導的一種戲劇運動。「環境戲劇」主張戲劇的自身能動性和社會實踐性的積極探索，是對傳統戲劇「摹仿說」觀念的一次革命性突破〔註 18〕。這裡的「環境」指涉是非常廣泛的，以謝克納自己的描述，「活人扮演的博物館，街頭狂歡巡遊，實景和虛景中的撲殺遊戲，宗教和儀式表演，無數在畫廊、街頭、鄉村表演的表演藝術作品，街頭示威等，都屬於環境戲劇的範疇，而這裡包括了人類學的領域」〔註 19〕。有研究者認為，「環境戲劇」並非是謝克納的個人創造，而代表了一股戲劇思潮，以戲劇的活力和強化戲劇對觀眾對生活的影響，強調對傳統觀演關係的打破。持類似的戲劇主張的代表人物和實踐，例如 20 世紀 60 年代波蘭戲劇家格羅托夫斯基（Jerzy Grotowski）和他提出的「質樸戲劇」等，意在強調對觀演關係的重新審視。格羅托夫斯基最終將自己的探索引向了戲劇人類學，將戲劇與日常生活融為一體，例如他

〔註 17〕〔德〕漢斯・蒂斯・雷曼：《後戲劇劇場》（修訂版），李亦男譯，北京：北京大學出版社，2016 年。

〔註 18〕見〔美〕理查德・謝克納：《環境戲劇》，曹路生譯，北京：中國戲劇出版社，2001 年。

〔註 19〕〔美〕理查德・謝克納：《環境戲劇》，曹路生譯，北京：中國戲劇出版社，2001 年，第 1 頁。

便將一次夏令營式的相邀登山活動視作一次戲劇的「節日」。法國姆努什金（Ariane Mnouchkine）的太陽劇社著名的《1789》等演出，也徹底打破了臺上臺下的疆界。提出「空的空間」戲劇思想的英國導演彼得・布魯克（Peter Brook），他的作品《摩訶婆羅耶》就把演出場地從傳統的室內劇場，轉移到真實印度的山谷裏。

而在更晚近的時期 20 世紀 80 年代，西方戲劇界出現了名為「特殊場地／場域演出」（site-specific performance）的戲劇類型，從廣義上講可以指涉任何非常規演劇空間的戲劇演出。這種戲劇類型與實景演出的相似之處，便在於其演出場所與特定的空間相連，藝術家以全新的視角，通過各種手段與場地進行深度結合，在「特殊場地」中建立作品自身的特殊時空經驗〔註20〕。

因此，西方的後戲劇理念與中國當代的實景演出實際上來自於各自文化的表演／劇場脈絡中，其潛在對話對象都是已經高度成熟的表演／戲劇形式在當代所面臨的危機，而在分別試圖從僵化的傳統中「突圍」的過程中，所出現了某些共性之處，是不足為奇的，這也正恰恰說明了東西方在當代文化形式創造中所處的相似境遇。西方的後戲劇理念與中國當代的實景演出的共性之處，便在於對鏡框式舞臺以及所對應的觀演關係的打破的內在訴求。一方面這意味著對劇場空間中除演員的臺詞、肢體表演外其他要素的重視，如音樂、美術、燈光和多媒體等，更重要的是演出的空間／環境的改變和拓展，任何環境無論自然景觀或者是人文歷史遺跡都可以作為演出空間，並且成為演出的一部分，正如實景演出中山水景觀之外，晴、煙、雨、霧、春、夏、秋、冬不同的自然氣候都構成了演出要素，這也與「theatre」對「drama」的取代、即「劇場」對於「戲劇」的取代分享著相似的理念。而另一方面，關於新的劇場形式另外一種理論呼籲便是取消臺上與臺下的邊界，破除觀眾與表演之間看與被看的階序，以達到一種沉浸、參與乃至互動的戲劇效果。近年來，「沉浸式戲劇」的理念也為越來越多的東西方戲劇演出所採用。

〔註20〕有國內戲劇界研究者曾討論「特殊場地演出」的創作脈絡。一方面「特殊場地演出」與興起於 20 世紀六七十年代的「特殊場地藝術」有很深的淵源，是由造型藝術提出的「創作要依附於一個特定場所進行」的理念所引發的。另一方面「特殊場地演出」也可以被視作環境戲劇的一個表徵，而但經過歷史的流變，「特殊場地演出」又形成了有別於傳統劇場演出以及其他非傳統劇場演出的特指。相關內容可見李茜：《當代戲劇的多樣化表現——特殊場地演出》，中央戲劇學院學報《戲劇》，2014 年第 4 期。

　　倘若拋開表面形式的相似之處，細究西方以環境戲劇為代表的後戲劇理念，實際上與實景演出存在著相當大的差異。以環境戲劇為例，環境戲劇在其誕生的 20 世紀 60 年代的特定歷史語境中具有較強的政治反抗意味，許多時候是以政治行動的面貌出現，包括游擊劇、街頭劇、大篷車戲劇與帳篷劇等，而後戲劇理念的代表人物實際上也都是在反叛百老匯劇場和中產階級客廳戲劇的先鋒藝術的脈絡裏展開的，這與從開始便定位為大眾文化產品、強調文化之外的娛樂與商業功能的實景演出具有天壤之別。

　　此外，儘管在對山水實景演出的形式來源上存在分歧，但學者們普遍認為最重要的是中國傳統「山水」理念作為指導思想，這也是造成與國外環境戲劇迥然不同的審美傾向的根本原因，「獨特的中國式的審美體系才是打開外國環境戲劇之『鎖』的『中國鑰匙』」〔註21〕，也正因此最終才脫胎而成具有中國傳統文化底蘊的新型旅遊演藝形式。而不斷與西方形式展開的對話、比較，也顯示出在全球化的今天，一種原創的、具有「中國性」的形式所具有的與眾不同的意味，而也這顯影出實景演出所呈現的全球化時代的「地方」與西方文化之間的複雜的對話關係。

第三節　「風景」的變遷：從《劉三姐》到《印象・劉三姐》

　　前文在講述《印象・劉三姐》誕生過程時曾提到，梅帥元認為「桂林山水」和「劉三姐」是廣西得天獨厚的兩大品牌，也即體現最能代表廣西地方性的兩大標誌，而在長期的理論實踐中，兩個品牌一直處於「平行」或「分離」的狀態，從未有人讓她們彼此「交叉」融合過。因此在實景演出《印象・劉三姐》的構想與實踐中，實現了桂林山水與劉三姐的融合，「此山、此水」對應的便是桂林山水，而「此人」則對應了劉三姐為代表的桂林本地居民、尤其以壯族為代表的少數民族文化形態。

　　事實上，梅帥元的這種說法存在一定的片面性。1961 年，改編自民間傳說、以彩調劇和歌舞劇《劉三姐》為基礎的中國首部音樂風光電影《劉三姐》，便以視聽媒介將桂林山水風景與當地壯族以對歌為代表的少數民族文化廣泛傳播開來，並產生了巨大的影響力，風靡全國乃至東南亞地區，關聯起一種

〔註21〕張仁勝《山水實景演出再探》，《歌海》，2015 年第 6 期，第 12 頁。

對「劉三姐—壯族—中國」的想像。在人口流動與旅遊業尚不發達的上世紀 60 年代，正是電影以其圖像媒介特性將「甲天下」的桂林風光與劉三姐的形象深深植入了全國觀眾的心中。而《印象·劉三姐》的前身、山水實景歌劇《劉三姐》也正是因為受到電影的廣為流傳所形成的束縛，一度無法找到突破的途徑而擱淺。

同樣的「山、水、人」，不同的時代語境、不同的表現形式，造成了怎樣的「風景」差異，不同「風景」又塑造了怎樣的地方文化主體性？因此以「劉三姐」為母題的多種文藝形式、尤其是 1960 年代拍攝的電影《劉三姐》為參照，得以顯影出當代實景演出《印象·劉三姐》中再現「風景」的文化機制的變化。

一、「音樂風光片」《劉三姐》中的「風景」

「劉三姐」起初只是作為地方神話傳說在民間流傳，而經由 20 世紀「五四」運動前後在「歌謠學」和「民間文藝」運動中的採集，至 1958 年「新民歌運動」中誕生的歌舞劇《劉三姐》、1961 年長春電影製片廠攝製的電影《劉三姐》等以「劉三姐」為母題的多個版本、多種形式改編的過程中，這個源於中國南部地區的地方敘事一步一步走向了全國乃至海外，因此我們得以中窺視到一定時代條件下文藝思潮和論爭的衝突與斷裂之處〔註 22〕，這對於我們思考「劉三姐」的身份與形象變化背後的時代機制，中國當代作為大眾文藝的山水實景演出和觀眾群體在何種歷史條件下形成，它們之間的互動情況怎樣等問題具有相當重要的意義。

「劉三姐」傳說是流傳在中國南部地區的民間傳說，傳播範圍集中廣東、廣西兩省，同時涉及湖南、江西、貴州、雲南、香港、臺灣等地〔註 23〕。關於「劉三姐」的生平可謂眾說紛紜，最初的記載可見於南宋和明清的地方志及文人筆記當中，其故事線索主要包括修行成仙和善於歌唱兩個方面。

20 世紀「五四」運動前後，在由北京大學發起的「歌謠學」和「民間文藝」運動中，研究者開始有系統地關注少數民族對歌仙的祭祀活動這一類民俗現象，「劉三姐」傳說和相關的山歌唱詞等由此得以被重新歸納和研究，並

〔註 22〕劉禾：《跨語際實踐——現代思想史寫作批判綱要》，桂林：廣西師範大學出版社，2017 年，第 161 頁。

〔註 23〕梁昭：《表述「劉三姐」——壯族歌仙傳說的變遷與建構》，北京：民族出版社，2014 年，第 3 頁。

被賦予了新的歷史意義。以重新整理「劉三姐」傳說為代表的歌謠學和民俗學運動的發展，關聯著近代新知識分子向「民眾文化」尋求養料以重塑民族—國家視野下的中國「新文學」、「新文化」的思想過程〔註24〕。這一論爭主要發生在對「民間」、「民俗」等概念以及研究方法的辨析之中，而此時的「劉三姐」形象仍然是活在「民間」的歌仙，是出身微寒、為民爭氣的壯族少女，因善歌而成仙，這個總體脈絡是大致不變的。

　　進入新中國之後，「劉三姐」傳說更多地進入到政府以改造舊文藝、創造新文藝形式來塑造民族形象和地方形象的話語表述中來。其中較有影響力的是 1959 年「柳州市《劉三姐》創作組」及其以廣西地方劇種彩調劇創作的《劉三姐》。創作組搜集了 30 多萬字的民間傳說，經過去粗取精、去偽存真，逐步改寫劇本，提煉昇華出劉三姐的舞臺形象。劇本發表後在自治區範圍內受到歡迎〔註25〕。1960 年，廣西壯族自治區決定在全區舉辦《劉三姐》文藝會演，造成了廣西各地爭相上演《劉三姐》的空前盛況。有研究者指出，彩調劇《劉三姐》所在這一民間傳說的流變過程中具有重要意義，在表現形式上奠定了日後大眾熟悉的「劉三姐」形象基礎，同時在地域上標誌著「劉三姐」開始從兩廣地區的表徵收縮為廣西的表徵，也就在族群關係上同壯族緊密而牢固地聯繫在一起〔註26〕。

　　1960 年，在廣西全區會演的基礎上形成民間歌舞劇《劉三姐》，雖然歌舞劇對原有的彩調劇在歌詞、唱腔、配樂均進行了修改，使之更加通俗易懂，但仍大量保留了彩調劇的地方戲曲形態。歌舞劇《劉三姐》曾四進中南海演出，全國巡演 500 多場，累積觀眾達 1200 萬，歌仙劉三姐的形象和山歌唱段作為廣西地方性的表徵走向了全國，在 1960 年代的中國大地風靡一時。

〔註24〕梁昭：《表述「劉三姐」——壯族歌仙傳說的變遷與建構》，北京：民族出版社，2014 年，第 70 頁。

〔註25〕在此之前，已有廣西當地創作者根據「劉三姐」傳說創作了一系列地方文藝作品。1954 年，廣西宜山克強中學校長鄧昌林根據當地民間傳說，首先創作了廣西地方劇種彩調劇本《劉三姐》，接著由宜山文化館羅茂坤、周偉和吳老年三人合作創作敘事山歌「歌仙劉三姐」，於 1956 年 8 月 25 日發表在前中共宜山地委機關報《宜山農民報》文化生活版。同年，宜山高中教師肖甘牛創作的民間故事「劉三姐」發表在向全國發行的《新觀察》雜誌第九期，1957 年 9 月，《劉三姐》第一次登上了宜山桂劇團的舞臺。

〔註26〕梁昭：《表述「劉三姐」——壯族歌仙傳說的變遷與建構》，北京：民族出版社，2014 年，第 121 頁。

在柳州彩調劇打磨和創作期間，電影《劉三姐》的醞釀已經開始。《劉三姐》正是在「十七年」時期少數民族題材電影發展的高峰期誕生的。這部由長春電影製片廠攝製的電影《劉三姐》，由喬羽擔任編劇、蘇里擔任導演，黃婉秋扮演劉三姐，於 1961 年攝製完成並在全國各地公映，成為當時拷貝發行量最大的中國電影，繼而發行港澳地區及東南亞各國，在華人文化圈獲得好評，被譽為「山歌片王」。在 1963 年舉辦的第二屆《大眾電影》「百花獎」評選中，《劉三姐》獲最佳攝影獎、最佳音樂獎、最佳美工獎和最佳男配角獎。

電影《劉三姐》在故事情節上，雖然片頭注明是「根據廣西壯族民間傳說改編」，編劇喬羽對去掉了自民間傳說一直延續到彩調劇中的「成仙」結局，大大降低了其神秘性和超自然性，將歌舞劇中原本處於次要位置的三姐和小牛的愛情故事上升為主線，並刻意加強主人公的政治鬥爭精神，通過「禁止採茶」、「禁歌」等情節設置展示了以劉三姐為代表的窮人階級和莫懷仁為代表的地主階級之間的矛盾衝突，在這樣的創作原則之下劉三姐彷彿褪去了「歌仙」的神仙身份，與現實生活中普通勞動階級別無二致，人物形象更為「質樸」、「更接近生活形態」〔註 27〕。這樣的修改也就將遵從「傳奇模式」的中國傳統地方戲曲轉化為社會主義現實主義文藝創作原則指導下的、以「寫實」為表現手法的「音樂風光片」，甚至被有些電影史學者認為是「迄今為止最優秀的音樂風光藝術片」〔註 28〕。

事實上，正是桂林山水帶給了導演蘇里靈感，促使他「決定把劉三姐這個聰明美麗的姑娘的故事，放在桂林山水這樣如情似夢的環境裏來展開」〔註 29〕：

「……（我們）又怎樣為找到一個恰當的電影表現形式而困惑，而苦苦思索。我們坐著小船，從桂林到陽朔，黃昏、黎明、煙雨、霧靄，一面領略著灕江風光的絢麗多彩，一面構思著未來電影劇本的框架。

這千姿百態的山水，給了我們靈感，促成了構思的成熟。」〔註 30〕

「劉三姐」從傳說到彩調劇的過程中，其故事發生的背景地區由兩廣一步一步縮小並集中到特定的地域上來，到了電影《劉三姐》則通過具象化地在再

〔註 27〕蘇里：《廣西各族人民智慧的勝利》，載《民族藝術》，1991 年第 4 期，第 63 頁。
〔註 28〕饒曙光等：《中國少數民族電影史》，北京：中國電影出版社，2011 年，第 109 頁。
〔註 29〕蘇里：《廣西各族人民智慧的勝利》，載《民族藝術》，1991 年第 4 期，第 63 頁。
〔註 30〕蘇里：《廣西各族人民智慧的勝利》，載《民族藝術》，1991 年第 4 期，第 63 頁。

現地方風景的方式，將桂林山水與劉三姐建立起直接的聯繫。電影鏡頭中如實呈現的「江作青羅帶，山作碧玉簪」的桂林喀斯特地貌，清麗綿長，舉世獨有。原本彩調劇是以歌舞取勝，而經由電影的表現媒介，風景的地位上升至和以往劉三姐故事的主要線索「對歌」、音樂幾乎同等重要的位置。與此同時，秀美的自然風景更對故事情節的推進、場景的營造和情感的渲染都起到了極為關鍵性的作用，可以說倘若抽取掉這些再現風景的鏡頭後，整部影片的說服力和感染力都將大打折扣，這也是「風光片」所指的意涵之所在。

那麼電影《劉三姐》中的「自然」與「人」以一種怎樣的方式發生關聯的？影片開頭，原本家住柳州的劉三姐被惡霸地主陷害落水，在灘江上漂泊，遇到了好心的漁夫父子收留。劉三姐的哥哥劉二也沿江苦苦找尋，終於兄妹團聚。於是，劉二、劉三姐同老漁夫、阿牛與舟妹住在一起，以上山採茶和下河打魚的勞作為生，雖然辛苦但十分充實，這也是灘江邊上農民世世代代賴以為生的生產和生活方式，具有天然的合法性。

劉三姐和姑娘們在山上邊採茶邊唱歌的一幕情景是這部電影的經典畫面之一。這一段落中，開場空鏡頭橫搖出初春時節灘江沿岸的全景：遠處齊整的梯田，以層巒疊嶂的山峰為襯托；接下來的近景則是劉三姐與姑娘們散佈在漫山遍野青翠的茶林間辛勤勞作的畫面，姑娘們面龐紅潤，笑容天真爛漫，採摘茶葉的動作嫻熟精準，多彩的服飾、頭上別著新鮮的杜鵑花與碧綠的茶樹相得益彰。

而採茶時所演唱的山歌段落，旋律輕快優美，正是以自豪與驕傲口吻讚美這般秀美的景致，歌頌採茶姑娘的勞動。

> 三月鷓鴣滿山遊／四月江水到處流／採茶姑娘茶山走／茶歌飛上
> 白雲頭／草中野兔竄過坡／樹頭畫眉離了窩／江心鯉魚跳出水／
> 要聽姐妹採茶歌／採茶姐妹上茶山／一層白雲一層天／滿山茶樹
> 親手種／辛苦換得茶滿園／春天採茶茶抽芽／快趕時光掐細茶／
> 風吹茶樹香千里／蓋過園中茉莉花／採茶姑娘時時忙／早起採茶
> 晚插秧／早起採茶頂露水／玩插秧苗伴月亮。

而這一段簡短的採茶歌裏也準確地點明了採茶這項農業活動嚴格遵循著自然物候與時令，而生活在桂林的動物們隨著季節變幻，也以愉快的姿態自在地生存與繁衍。新來這裡生活的劉三姐身著一襲火紅的上衣，顯然很快地融入了這種生活，所以同樣以歡快的山歌來回應：

　　「採茶採到茶花開／滿山遍嶺一片白／蜜蜂忘記回窩去／神仙聽
　　歌下凡來」,「神仙聽歌下凡來」

這段對歌表明了採茶女對家鄉、對採茶生活的熱愛,似乎連神仙都羨慕這般
風光與生活樣態,以當地老百姓所能想到的最樸素的誇張手法,顯示出通過
因地制宜地利用自然賦予的資源謀生所帶來的歸屬感與幸福感,勞動者愉快
的心情表現得淋漓盡致,讓觀眾感受到勞動給人們帶來的幸福和歡樂。這也
為後面地主莫懷仁霸佔茶山禁止姑娘們採茶、鄉親們在劉三姐的鼓舞下拔掉
禁止採茶的牌子、與地主勇敢鬥爭的情節作了鋪墊,任何試圖破壞這種生活
狀態的行動都不具有道義上的合理性與正當性。

　　總而言之,影片中的「自然風景」擔負著這樣的幾重功能:首先是以強
烈的視覺形象,直觀地凸顯桂林山水的獨有的地方性特色,而與這片優美的
風景相伴隨的則是特殊地域孕育的地方民俗,如對歌傳統、榕樹下以繡球定
情等;其次,對於劇情發展起到了鋪墊與渲染的作用,正如劉禾指出的,「在
畫面上,影片對名不虛傳的桂林山水做了巧妙的利用,使其成為劉三姐和小
牛之間愛情戲的主要襯托。從兩人一見鍾情,直到英雄救美女,和最後雙雙
逃離,山盟海誓,結成佳侶,這些場景幾乎全部都是在船上、水面或水邊發
生的。那些挺拔的奇峰怪石(陽剛之喻),倒映在溫柔平靜的湖面上(陰柔之
反襯),風景如畫。還有打魚人的小舟,和從遠處飄來的悠揚的山歌,都為三
姐和小牛的情人相遇(boy meets girl)做了一個平凡的、文學程序似的鋪墊」
〔註31〕。此外,影片中也充分展示了自然與當地老百姓勞動生產、與物質生
活的有機性關聯,如江上捕魚、岸邊採茶,人們通過利用自然資源生存,並
且遵循因時與因地制宜的守則,歌頌自然,讚美自然,構成了一種人與自然
和諧相處的生活圖景。而這些一覽無餘的青山綠水中阿牛在灕江抓魚戲水、
老漁夫撒網捕魚、少女們山上採茶這些生活和生產方式的畫面,都構成了觀
眾對於桂林地方形象的整體性認知。

　　電影《劉三姐》的成功使得其特定的政治性內涵在一定程度上被優美的
風光與歌聲沖淡了。事實上,在「十七年」時期意識形態的要求下,我們不看
難出電影中主人公通過採茶、捕魚等勞動生產活動被賦予了新的「農民階級」
和「勞動者」的主體性,人和自然是通過直接的勞動建立聯繫,這正是馬克

〔註31〕劉禾:《跨語際實踐──現代思想史寫作批判綱要》,廣西:廣西師範大學出
　　　版社,2017年,第172～173頁。

思主義唯物史觀中對於自然觀的表達。地方的自然資源不但天然地屬於生活在這裡的老百姓，同時在政治上屬於一切勞動者，而不是通過剝削勞動者獲取財富的地主階級。一如研究者指出的，南方美麗的自然環境成為明顯的階級符號〔註32〕，而影片中的自然風光正是「社會主義風景」的表徵。

而充分佔有和利用了自然資源的少數民族勞動者，其喜悅的心情是通過舞蹈和山歌等藝術形式所表達出來的，這是他們與自然溝通的媒介和方式，也構成了電影《劉三姐》的另一重「風景」——壯族以及壯族特有的對歌習俗。

在彩調劇和歌舞劇流傳至全國的過程中，「劉三姐」確認了自己的「壯族」身份。電影中少數民族特色並不主要以服飾來體現，除去拋繡球定情、壯族人古時居住的竹樓、壯族人民的服飾、壯族人民在江上劃著竹筏、江中打漁的鸕鷀之外，而是「對歌」，也就是音樂風光片的「音樂」顯示了壯族與其他少數民族的不同之處。影片第一個鏡頭就是「歌」，劉三姐唱著山歌站在水面的葡萄藤上順流漂來，自然地與老漁翁和阿牛用「歌」對上了話。劉三姐被救到李老漢家後，壯族鄉親久慕劉三姐的大名，從四面八方趕來學歌對歌表現的是壯族人趕歌圩〔註33〕的習俗，而劇情便是圍繞「對歌」、「禁歌」展開的。劉三姐與以莫懷仁等在河邊的對歌場景，正是廣西壯族「三月三」盛大歌圩場景的藝術化呈現，也是壯族山歌藝術功能集中展演。貫穿全片的山歌音樂均由作曲家雷振邦改編，歌詞則由喬羽在彩調劇的基礎上進行改編，為了適應全國觀眾的觀賞需求，遵循既講究韻律又明白暢曉的原則，對地方戲曲中難懂的字詞和方言進行了一定的加工。

由此我們看出，從「劉三姐」傳說到彩調劇、民間歌舞劇至1961年的電影，「劉三姐」由模糊的南方歸屬而一步一步獲得了明確的地方主體身份，經由「音樂風光片」的媒介也成功地將優美的桂林自然風光、壯族對歌、拋繡球定情的習俗以及壯族居民在灕江邊打漁、採茶的生產生活方式作為其地方性特色確認下來，並通過國家層面上不斷的拷貝和放映呈現給了全國觀眾，

〔註32〕 Paul Clark, *Chinese Cinema: Culture and Politics Since 1949,* New York, Cambridge University Press, 1987, P.96.

〔註33〕 壯族歌圩風俗的歷史悠久。「歌圩」是壯族地區聚會唱歌的活動，農曆三月初三、春節、四月八、中元節、中秋節節日是傳統的歌圩；婚嫁、滿月、新房落成等喜慶吉日也都可以形成歌圩，人們穿著盛裝從四民八方聚集在一起，叫做趕歌圩。歌圩上人們即興對唱山歌，通宵達旦，有時甚至連續唱幾天幾夜。歌圩上青年人以歌交結、尋求伴侶，也有以歌會友、學歌求藝的。

這些代表廣西的「標誌」定性一直延續到 20 世紀 80 年代改革開放後的廣西旅遊業發展中，成為吸引遊客的最大招牌，成為新時期桂林乃至廣西壯族自治區在國家乃至面向全球層面上不斷建構和確認其地方主體性的文化資源。事實上新世紀的實景演出《印象·劉三姐》也依然選取了捕魚、對歌以及其最大特色「實景」桂林山水作為結構演出的主要元素，只是採用了迥然不同的再現方式並賦予了相異的文化內容。

　　而與此同時，作為「十七年」時期的在官方規劃下產生的少數民族電影類型，其政治目的之一在於宣傳新中國的少數民族政策，即 1954 年憲法草案所規定的「我國各民族已經團結成為一個自由平等的民族大家庭」。這些少數民族電影儘管在地域上跨越了大江南北，帶給全國觀眾新鮮有趣的觀賞體驗，也無一例外地符合階級鬥爭與政治權利的獲得這一主線敘事結構，即少數民族通過階級鬥爭的完成被賦予了民族─國家成員的集體性身份，「在民族文化的基礎上創造新的普遍身份」〔註 34〕。在新中國的政治體制與認同語境中，壯族是統一的多民族國家中五十六個民族當中的一員，而廣西壯族自治區也是新中國成立後才成立的一個政權單位，因此以壯族為代表對廣西的地方文化認同始終處在與由政治革命確立的新中國的國家認同的對話結構裏，也就是說電影《劉三姐》中所創造出的具有異質性的「地方」在這個意義上可以被理解為「民族─國家」的地方。那麼對於同作為中國公民的觀眾來說，觀看這部電影所召喚出的，更多地是對於民族國家的認同，甚至在某種意義上，尤其對於海外華人來說，桂林山水、劉三姐與壯族本身就象徵了中國，桂林山水和壯族是已經成為了關聯著「祖國」的意象。

二、《印象·劉三姐》的「全景」內容分析

　　實景演出《印象·劉三姐》的演出場所位於陽朔灕江與其一條支流田家河的交界處，以兩平方公里的江面為舞臺，舞臺的背景是桂林書童山等十二座天然的山峰，觀眾席位於河口岸邊，2200 個座位以層層梯田狀搭建，據稱是迄今為止「世界上最大的山水劇場」。

　　如果說電影《劉三姐》首次以影像媒介首次將桂林山水真實可感地「複製」出來，使得自然風景在「劉三姐」敘事的話語譜系中也佔有了重要的地位，那麼實景演出《印象·劉三姐》中，真實的桂林山水不僅僅是表演所發生

〔註 34〕汪暉：《東西之間的「西藏問題」》，北京：三聯書店，2011 年，第 119 頁。

的場域，更是構成表演本身的主體之一，這也是實景演出最大的「創新」之所在。

序章中，漆黑的江面上，首先吸引觀眾視覺焦點的是遠處一片緩緩升起的四方屏幕，投影出電影《劉三姐》當中的畫面，表現自然風光和漁民生活的鏡頭剪接。鏡頭搖遠延伸至桂林山水遠景，演員從幕布前面撐篙經過，劃著竹筏的剪影投射在幕布之上。隨著銀幕漸暗，緩緩沉入江面之下，四周燈光瞬時點亮，十二座山峰赫然出現在觀眾面前，一艘載著「劉三姐」的小漁船從遠處的山下駛來。銀幕畫面變成了觀眾眼前真實的場景，並通過這樣一種方式完成了從電影媒介到實景演出媒介的轉換，即由對山水的隔空「觀看」到肉身「在場」的轉換。實景演出以一種「全景式」的再現原則，去掉了電影鏡頭或者畫家取景框的限制，「框」的消失使得風景從平面轉為立體，空間的縱深被打開，觀看的多角度和多視點讓觀眾能從 180 度的視角來欣賞演出，增強了表演的立體感。與此同時，在宏大的環境燈光氛圍下，夜間的桂林山水也呈現出和白天迥然不同的美學形象。

在梅帥元的想像中，他談到自己對「山水劇場」的理解：

傳統的演出是在劇院有限的空間裏進行，這場演出則以自然造化為實景舞臺，放眼望去，灕江的水，桂林的山，化為心中的舞臺，給人寬廣的視野和超然的感受。傳統的舞臺演出，是人的創作，而山水實景演出是人與上帝共同的創作。山峰的隱現、水鏡的倒影、煙雨的點綴、竹林的輕吟、月光的披灑隨時都會進入演出。晴天的灕江，青峰倒映特別迷人；可煙雨灕江，賜給人們的卻是另外一種美的享受。演出正是利用晴、煙、雨、霧、春、夏、秋、冬不同的自然氣候，創造出無窮的神奇魅力，從而使每場演出都是新的。

這段描述與當年導演蘇里在為電影《劉三姐》前期調研時所寫下的感受竟如出一轍。經歷了數年的歲月，「永恆」的自然景觀本身所帶給人的體驗與震撼似乎沒有絲毫褪色，今天的觀眾彷彿當年泛舟灕江的蘇里，而這種「在場」不僅僅觀賞到桂林山水本身，而整體的自然環境、物候天氣也構成了演出的一部分。

除去「此山」、「此水」之外，「此人」卻並不對應劇名中的「劉三姐」，「劉三姐」富有戲劇性的傳說和敘述並不是演出所要呈現的主要內容，當地居民在桂林自然山水之中的日常生活、勞作、婚嫁和對歌等習俗才是「此人」

的題中之意，也就是說，「劉三姐」更多地指涉著的是經由電影《劉三姐》所建構的一種桂林本地的原生文化體系。

我們不妨首先以「綠色印象・家園」篇章作為考察「此人」的切入點。這一篇章名為「家園」，正是對當地居民生活的直接展示：落霞伴著炊煙從遠處升起，牧童蹦跳著引領牛群，農夫在夕陽下趕著牛群歸家，女人在江邊洗衣服等著丈夫歸來，漁夫唱著調子走過臺前，肩上的竹竿上挑著乖巧的魚鷹，河邊洗衣的村婦，村口嬉笑玩耍的少年……這些日常生活場景的細節和田園風景以一種自然主義式的寫實手法被呈現出來，水牛、魚鷹都和村民一起出現在了舞臺上。而據介紹顯示，演出中大量「演員」的身份都是附附近七個自然村（田家河、木山、管家、下莫、木山榨、白沙灣、貓仔山）中的 200 多位村民，他們在舞臺並不是在「表演」，而是在「生活」，而實景演出中的「舞臺」也恰是他們朝夕相處的自然，舞臺與現實生活的邊界就此變得十分模糊。

這種對日常生活的「模仿」也體現在演出開始時，這些村民／演員在聚光燈下像拉家常一樣向觀眾講述自己生活的段落中：

> 我叫莫桂才，來自木山村，是這裡的漁民。白天打漁、種地、種果林，晚上來到這裡，給大家表演。有的朋友叫我們是，演員。我，很高興。

> 我的爸爸是打漁的，我家養了六隻魚鷹。每天晚上我爸爸都帶著它們去打漁，點起漁燈，大家就叫它，灘江漁火。聽說很多客人都喜歡看漁火，說是比天上的星星還要美。多謝你們的稱讚！明天，歡迎你們到我家，喝酒、吃魚。

如果說上述這些表演是梅帥元所說將「此人」「不露痕跡」地「放回」山水中的一種方式，那麼以灘江捕魚和漁火為代表的場景，則經過了「寫意」的「包裝」。

在「紅色篇章」中，數以百計穿著蓑衣和斗笠的漁民劃著竹筏在江面上排成一列列矩陣，此起彼落地揮舞著手中長長紅綢，場面蔚為壯觀。紅綢象徵繁密而沉重的漁網，舞動的動作象徵漁民反覆撒網收網的捕魚，結合竹筏多樣的陣列變化，在這一場景展現的是灘江漁民們每日的辛苦勞作。鋪天蓋地的紅綢在江面上翻滾，漁民手臂上下揮舞，形成了宏大而奇觀式的畫面。而「金色印象」篇章中「灘江漁火」依據的是灘江漁民有夜間點燃燈光，放所馴養的魚鷹下水捕魚的傳統，夜色中漁民們竹筏上長明的油燈如同夜空散落

的群星，因此被稱為灕江漁火。據創作者稱，這一場景的設計化入了中國古典藝術「漁舟唱晚」與郭沫若的現代詩《天上的街市》的意境，漁夫在現場用魚鷹展現捕魚活動之外，星星點點的油燈與精心設計的金色光帶交相輝映，燦爛的銀河與灕江一色，閃爍的星辰與漁火齊飛，正是梅帥元所謂「中國式山水寫意」的表現方式，營造出是一種超然脫俗如夢境般的審美體驗。

　　而標誌著桂林地方性的另一大元素少數民族的儀式和節慶也構成了實景演出中「風景」的一部分。《印象‧劉三姐》首先將所表現的少數民族由電影中單一的壯族擴大到了生活在桂林當地的壯、瑤、苗、侗族等多個少數民族，內容除了典型的壯族對歌之外，還包括侗族少女們合唱侗族大歌歡迎遠道而來的客人，瑤族少女身著銀絡盛裝舉行節日盛典等。與電影中淡化地方戲曲色彩不同的是，這裡山歌都保留了本民族的語言，並不以讓觀眾聽懂歌詞內容為目的，重要的是一種「原生態」的氛圍。而數以百計的演員或手持熊熊燃燒的火把，或搖動身上銀白透亮的飾品，遠遠望去，不見個體的面龐與神情，只見由人群、火把、銀絡連接而成的壯觀場面，銀色、紅色、金色在夜色中格外鮮明奪目。

　　因此我們可以看到，儘管實景演出《印象‧劉三姐》對塑造了一代人情感經驗的電影《劉三姐》有著相當程度的承襲，而這種承襲既有對於共性素材的選取，例如捕魚、對歌、山水等，也有對其中元素的直接挪用上，例如演出伊始一片漆黑的江面上矩形的幕布上播放電影中的關於自然風光的畫面剪輯，對民歌《藤纏樹》等重新編曲和演繹，但採用了與電影截然不同的再現「風景」的方式。

　　《印象‧劉三姐》中人的生產勞動脫離了真實生活情境，以藝術化與美學化的方式呈現出來，勞動本身的艱辛與汗水被遮蔽。人被人為放置在風景幕布之前「表演」勞動，而沒有揭示人如何通過勞動與自然產生有機聯繫並進行生產、交換的過程。與電影中勞動者明顯指向的階級政治意味不同，這種表現方式抽去了現實社會中的經濟關係，變成了一種純粹的審美上的確認。在創作者的想像中，自然與人「天衣無縫」地融合在一起，而事實上卻是相互分離的。據媒體報導，在《印象‧劉三姐》上演之前，當地漁民的收入僅靠農業和捕魚總體是相對較低的。在演出中「扮演」他們自己，反而使得他們的收入大幅度上升與改善。通過「表演」日常勞動而收入大幅度提升，我們不由得追問觀看者在觀看這一「風景」時所處的位置和隱蔽的資本話語結構。

　　從民間傳說「劉三姐」到電影《劉三姐》，一個關於地方傳說在不同歷史場景中被意識形態所徵用，這也是一個不斷被賦予新的現實政治涵義的過程，而實景演出《印象・劉三姐》則巧妙地通過不講述這個耳熟能詳的故事而規避了在當代重提階級鬥爭和革命話語的困境，因為其目的並不在於重述這個故事，而僅僅在於調用觀看者對這個能指既有的認知與情感結構，構造出一個去政治化的、當代人想像中人與自然和諧共處的「桃花源」，此時「劉三姐」的所指變成了「中國山水精神」眼光下以「寫意」方式重塑的鄉土社會裏，桂林當地少數民族居民在山水之間悠然自得地打漁、採茶、放牛、耕種、對歌的田園牧歌式「風景」。這樣一種懸浮的地方想像，作為現代城市生活的對立面而被賦予了某種主體性內涵。

　　事實上，去掉「劉三姐」敘事、凸顯桂林的自然景觀並將其高度美學化的行為，也削弱了原電影中所暗含的「地方—民族國家」的結構關係。這種認同結構逐漸失效的過程，同時也正是 20 世紀 90 年代以來市場經濟快速發展下地方主體崛起、統一的政治話語削弱的過程。這也是對於本地人來說地方認同加強的，而非本地遊客認同減弱的過程。當少數民族不再處於強調自身是中華民族大家庭的一員的特定語境中時，對於缺乏國族認同視野的非本地遊客，看到的只是一個充滿異質性特色的地方，在某種程度上而言欣賞少數民族的服飾與歌舞表演和觀看意大利歌劇的區別越來越小，「地方」反而變得越來越抽象。當觀眾無法在景觀與表演中指認自己的身份位置時、我—他不再存在於一個辯證關聯的結構當中時，自然地轉變成了一個全然的他者視角。因而「地方」也只能靠一再奇觀化來不斷地放大這種「差異性」從而吸引遊客。後繼的「印象系列」作品也繼承了這樣的邏輯。

　　與此同時，這種表徵地方性的形式，對接的是當下全球化結構中的「地方」。在與西方文明和既有的西方藝術形式的對話中，實景演出憑藉所表現的「中國風景」和表現這種風景的「中國形式」獲得了自身的主體性。

小結

　　由前文的分析我們得以看出，創作者將中國古代傳統思想中的「天人合一」理念用於闡釋「山水實景演出」這一全新表演形式，具有兩個層面的內涵。一方面，將「表演者」「放回」到「原本的」環境裏，即當地的山、水與

人的生產和生活所構成的原生的文化系統裏，讓漁民在灕江上打魚，農夫在岸邊放牧，壯族青年在他們自幼成長的桂林的山間對歌，而不是移植到充斥著現代文明氣息和中產階級目光的劇院舞臺上，追求的是一種與被現代性人為割裂的人與環境所不同的、「渾然天成」的「本真性」，而這種罕見的「渾然天成」也正是最能凸顯其「地方性」特色與差異性經驗之所在。而另一方面，實景演出通過創造一種情境，從而讓原本外在於這個地方文化系統的、從屬於彼文化背景的「觀眾」與此文化系統的融合度增強，從感官體驗、情感共鳴再到產生更廣泛和抽象層面的認同。而創設這樣「情境」，僅身體的物質性在場是不足夠的，往往需要調用一種共通的情感結構，在梅帥元和張仁勝這裡，便是所謂中國的山水審美意識。在他們看來，這種意識似乎是天然地存在於每個人中國人的文化血液裏的，只有將這種山水審美與山水精神貫穿到實景演出中來，才真正讓精神與肉身一同在場。這個過程便是所謂的現代人對「傳統」的「包裝」。

　　相較於電影《劉三姐》中現實主義式的攝影手法對於自然的呈現，以及對於自然與人之間通過勞動建立生產關係的強調，從而構成的屬於特定歷史時期的「風景畫」，山水實景演出《印象・劉三姐》更像是站在二十一世紀的今天，越過了風雲詭譎、翻天覆地的現代革命歷史，遙遠地回想起幾千年前農耕社會裏一曲優美的田園牧歌。電影中處處顯影的是以階級觀念建立起現代中國認同的意識形態，秀美的山水風光，濃鬱的少數民族風情，無一處不透露著對於新的國家和社會主義生活的讚頌，此時的某種地方性特色是正是作為一個新的多民族共同體當中的一部分而存在的，美與政治的雙重認同通過具體的劉三姐這一人物形象和發生在她身上的故事合而為一。而實景演出《印象・劉三姐》中，具體劉三姐這個人物消失了，在色彩強烈的舞美與燈光投射下，桂林人們山水與日常生活經由藝術化的「寫意」式處理，創作者通過建構一片未經現代性侵蝕的、桃花源式的灕江山水，將50～70年代的政治認同結構轉為了美學性或者說是籠統的傳統文化意義上的結構，提供了一套重新結構「地方」與「國家」的方式。

第三章 《又見平遙》

2013 年，曾是「印象」系列創作核心的王潮歌，斷然捨棄了中國南方民族風情濃鬱與秀美旖旎的自然山水，由「南下」轉而「北上」，以世界文化遺產、山西省平遙縣的平遙古城為背景，打造了北方首個「室內情景式演出」《又見平遙》。

《又見平遙》上演六年以來，不但為平遙本地旅遊帶了頗為可觀的經濟收益，觀演次數屢創新紀錄，也為這座千年古城掛上了新的「文化招牌」，同時更成為了繼當代以晉商為題材的一系列影視劇作之後，講述晉商傳統與山西地方文化的又一部重要的文藝作品。

縱觀過去王潮歌團隊的實景演出創作歷程，《又見平遙》在多個層面上都稱得上是一次極具症候性的「轉變」。細究其講述的故事，與講述故事的方式，使得我們能夠在更廣闊的當代文化場域中，重新定位「實景演出」這一文化形式的意義及價值之所在。

第一節 「傳統」的召回

如前文所述，實景演出生產機制的核心，是經由演員與空間的表演性敘事來建構觀眾與空間的文化關係，從而呈現和塑造出其「地方性」。那麼如何在短短的一個到一個半小時之內，使得於該空間內短暫停留、終將離開的觀眾迅速產生心理上的震撼與衝擊、情感上的認同乃至文化歸屬感？

創作者所尋求的解決方案大體顯現為兩種路徑。其一，是對作為演出場域的、客觀的、物理性的空間的改造，通過與高科技和多媒體手段的結合，

通過最大化視聽的刺激感和震撼力強化某種審美形象，創造一種感官氛圍。其二，是在選擇演出內容和題材時再現附著在該空間之上的文化「傳統」。過去特定的時間所具有的文化性內容，這些漫長的時間裏形成的民俗、傳說、軼事，構成了所謂的「傳統」，當時間的厚重感加諸於空間環境之上時，彷彿永恆的、不會衰朽的空間裏過去的時間中，已然消失或仍然延續卻為人不察的某種文化共性被重新撿拾，作用於觀眾已有的文化潛意識之上時，是「地方性」發揮其作用的起點。

一、《又見平遙》劇情

山西作為古晉國的發祥地，歷史悠久，是最典型的北方中原文化的代表，有一套完整的社會結構與倫理道德體系。平遙縣位於山西省中部，其古城建築有兩千七百餘年歷史，完好地保存了明清時期古代縣城的樣貌，現在可見的民居宅地，商鋪作坊，是在十五世紀初隨著當地商業和貿易的發展而逐漸興建起來的。清代中期平遙更是發展成為全國的金融中心，平遙城內大大小小的票號生意興隆，平遙商幫足跡遠達中亞。生長於封建經濟結構內部、又孕育著現代資本主義金融制度萌芽的票號，一度把晉商群體推到了明清這段轉型時期歷史的前臺，而龐大的晉商群體在從商、修身和齊家方面所秉持的價值準則與道德觀念，加上獨居特色的民居建築群落，形成了日後所謂的「晉商文化」，也是今天平遙地方性文化與地方特色的重要來源。

為平遙量身定做的這部《又見平遙》自然而然地選擇了一個聚焦於晉商文化的題材。細究其劇情，《又見平遙》實際上包含了內外相互嵌套的兩個故事。

內層故事據稱取材於平遙歷史上發生的真實事件，講述了這樣的一個故事：1873 年，也就是同治十三年，當時平遙商幫已經將生意做大，遠至外蒙古與沙俄地區。然而平遙最大的票號「會字號」的沙俄分號卻突然被查門，分號王掌櫃一家十三口全部喪命，只剩下王家八代單傳的唯一血脈、七歲的男孩王思平。為保這條血脈，「會字號」東家趙易碩將家產抵成白銀三十萬輛，找了平遙當時赫赫有名的同興公鏢局，甄選鏢師 232 名，與鏢局一同遠赴沙俄。七年過後，趙東家本人連同鏢師全部客死他鄉，王掌櫃血脈得以保留，趙家票號卻因此衰落。

內層故事通過五個富有戲劇性的空間場景結構完成，以往在同一個舞臺上、以時間順序結構每一幕被打亂順序並放置到不同的空間內來。這五個場

景分別是同興公鏢局內鏢師臨行前「洗浴」、南門廣場外城牆上鏢師們「靈魂歸家」、明清街街道上老百姓「等待鏢隊」、趙家大院內院「選妻」、趙家大院外院趙易碩靈魂「重返」並與後人對話。而身著黑衣的說書人穿插在不同的場景中，講述與補充這個故事的前因後果與起承轉合，起到穿針引線的作用。

「鏢師洗浴」一場的劇場空間設立在負責走鏢的同興公鏢局內，鏢局內懸掛著巨大的「義」字。同興公鏢局是明清時期平遙當地重要的鏢行之一。在同興公鏢局總鏢頭張東飛的帶領下，即將出征的鏢師們擊鼓、踩腳、提振士氣，一位鏢師想了卻一樁行前的心願，再聽當地的姑娘們唱一支曲子，梳著長辮子的平遙女子們與鏢師們對唱了一曲山西民歌《想親親》。在悲壯蕭穆的佛教音樂下，精壯赤裸的鏢師們跳入一個個水缸中，口中喃喃自語道自己的心事，誦讀佛教經文，完成臨行前最後一次洗浴。最後由全城選出的這些女子為鏢師們擦洗身體，並按照民間習俗在他們身上咬上牙印，以保祐鏢師們安全回家。

觀眾跨出鏢局的大門，來到另一重劇場空間、也是平遙最繁華的商業街明清街街道上，此時已是 232 名鏢師遠赴沙俄的七年之後的光緒六年，身著古代服裝的平遙老百姓們鳴鑼開道，因為有消息傳來，「鏢隊回來了」。

接下來是的發生的一幕令原本期待鏢隊返程的人們錯愕不已。「靈魂歸家」這一場發生在平遙的南門廣場上，這是平遙城老百姓日常集會和獲得消息的群體性公共空間。聽聞鏢隊回來，全城的百姓都到了南門。然而從離平遙十里的祁縣傳來話，說鏢隊不走了，要吃一碗麵。人們趕忙送出去一碗麵。當夕陽將落的時候，平遙城南門大開，人們吃驚地發現，那 232 人組成的鏢隊，僅回來一個人，那就是王家第六代單傳獨苗，十四歲的王思平。站在高處城牆上的十四歲男孩以極為哀傷的語氣道出，自己便是趙東家用 30 萬兩白銀和 232 條人命換回來的那支鏢。「鄉親們，你們看看我，你們睜開眼睛看看我，我不是一個人，我還帶回來 232 條靈魂。」話音落，幽暗的劇場內，鏢師們的靈魂從以磚石砌成的城牆中穿出，他們仍然身著臨行時的服裝，但臉色已是鐵灰，身上落滿了塵土，彷彿是經歷是漫長了時間、跨越了萬里的路程，伸向前方的雙手似乎是從匆匆挖就和填滿的墓穴裏探出的一般。鏢師們紛紛對著南門廣場上的「鄉親們」講出自己對家鄉、愛人和生的思念，在終於看到日思夜想的平遙城後，靈魂們最終回歸了天上。

　　通過說書人的講述，觀眾們得知，會字號東家趙易碩在臨行前一年進行了全城選妻，希望能為趙家留下子嗣，了無牽掛地完成使命。平遙的鄉親明知道嫁進趙家的女兒可能會守寡終身，卻依然把女兒送去。接下來，場景轉移到那天全城最熱鬧的趙家大院，院內已經為即將舉行的婚禮備好了種種裝飾和財物，被送來的選妻的女子們在二層樓上列成一隊，逐一接受品足、印手、相面、擺腰、扭臀等環節的考察，最終選出年十六歲的劉家女，當日與趙易碩成親洞房。趙氏一年後為趙易碩生下一子，卻因難產而死。

　　說書人此時告訴觀眾，由於趙東家抵盡家產遠赴沙俄並喪命在外，結果會字號和趙家大院便因此敗落了。觀眾從上一刻還喜慶熱鬧、張燈結綵的趙家內院向兩邊走，看到的卻是時光荏苒後、今天已經成為遊客參觀景點的趙家大院。趙氏後人從這座院子的主人變成了導遊，招攬遊客買票參觀，當一百多年前死在蒙古庫倫的荒原上的趙易碩靈魂也回到這座院落時，也不禁為家業蕭索與衰敗深感愧疚和自責，但面對後人的質問、面對因難產而死的夫人，他並不後悔於自己當時的選擇，「我不能對不起平遙城的鄉親，不能對不起山西人的德行，我不能對不起我自己的仗義。我若不去，我沒臉見趙家的列祖列宗，更沒臉見王家的列祖列宗。」

　　在說書人的引導下，行動的觀眾來到封閉空間內的傳統鏡框式劇場裏就坐，觀看在這裡上演的「外層故事」：王家散落在全世界各地的後人，追尋代代相傳的教誨、追尋祖先的足跡回到平遙，來看一看這座曾經給予這個家族血脈的起源地。在山西民歌《桃花紅杏花白》的歌聲中，王家的先人與後代一起，展開一場以「麵」為主題、以麵粉為道具、場面宏大的舞蹈表演「麵秀」，與此同時投影牆上滾動出現平遙的街景與老照片，最終停留在次第排列的祖先牌位上，而演員在謝幕時在鞠躬致謝之外，還紛紛報出自己的姓氏「我姓張」、「我姓王」、「我姓李」，以道明姓氏的方式結束了整場演出。

二、《又見平遙》中的晉商「傳統」

　　如同所有旅遊演藝節目一樣，儘管經過了巧妙的包裝，《又見平遙》中仍然充滿了俯拾即是的文化符號，如果把這部演出視為一道大餐，文化符號就是最體現其地方特色的食材元素。

　　以劇中最典型的文化符號之一「麵食」為例，我們不難看出，「麵」作為山西地方特色的代表以及顯示山西人歸屬感的食物，在各個場景中被反

覆提及——九死一生的王家小爺在離平遙城十里地的地方停下來只為了要
一碗麵，當死在沙俄的鏢師魂魄返回平遙時只想吃一碗家裏人做的麵，而
散落海外的王家後人在追憶起關於祖先的敘述時也提到「每年春節我們都
會在祖宗的牌位前供上一碗麵，都會記得，我是山西人，我是中國人」。而
對「麵食」的使用在外層故事中達到了一個高潮，不僅作為平遙人的鄉土情
結的象徵而存在於臺詞話語之中，真實的麵粉在結尾段落「麵秀」舞蹈中更
被直接用作演出道具，並且由演員親自呈送給前排觀眾，「您來聞聞這山西
的麵粉」。

　　具有中原特色的民居、強調宗族秩序的宅院建築以物質化的肉身構成了
劇場空間，觀眾移步於劇場當中與在真實的平遙古城中游覽近乎無異。在這
些物質性元素之外，對於民歌和民俗儀式的展示也被巧妙地編排到故事當中
來，甚至成為了這部演出的看點之一。演出中選用了兩首最為人所熟知的山
西民歌《想親親》和《桃花紅杏花白》，略去山西內部更為細微的地域差異不
談，這兩首民歌因多次作為黃土高原與晉文化的代表在主流電視節目、晚會
及音樂比賽中被演唱，而為全國觀眾家喻戶曉。而對鏢師出征前的一系列儀
式以及流程複雜的選妻環節的展示，更是直接構成了《又見平遙》最重要的
兩個場景。鏢師出征前，極具儀式感的洗浴、擦身、咬牙印、罵天罵鬼、唱
曲，以及選妻時諸多複雜環節如品足、印手、相面、擺腰、扭臀等古代婚俗禮
儀兼具了「奇觀性」與「象徵性」。

　　如果說文化符號的使用是在表層邏輯上發揮作用，而劇情的設定則在更
深的層次上凸顯了當代人是如何理解並且運用這些「傳統」資源以呈現平遙
的「地方性」的。在《又見平遙》中，平遙人的傳統文化與倫理性內涵，由
「家」、「義」、「血脈」和「祖先」這幾個相互糾纏在一起的核心概念所構成。

　　首先，劇中處處可見植根於鄉土社會的對故土的歸屬感，「回家」成為了
這個文化群體的重要價值。這裡「家」的含義並不是今天我們在談論核心家
庭價值觀時所理解的、作為象徵符號意義的家，而是明確指向著故鄉的土地，
和生長於這片土地上的人情事物。無論是商貿往來或是走鏢押鏢，在交通不
發達的農業社會，實質上都是一種以販賣距離作為價值的、對外擴張性的商
業行為，票號本身存在的最大功用即在於異地存取和兌換，然而與這種外向
型經營模式相對應的仍然是鄉土社會的倫理，這種矛盾與衝突正是整個故事
極為濃重的悲壯色彩的來源。

　　而作為普通個體呈現的鏢師們，對「家」的眷戀之情更被形象地轉化為帶有強烈的儀式感的最後一次沐浴。據史料記載，山西鏢師遠赴外地走鏢，途中不洗臉洗澡的習慣與塞外艱苦的自然環境有關。口外冬季寒風凜冽，春秋風沙撲面，夏季驕陽似火，土城洗完之後的臉被凌厲的風一吹，反倒很容易受到傷害，如同被刀子割了般生疼。所以在北鏢走道的過程中，極為日常的行為「洗臉」和「到家」成了同義詞，當年輕的鏢師欣然說「明天該洗臉了」，也就是明天該到家了〔註1〕。這一場景中，赤膊精壯的鏢師們跳入巨大的透明水缸，激起的水花顆顆分明地潑向四周的觀眾，口中念念有詞自己的願望與請菩薩保祐的經文，同時要由全城選出的最有喜氣和福相的女子為他們擦身。經由說書人的解釋，我們得知根據「地方傳統」，「由這樣的女人沾了身，即便死在路上，也有了最後的安慰」。這些女子不但要為男人們擦身，在鏢師手臂上撕心裂肺地咬下牙印，「哥，蓋上了我的戳，就算變成孤魂野鬼，家裏都能找著你，都能把你帶回家，帶回平遙」，「再給我一口，帶著你的牙印，變成土，變成煙，我也能找回來」，環繞以佛教吟誦和山西民歌的音樂，這都表明與家財散盡相比，「有去無回」才是平遙人最極致的擔憂所在，也反襯出這趟走鏢已經不僅僅是單純的商業行為，而帶有了強烈的象徵意味。

　　這種無法歸家的悲劇性氛圍在南門廣場外城牆上「靈魂回歸」一場再一次被推向了極致。在平遙民眾通常聚集的南門外廣場上，滿面塵土的鏢師們的魂魄鬼魅般穿牆而出，懸掛在城牆上，俯瞰著南門廣場上圍觀的鄉親們（這裡即為觀眾），念叨起了家長里短，「我有個蛐蛐兒，叫大將軍，我把它藏在門匾後頭了，您能幫我餵餵它嗎？它最喜歡吃新鮮的小蔥葉子」，「我也想吃碗麵，可惜我吃不了了，我死在赤峰了」，「三妹兒，你猴子哥一直都沒洗澡，沒洗，你咬的牙印還在這兒呢。三妹兒，我一定能回來看你，你信麼？只要天上颳風，下銅麵麵兒，就是我來啦，妹兒，妹兒，你應一聲啊，你倒是應啊」，普通個體以日常、食物、愛欲和思念多重維度所維繫的「家」的抽象意義被一再指明和放大。而此處魂魄得以現形，獲得了嗓音，得以發出呼喚，記得身體上妹子所咬的牙印印記與疼痛感，都賦予了這種無法歸鄉的悲痛的情感以肉身，情緒塑造主體的能量在此處得到了強調。

　　相較於鏢師群體對故鄉的認同體現在麵條、蛐蛐、愛人與性這樣的日常生活和基本欲望之上，東家趙易碩的「家」則被賦予了更多傳承「血脈」的涵

〔註1〕古彧：《鏢局春秋》，北京：朝華出版社，2007年，第60頁。

義。血脈的因素同時作用在趙易碩作出這樣選擇的動機與後果之上。歷史上，走南闖北的晉商發家致富之後的最終歸屬，是在家鄉建起高門宅邸的重重院落，用以鞏固和維護這種倫理，壯大宗祠。此行遠赴沙俄面臨的巨大風險，除了途遠險惡、遙不可測、極有可能客死異鄉歸家不得之外，另一方面則是趙易碩尚未娶妻生子，因而他準備了一年，全城選妻為自己留後。而甘冒如此之風險的原因，是同屬於鄉土傳統中並居於其上的、宗法制下血緣傳承的重要性，人可死，財可散，宗族血脈不能斷。而以自己的性命與家財去換取王掌櫃血脈的行為，在《又見平遙》的創作者那裡被理解為了「義」。「選妻」場景中交代，全平遙的百姓都知道把女兒嫁到趙家可能守寡，卻仍心甘情願，也暗示了對趙易碩這一系列選擇的認同。

趙易碩的靈魂穿越時空回到今天已經變成博物館的趙家大院時，未曾想到自己雖然為趙家留下了血脈，卻造成了家道中落、祖宅易姓的淒涼結果，面對淪落為導遊的趙家後人的質問，「你不該去。你為了別人的血脈，不顧自己的生意，也不顧你自己的性命，你這是對得起自己的祖宗嗎」，趙易碩抬眼看到宗祠中的祖先肖像與牌位，對於自己當年篤定的選擇流露出真實的內心想法，「王掌櫃咱趙家分號掌櫃，是我派他的去的沙俄，我不能眼看著王家斷子絕孫。我不能對不起平遙城的鄉親，不能對不起山西人的德行，我不能對不起我自己的仗義。我若不去，我沒臉見趙家的列祖列宗，更沒臉見王家的列祖列宗。」而支撐這種「義舉」合法性成立的前提根本上是「我不是生下兒子了嗎，我們趙家不是有後了嗎」，試問倘若趙易碩未能生下一子，或者生下的是一女，他還會做這樣的選擇嗎？恐怕那就是另一個故事了。

趙易碩的「仗義」與「德行」，「義」與「家」的取捨便是內層故事所要召喚並示以當代觀眾的晉商文化之「魂」。晉商票號的治理結構裏，實行的是兩權分離制度，東家與掌櫃之間是「委託—代理」關係。股東委託可靠的有經營能力的人為大掌櫃，授以經營管理企業的全權，一切事項如何辦理，財東均不聞問，全憑誠信，既不預定方針於事前，又不施其監督於事後」，所謂「用人不疑，疑人不用」。這種將人情世故加諸於雇傭關係之上的行為準則，是前現代鄉土社會裏人際網絡的投射，也正是處於封建經濟向近代化轉型期的晉商文化的特殊之處。

為什麼這個準則在「又見」這個空間裏獲得了情義上的正當性？事實上這正顯影了當代人對於昔日這種「傳統」的某種特定理解。趙易碩在面對後

人對他舉動時的發問一句「我派他去的沙俄」，強調的是東家—掌櫃之間的責任關係，更重要的是，王掌櫃的僅存的兒子是他唯一的血脈，這是激發此舉的根本動力。在這裡，為了構造這樣一個富有傳奇色彩的敘事，「義」的具體內涵被含混合籠統地處理了。此外，劇中對鏢師兩場戲強烈的情感渲染，232條人命的犧牲反襯出了「義」的高尚，而趙易碩與鏢局之間的商業雇傭關係也被淡化。

而這次以「仗義」為名的犧牲背後，付出高昂代價的還有被選來給趙易碩留後的趙氏。趙氏原本姓劉，在「選妻」一場中經歷過封建社會極為苛刻的重重選拔之後，成為了趙易碩的妻子，當晚便成親洞房。兩人之間不僅毫無交往經歷與感情可言，趙易碩對於趙氏的態度則是「感激姑娘的大恩大德」。趙氏在劇中從頭到尾未出現過名字暫且不論，僅有卻反覆出現兩次的臺詞是，「我給你生了個兒子，我死就死了吧」，而她成婚當晚「留種」的「功績」換來的是「沒有哪個女人能進宗祠，那兒有我的牌位」的「榮耀」，於完全男權中心的宗法制度的下「犧牲」似乎得到了合情合理的「補償」，甚至是某種贊許。對於這番「選妻」習俗及女性形象的描摹，誠然在某種程度上可以被理解為是對特定歷史時代和社會制度傳統的客觀再現，而在當代社會的文化語境下，這種已經成為被現代文明所批判的「傳統」甚至是糟粕，其理應獲得的批判性讓位於主題，即對「義」的提倡，導致這種批判性不但被極大地削弱，甚至是因為這種高尚的「義」而獲得了默許和肯定。

因而我們可以看到早年實景演出所標榜的「原生態」一樣，《又見平遙》通過調用「傳統」資源、以由外向內的「情境式」體驗講述地方文化的嘗試，並不意味著一種失落的本真性的尋回。這些創作者試圖召喚的「傳統」實際上經過了當人的剪裁和修改，極具症候性地呈現了文化消費時代我們理解文化的方式。「傳統」作為相對於同質的、均一的、平庸乏味的現代社會某種「異質性」的存在，在這裡是被有意重新發明與建構出的一種當代想像，以迎合當下人的趣味，並且被不斷地奇觀化和景觀化，最典型表徵的莫過於趙易碩選妻一場。

第二節　從「地方」到「民族」

進入新時期以來，反映晉商文化題材的主流影視作品層出不窮，包括電

視劇《龍票》〔註2〕（2004）《白銀谷》〔註3〕（2005）《喬家大院》〔註4〕（2006），電影《白銀帝國》〔註5〕（2009），話劇《立秋》〔註6〕（2004）等均獲得了較大的社會關注與反響，其中以電視劇《喬家大院》在中央電視臺一套的播出所產生影響最為巨大。同樣是講述晉商文化，上述文藝作品多通過描繪晉商經營票號、拓展商貿往來、治家修身等歷史史實，著重展現晉商群體勤儉節約、明理誠信、精於管理、勇於開拓等主體意識，不但著意提煉晉商文化當中某種抽象的精神內核，更將關注點放置在晉商所處的由傳統社會向現代化變革的特殊歷史時期，討論清末本土資本主義萌芽在近代金融商業變革的脈絡裏是如何向現代轉型、這種轉型又為什麼失敗等問題，也就是賦予了這些敘事一種當代人的視角，並借由晉商興衰浮沉的命運呈現出清末民初從傳統走向現代的歷史進程中錯綜複雜的政治、經濟與社會圖景。以現代文明的眼光回望過去，在這樣的歷史意識下，晉商的經營活動被視作了當代商業發展的「歷史投影」。例如張頤武曾在文章中指出，電視劇《喬家大院》主人公喬

〔註2〕電視劇《龍票》，由廣東強視影業傳媒有限公司和中山電視臺南方節目製作中心聯合出品，由龔藝群執導，黃曉明、秦嵐、修慶、蔣欣、孫寧等主演，講述了山西錢莊的二少爺祁子俊從一個紈绔子弟成為晉商巨賈的傳奇經歷。

〔註3〕電視劇《白銀谷》是由北京金天地影視公司、江蘇廣播電視總臺出品，蘇舟執導，由侯勇、寧靜、杜雨露等主演的晉商歷史劇，講述了清朝末年山西票號的一段興衰往事，於2005年3月17日在CETV-3頻道首播。

〔註4〕電視劇《喬家大院》由胡玫導演，由陳建斌、蔣勤勤、馬伊琍等主演。該劇以喬家大院為背景，講述了一代傳奇晉商喬致庸棄文從商，在經歷千難萬險後終於實現貨通天下、匯通天下的故事。2006年2月13日，該劇在中央電視臺一套首播。2007年，《喬家大院》在第3屆電視劇風雲盛典上獲得2006年中國內地電視劇收視冠軍。2007年，該劇獲得第26屆中國電視劇飛天獎優秀長篇電視劇一等獎、第十屆五個一工程獎優秀電視劇等獎項。

〔註5〕電影《白銀帝國》改編至自作家成一的小說《白銀谷》的一部清朝劇情電影，由姚樹華導演，郭富城、郝蕾、張鐵林、杜江等主演，講述了清末民初富可敵國的山西票號天成元的故事。該片於2009年8月21日在中國內地上映，曾獲得第29屆夏威夷國際電影節最佳影片獎和第12屆上海國際電影節評審團獎等獎項。

〔註6〕話劇《立秋》由國家話劇院陳顒、查明哲導演，姚寶瑄編劇，山西話劇院出品，2004年4月27日首演。該劇取材於中國近代商業金融業的發源地山西平遙票號的歷史故事，講述了曾經輝煌一時的豐德票號，在民國初年時局動盪、國運衰微的形勢下，面臨生死存亡的考驗，最終由盛而衰的故事，迄今為止公演近700場。劇名《立秋》既指代自然氣候由熱轉涼的節氣，寓意著晉商由繁盛轉向沒落的深層含義，同時「立秋」在山西人的風俗中也是具有重要意味的祭祖時節。

致庸所具有的商業精神，既是傳統的，又是現代的，這種「誠信」品格，「並不是傳統意義上對於義的推崇，不是道德楷模式的重義輕利，而是商業社會所必須重視的運作基礎和遊戲規則」〔註7〕。20世紀中國的「傳統」與「現代」的複雜纏繞的對話、角力與衝突，在晉商身上體現得格外激烈，而這也恰恰構成了前述這些作品的戲劇性張力所在。

與此相比，《又見平遙》的敘事選材則顯示了當代創作者視角的轉變和視點的移動，即向「傳統中國」的那一端傾斜，這種回歸鄉土社會的倫理「另闢蹊徑」正顯影了當代社會的某種政治無意識。

《又見平遙》的內層故事講述的是創作者所理解的「古代」平遙人的「傳統」，包括對麵食的偏好，鏢局文化，婚嫁儀式，對故土的依戀，乃至「義」字當先的終極價值取向，而絲毫沒有涉及到票號本身的業務經營等內容，更遑論對於現代性的探討。而外層故事就是後人對這種「傳統」的尋訪。事實上在原本的內層故事裏，「捨生取義」的價值準則的確立過程也是通過幾次「重返」與「尋訪」來實現的。這種「尋訪」的前提，便是一種「記憶─遺忘」機制的存在。值得玩味的是，內層故事中鏢師們和趙東家都是以鬼魂的方式重返平遙「故土」。在2018年春節期間的演出中，《又見平遙》在劇情上增加了一個頗為耐人尋味的段落。當觀眾觀看完鏢隊出征前的壯行儀式後，再度回到了明清街上，在五彩斑斕的暖色燈光下，明清街的店鋪和街道陳設搖身一變，和當下的平遙城別無二致，街道兩側原本身著清朝服飾的老百姓換上了現代人的服裝，街邊的音箱播放著時下最流行的歌曲，而擔任旁白的導遊向觀眾介紹道這是2018年的平遙城，詢問觀眾和古代的平遙城有怎樣的變化。忽然間，燈光由暖黃轉為冷白色，鏢師的靈魂們盤坐在路邊或屋簷上，互相詢問道：「你們說，什麼是2018？2018的人們會知道我們嗎？」「不會的，他們應該把咱們忘了。」燈光與音樂霎時切換回現代，導遊仍在講述：「平遙人仗義的可歌可泣的故事……」燈光再切換回靈魂們存在的世界，「2018年，那是個什麼樣的年啊？那個時候的人長什麼樣子，穿什麼樣的衣服？吃什麼樣的飯？2018年會記得我們嗎？他們真的沒忘了我們嗎？」

同樣趙易碩的靈魂穿越到今日已變成國營旅遊景點的趙家大院，實際上穿越的是整個二十世紀的中國革命和現代化的歷史，也就意味著他所面對的

〔註7〕張頤武：《喬家大院：中國商業精神的歷史投影》，《科技創新導報》，2006年第3期，第59頁。

是一個現代文明與社會體制下的中國。但是在與趙家後人的幾番對話中，趙易碩並未遇到任何現代觀念與秩序的阻礙，無非是再次堅定了自己的選擇在道義上的正確性。對於趙易碩和鏢師們來說，2018顯然只是一個抽象的數字而已，跨越這段「時間」的道路是平坦和暢通的，現代中國所經歷的極端複雜的體制變革，經由無數武裝鬥爭和政治革命所中確立的新的認同體系與認同方式、乃至市場經濟與全球化時代所奉行的新的倫理體系等等均被棄置不顧，當代人似乎能毫無芥蒂地全盤接受「捨生取義」與「血脈相承」的前現代觀念體系，「自然地」地對趙易碩的選擇產生認同。

劇情中為了進一步凸顯這種存在於傳統倫理中「捨生取義」的崇高、神聖與悲壯色彩，淡化了趙易碩和王掌櫃關係中存在的商業雇傭的一面，也淡化了趙易碩付錢雇傭鏢局、鏢師出征理應風險自負的現代商業關係，將鏢師們出走沙俄的動因暗中置換為對趙東家義舉的支持，正如鏢師靈魂所說：「你看，他們還記得我們呢，還記得我們的仗義呢。」「只要後人不忘本，咱們的死，就值了。」而如果更廣地將當時平遙城的社會結構納入考慮的話，儘管在現實中趙易碩、鏢師與百姓鄉親分屬不同的階級，而在宗法關係與傳統倫理的脈絡裏，贖回王家小爺不但是理所應當更是唯一正確的選擇，也構成了中華文化「傳統」的核心。這也就意味著，《又見平遙》將整個敘事邏輯剪裁到完全內在於「傳統倫理」中展開，戲劇衝突存在於「義」與「生」、「家」、「家業」之間，並不存在於「傳統」與「現代」之間。而「捨生取義」的根本動力，最終還是為了血緣傳承。因此，這是一個「血緣」超越了「義」的故事。

需要指明的是，作為一種消費性的文化實踐，實景演出的絕大多數受眾是前來該景區的參觀遊覽的遊客。而本地人往往扮演著兩類角色，一是幾百位參與演出的群眾演員之一，二是對該演出所表現的內容有相當距離和陌生感的普通觀眾，倘若表演題材是關於距今歷史久遠的古代中國或植根鄉土的田園牧歌式懷舊、又或者是誰也無能親歷的神話幻境，此時即便在戶籍上歸屬於該地市，這位本地人作為現代社會的一員無異於任何一位來自中國境內其他地區甚至海外的旅遊者。

當昔日的故事告一段落，觀眾們回到傳統劇場中時，在這裡捨生取義的趙東家消失了，趙家的後人也消失了，觀眾看到的是當代時空裏王掌櫃的後

人以海外華僑的身份回到平遙尋根問祖，向祖先叩首，「感謝祖先傳我血脈給我生命，我以祖先的姓氏為榮，為流淌了千年的血脈為榮，我的子子孫孫都姓王」，散落國內各地、臺灣甚至海外的王氏後人，通過喊出「平遙，我的家，我回來了」來完成認祖歸宗的尋根儀式。而原本平遙這個名字和遙遠的地域，對他們來說是陌生至極的，只抽象地活在他們祖祖輩輩的口耳相傳之中。

從演出開始說書人對觀眾的發問「您的祖先是做什麼的？他們在哪裏？您貴姓？您從哪兒來？您知道您的身世嗎？」，到散落在全球各地的王掌櫃後人回平遙尋親、演員紛紛道出「我姓張」、「我姓王」、「我姓李」的劇情編排之中，創作者試圖以此來建構來自全國各地卻同屬於中華文化的「血脈傳統」觀眾與平遙的聯繫。

經由這樣的故事敘述與邏輯引導，觀眾的身份認同立刻由範圍狹窄的「我是平遙人」、「我是山西人」拓展為更具有普遍性的姓氏與宗族傳統。傾盡家業和性命、得以使王家血脈延續的東家「信義」在外層故事裏被略去不提，被置換為王氏後人對祖先空洞的祭拜，海外華人春節吃麵的習俗的感悟由「我是山西人」直接上升到「我是中國人」，「中國人走到天涯海角，吃到碗麵就算回家了」，諸如此類的臺詞創作使得此時的「地方」不再是某種孤懸於地域差異之上的他者、一個個獨立的文化符號，而是作為具有系統性的「文化中國」子集內部的「地方」而存在，此刻「他—我」結構的邊界因共享這一「傳統」而消弭，演出者與觀看者在身份上不分彼此、融為一體，獲得某種好萊塢式的大同與普世價值的實現。正如研究者所指出的，這種話語體系中折射出的是一種二十世紀八十年代以來形成的新的民族身份認同的歷史機制，即一種基於「血緣的地緣」（血與土地）的自然的「宿命」〔註8〕。

把講述票號東家趙易碩堅守「誠信」、「捨生取義」的內層故事，包裹進召喚觀眾「認祖尋根」外層故事之內，將平遙「此地」晉商群體特有的「誠信」傳統轉換為另一種超越「地方性」的普遍「傳統」，即根植於鄉土社會倫理中的血脈相連與宗族傳承，由此可見，《又見平遙》有著更為明確和普遍性的價值訴求，即對接當代原子化社會中的家庭倫理，重新召喚出祖先的靈魂。

〔註 8〕賀桂梅：《「新啟蒙」知識檔案——80 年代中國文化研究》，北京：北京大學出版社，2010 年 3 月，第 215 頁。

毫無疑問這正是文化鄉愁的另一種表達，而前一個小時費盡心力提煉出的晉商文化的精神在末尾被嫁接到空洞的超越地域的姓氏認同上來，平遙人的尋根之旅在此戛然而止，但開啟了原本作為文化他者的、更多觀眾的尋根之旅，這正是觀眾與平遙所建立起的想像性文化關係。

事實上，《又見平遙》這種在地方性敘事基礎上，以「尋根」的敘事邏輯打通與當代人的情感和認同連接的渠道，並將之上升為一種鄉愁與民族國家情懷的創作意圖，並非個案，而是普遍性內在於當下的實景演出之中的。王潮歌自己在 2011 年執導的、以消失的川江號子為主題的《印象武隆》的訪談中便反覆談到其創作初衷，即一種有意識的對照和尋找，當代生產力的進步不意味著一種精神的消失，她所要召喚的我們父輩的精神、正是我們民族的精神，恰恰是在現代生活中缺失的。

一方面，在時間序列上，這些創作者不斷將中國古代作為某種精神資源，以前現代鄉土社會的倫理與價值體系作為某種當代社會對抗性的武器。例如山水盛典便在其作品介紹中指出，中國的實景演出是中國傳統文脈的當代傳承，來源於中國傳統文化中儒家哲學「天人合一」與道家「道法自然」的思想。另一方面，他們不約而同地在文化認同議題上將「地方性」視作從屬於中華民族文化的一部分，地方性的獨一無二之處正是某種民族性的表徵。由此可見，儘管舞美的國際化水準不斷提升，演出使用的多媒體和高科技手段一再更新與進步，二十世紀八十年代以來構建的「文化—民族認同」深深扎根於這一批生於上世紀五六十年代的創作者的精神世界，他們仍然試圖用這樣一種民族身份認同的歷史機制去籠絡、去影響、或者說去「啟蒙」代際區隔和分化極其嚴重的觀眾群體，尤其是那些年輕的文化消費者們。這種認同機制一方面因為與官方主流意識形態體系的接近，而獲得負載在實景演出這樣的大眾文化生產實踐之上的機會，試圖縫合當代中國支離破碎的認同方面能發揮多大的作用，仍然是個未知數。

第三節 實景演出的語法創新：介於博物館與劇場之間的「沉浸」

段義孚在談到空間與認同感時指出，相比於以石頭、磚瓦等不會腐壞的材料建築的紀念物，風景的永恆性與不變性導致其並不能清晰地表達故事情

節，它指向過去階段遺跡、指向遠古時間的作用並不顯著〔註9〕。因此在早期「印象系列」開啟的實景演出序列中，以自然風景作為演出場域、配合多媒體舞美效果的所帶來的震撼感與新奇感很快退潮，而缺乏戲劇性情節的內容呈現，例如將地方文化提煉為種種抽象的形象與符號「嫁接」和「拼貼」到山水背景中的做法，因其程式化、扁平化為許多媒體和學者所詬病，其中尤以高度重複和奇觀化的少數民族歌舞表演、服裝和民俗展示受到的指責最甚。這種表演逐漸開始與無法自我講述的自然景觀脫節，實景演出誕生時所力圖實現的所謂「天人合一」的宗旨似乎走向了自身的反面。

因此，王潮歌這次另行開啟的「又見」系列〔註10〕似乎意味著對之前「印象」系列的某種修正甚至是揚棄，不但選擇了諸多人文景觀作為地方性的空間承載，此外也為《又見平遙》這部演出賦予了新的命名──「大型室內情境體驗劇」。事實上，這種名稱的改變顯示的是創作團隊在新的文化與經濟的訴求面前，試圖在表演形式、在調用「傳統」資源的方式上對實景演出類型本身作出的革新與突破。

首先，為了適應北方秋冬寒冷的氣候，「又見」團隊並沒有選擇真實的平遙古城作為表演的空間，而是選擇了「人工造景」的方式，在平遙古城外西側 100 米處專門設計、建造了一座名為「沙瓦劇場」的演出場地。劇場設計的靈感來源於古城內綿延起伏的屋面，以平遙最具代表性的「土」與「瓦」為造型元素。劇場建築總高度為 15 米，屬於低層建築，由於建築處在古城西側，受到高度限制，且為了與古城建築更好的融合，建築單體將 6 米的高度處理在地下，地上部分高度僅為 9 米，低於古城牆 12 米的高度且單體建築與古城牆的距離控制到一百米，做到了新建築臨古城而不突出。

而即便是「人工造景」似乎未能降低「實景演出」的魅力，《又見平遙》團隊反而通過「造景」的方式把「實景」的「實」推向了極致，不僅建造了劇場，劇場內部則是高度復原建築群落，還包括對清末平遙日常生活的細節的鋪陳，佔地共 3500 平方米的劇場空間，儼然就是一個濃縮的平遙古城，甚至在某種程度上比經過了時代衝擊和現代性入侵的、真實的平遙城更加接近歷

〔註9〕段義孚：《空間與地方──經驗的視角》，王志標譯，北京：中國人民大學出版社，2017 年 2 月，第 191 頁。

〔註10〕王潮歌團隊所編導的「又見」系列目前總共包括三部演出，分別為《又見平遙》《又見五臺山》《又見敦煌》。

史的「原貌」——趙家大院古民居的三進院落，廂房、下人房、影壁、遊廊、院門、獻殿、戲臺、看樓、鐘鼓樓磚瓦齊全，商業街明清街兩旁的各式各樣的店鋪如紗閣戲人鋪、紙花鋪、牛肉鋪、古玩字畫、剃頭攤、剪紙鋪、綢緞莊、當鋪、酒樓、鐵匠鋪、糧店、棺材鋪、藥店、裁縫鋪、推光漆器鋪，祠堂裏的牌位和塑像，提著燈籠來回穿梭的大戶人家丫頭，身份各異的平遙城老百姓和觀眾人流一起前進。不同功能的商業街、居民區、鏢局、公共區域應有盡有，不僅是建築空間，也是某種社會空間和社會秩序的投射。

正如研究者所指出的，人工建築物作為遺跡本身就指向了遠古時間〔註11〕，而在歷史族群—象徵主義者看來，族群景觀的延續性能夠為某個共同體在一種新的形式復興中提供文化框架〔註12〕，這正是實景演出中「實景」的意義所在。而這種以物質性地還原某種歷史情境的手段當中，越來越眼花繚亂的多媒體的運用，聽覺與視覺效果的層層疊加不再是奧運會開幕式風格的、純粹的審美層面上的追求，而是進一步強調感官體驗的「真實感」與「沉浸感」——觀眾「穿越」時間、進入今天已然成為「傳統」清代平遙生活，這是與「此地」建立體驗性關係的重要手段。在某種程度上而言，觀看演出的過程同時也是參觀這座複製的「博物館」的過程，是一種環繞式的體驗過程。

當演出結束之後，抬眼左望，會看見平遙古城赫然聳立，此時真實的平遙古城與仿造的劇場形成了某種鏡象式的對照。這座以點帶面「再造」的特定時代背景下的平遙古城，與真實的平遙古城遙相呼應，形成了一種微妙的張力與對話關係，既是「清末歷史」與「現在」兩種時間之間的對話，同時也是「虛構」與「真實」之間的對話。以往實景演出中作為舞臺和背景的真實自然山水，在此被轉化成了主題公園式的「仿真」，真實與複製品之間的邊界一再被打破，而這種複製因加之於其上的歷史軼事反而顯得更加真實可信。

另一方面，適應《又見平遙》這種「實景」劇場的表演形式，即所謂「情景式」演出，打破了傳統的平面式的觀演關係，將以往整晚坐著不動的觀眾

〔註11〕〔美〕段義孚：《空間與地方——經驗的視角》，王志標譯，北京：中國人民大學出版社，2017 年 2 月，第 191 頁。

〔註12〕〔英〕安東尼·史密斯：《民族主義：理論、意識形態、歷史》，葉江譯，上海：上海世紀出版集團，2006 年版，第 86 頁。

從座椅上「拽」了起來。平面的、折疊的舞臺被打開,成為立體全景的空間,觀眾觀看演出的方式是跟隨身著黑衣的說書人以行走的方式進入(或曰「浸入」)不同場景空間中,彷彿穿越一般站在演員身邊親歷特定故事場景,並且可以同演員進行一定的互動。臺詞大量以第二人稱與觀眾進行對話的方式展開,不斷被召喚的「你」被自然而然地納入了表演的情境當中,並在特定場景中被賦予了「觀眾」之外的身份,即清末平遙城的普通老百姓。通過這樣一種角色參與,也為觀眾在無形中由角色認同轉向文化認同提供了契機。

而經由以打動情緒為目的,不以複雜的性格或情節取勝的劇情設置,這種「空間/場景」的建構,可以被視作為某種特定的「情感結構」賦予一種直觀的外在表現形式。雷蒙·威廉斯(Raymond Williams)所講的「情感結構」(structures of feeling)〔註13〕是從文化經驗、文學作品等提煉出來的,屬於上層建築領域,而在實景演出當中,場景的設計和搭建實際上便是把抽象的「情感」外在化與景觀化的過程,當內在的情感經驗外化成可觸可感的情感空間,這個場景就已經是情感,情感也就是場景,情感在這個意義上也被結構化了。

《又見平遙》所採取的這種觀演方式上的革新,與在當代西方劇場界興起的「沉浸式戲劇」(immersive theatre)有著許多相似之處,其最大的特色之處便是在於通過多種方式為觀眾營造出一種極其「逼真」的感受與體驗。「沉浸式戲劇」便是將「沉浸式」特徵與戲劇/劇場相結合,並其他門類的藝術呈現方式相互連接又彼此區分,包括如裝置藝術、互動電影、主題樂園、遊戲甚至虛擬現實(Virtual Reality)等,昔日靠語言臺詞「說出來」、靠肢體動作「演出來」的舞臺正在以另一種樣貌呈現自我。這種沉浸式的效果,極大地增強了戲劇與演出的感染力和表現力,將感官體驗極致化,刺激感官「體驗」,以生理性的反應進而達到一種情感上的共鳴與思想上的認同。在對其概念的界定上,一些學者認為「沉浸式戲劇」並不能稱得上是一種類型或者流派(genre),作為一種參與型表演(performative performance),其邊界與當代發展的其他戲劇類型是模糊和難以明確界分的,而相較於傳統鏡框式舞臺結構中的戲劇,並不能簡單地以主動參與/被動參與,理性觀看/感性觀看等一系列標準將其做

〔註13〕「情感結構」這一概念可見於雷蒙·威廉斯著作《漫長的革命》(The Long Revolution,1961)和《馬克思主義與文學》(Marxism and Literature,1977)。

二元對立式的區分，這樣才能更好地呈現浸沒式戲劇的動態與開放的特性，因為任何一種戲劇與表演本質皆包含著觀眾的身體／意識的參與〔註14〕。

　　毫無疑問「沉浸式藝術」對於中國是舶來品，但 21 世紀以來卻在「挪用」這種藝術理念與表現方式的基礎上，並與明確的商業訴求以及地方旅遊升級的需要相結合。而在中國當代小劇場例如孟京輝等人的戲劇實踐之外，近年來實景演出也在觀演形式上做出了極大的突破，儘管創作者將之冠之以「互動情景劇」、「多維體驗劇」等不同名稱，但其形態與「沉浸式戲劇」是相當接近的，例如《又見平遙》《又見敦煌》《知音號》《法門往事》，傳統鏡框式、180 度的舞臺逐漸變成圓形、環形、步道式等 360 度的立體呈現，不再設有固定的座椅束縛觀眾，觀演需通過「劇場」內的自由移動和行進，觀看行為由被動變為主動。而專業的戲劇從業者也自發地將此種形態與實景結合，例如賴聲川的創作《遊園》等。這些演出在實現方式、在規模上、在傳播路徑上均和西方語境中的「浸沒式藝術」既有聯繫又有區別，並且呈現出極強的衍生力與可複製性。

　　「沉浸式藝術」（immersive art）在中國國內只是初露頭角，然而在世界範圍內已經是是一種相對成熟的演出類型，並且正處在被熱烈討論的浪潮中心。例如在商業和藝術上都被視為高度成功的英國 Punchdrunk 劇團紐約版本的《不眠之夜》（Sleep No More）便是這種藝術形式的代表，甚至有成為紐約新地標的趨勢。事實上，「沉浸」（immersive）這個高度象徵性的詞彙正在成為當今時代人們談論一種消費行為和體驗方式、一種文化樣態、一種生存狀態、一種我們所無法迴避的時代症候。可以說，帶有「沉浸」特徵的表達與實現方式已經無處不在於我們的日常生活，無論是購物、藝術、科技亦或者娛

〔註14〕沉浸式戲劇的專門研究以英國的學者較為突出。詹姆斯・弗里茲（James Frieze）以英國當下的演出界為對象，提示學者應當從身體（bodily）、科技（technological）、空間（spatial）、暫時性（temporal）、精神（spiritual）、表演性（performative）、教育性（pedagogical）、文本（textual）和社會（social）幾個層面來延伸和深入對浸沒式戲劇的闡釋。具體論述可見 *James Frieze: Reframing Immersive Theatre: The Politics and Pragmatics of Participatory Performance*（2016）。亞當・阿斯頓（Adam Alston）則在其研究中，在形式分析之外側重探討了浸沒式戲劇與新自由主義在政治和經濟上的聯繫，並全面地從體驗經濟（experience economy）、市場製作（production in marketplace）等角度審視了浸沒式戲劇作為一種體驗型文化產品的生產機制。具體論述可見 Adam Alston, *Beyond Immersive Theatre: Aesthetics, Politics and Productive Participation*（2016）。

樂，這個描述性質的形容詞正在塑造著我們重新理解世界、認識自我的途徑，在製造著新的經濟和財富增長點的同時，更在悄悄撬動和更新著我們的文化與社會結構。

　　但相較於西方劇場在情節設置上往往注重線性敘述與開放性路徑共存，《又見平遙》的觀演過程是高度引導性的，這種引導性既體現在對觀看路徑的引導上，也體現在創作者以頻繁的畫外音和評點式敘述壟斷了故事的意義闡釋空間。這種封閉的闡釋尤其明顯地體現在起連接貫穿作用的說書人身上。說書人穿插在場景之中，不但為觀眾交代了故事的背景與起承轉合，更作為旁白對趙易碩寧願犧牲家產與性命救回王掌櫃獨子性命這一故事反覆地總結、昇華，進行意義性表述，其最終目的是為了將觀眾帶領到最後的傳統觀演舞臺，欣賞一齣「麵秀」，聽一曲《桃花紅杏花白》，進而引出預設的「尋根認祖」主題。觀眾經由這種強勢話語的引導，往往難以第一時間對劇情敘事產生自己的感知與理解。開放的空間與封閉的意義之間的矛盾，在朗朗上口、耳熟能詳、幾乎引發全場大合唱的民歌聲中不復得到關注。當演員謝幕時紛紛報出自己的家族姓氏時，已經打開的歷史空間的縱深又悄然關上，本可以召喚出的多種歷史讀解與歷史視點又再次隱沒水中。

　　《又見平遙》在演出的五年中也歷經一些劇情的調整，體現在場景講述順序和觀演路徑上的些許改變，如調換「洗浴出征」與「靈魂回歸」的先後次序，將明清街的過渡作用由「鏢隊回家」改為「鏢隊出征」等，但核心的演出內容和要素是難以徹底更改的。在 2018 年春節期間的演出中，觀眾在鏢隊出征後再度回到了明清街上，街道兩側原本身著清朝服飾的老百姓換上了現代服裝，店鋪和街道陳設搖身一變和當下的平遙城別無二致，擔任旁白的導遊介紹道這是 2018 年的平遙城，詢問觀眾和古代的平遙城有怎樣的變化。

　　事實證明，2013 年《又見平遙》的出現毫無疑問複製了《印象·劉三姐》當年在廣西陽朔的成功。據統計，《又見平遙》演出的上座率、票房和觀演人次逐年增長，累計演出 2537 場，觀演人次達 225 萬。僅在 2017 年，共演出 807 場，觀演人次 60 餘萬，上座率達 93.2%，單年票房過億。2018 年春節期間，平遙力壓杭州西湖、大理古城、鳳凰古城成為十大熱門景區之首，除夕至正月初六，接待遊客 43 萬，《又見平遙》5 天演出 22 場，觀演人數超兩萬，演出收入 378 萬元，場場票源緊缺、滿場運行。

　　而從演出所輻射出的產業經濟效益上來看，演出的存在基本結束了古城白天逛街看廟、晚上吃飯睡覺的傳統旅遊模式，到平遙的遊客往往由一日遊增加到兩到三日遊，帶動了住宿、餐飲、其他娛樂等相關產業的迅猛增長。《又見平遙》中，80%的演員是平遙當地人，再加上約200人的管理團隊，以及其下游產業鏈的發展，平遙因旅遊發展而帶動的就業人數，在原有7萬人的基礎上，增加了5%到10%。

　　一部演出，不但把靜止的歷史遺跡轉換為形象生動的演出，也將遊客對平遙的認知從「票號」、「牛肉」、「推光漆器」拓展到了更深層次的文化、尤其是中原文化傳統中來，並收穫了豐厚的經濟效益，王潮歌的這一次「北上」與「轉型」顯然在市場運作上是「成功」的。與南方純天然的山水風光與少數民族聚集區的歌舞服飾相比，中原地區濃鬱的人文色彩、文化傳統和地域性似乎啟發了《又見平遙》以主題敘事和再造空間的交錯結構，在某種程度上超越了「印象系列」後期愈演愈烈的視覺奇觀式的抒情語法。《印象·劉三姐》中「劉三姐」本體並不存在，而只是地域的一個符號性代言，而《又見平遙》中真實可感的歷史人物和作為劇場的仿真建築，將縹緲的情感共鳴落實為可親身體驗的時空穿越，並賦予地方文化意涵於其中。

小結

　　從「印象」系列到「又見」系列，我們可以看到，同樣是表述地方文化，實景演出在形態和敘事方式方面的變化，通過引入沉浸與參與的觀演理念和再造一座「平遙古城」，《又見平遙》在形式上無疑是具有開創性的。而在這樣全新的「實景」空間內，《又見平遙》在挖掘與強調平遙地方文化符號的同時，「虛構」了一個有別於以往「現代性」視野下晉商文化敘事、以鄉土社會「捨生取義」與「血脈相承」的倫理傳統為核心的故事，意圖在表徵地方性的特色的之外潛在地召喚一種更為普遍性的文化認同。《又見平遙》所建構出地方認同始終處在文化—民族認同的結構裏，前現代的建立在血緣關係上的家—宗族結構被理解為一種傳統文化，中國人共享的文化傳統成為了連接地方與國家的中介，而這樣理解「文化」的方式也普遍地為其他許多實景演出所採用，從而在當代建構出更大的文化共同體。

第四章 《知音號》

　　2017 年，曾是「印象鐵三角」之一的樊躍率領團隊在湖北省武漢市長江江面上打造了「全球首部漂移式多維體驗劇」《知音號》。這個聽起來略微有些繁複的名稱，實際上表明了實景演出這種以空間為媒介的表演樣式出現了又一次的「換代升級」。

　　這部演出以武漢本地「知音文化」為核心，以大漢口長江文化為背景，故事則取材於上世紀 20～30 年代的大武漢。「漂移式」指的是演出以在長江上漂移的方式進行，主創將其表述為「戲劇舞臺是漂移的，觀演關係是漂移的，劇場理念也是漂移的」，因此主創團隊在武漢市兩江四岸核心區打造了一艘具有上世紀 20～30 年代風格的蒸汽輪船及一座大漢口碼頭，船和碼頭即劇場。「多維體驗劇」則指觀眾通過進入碼頭和船艙觀看並參與演員表演的方式來「體驗」其試圖重述的「知音文化」，而較《又見平遙》中的新型觀演方式，這裡的「參與」向前推進了一步，被賦予了更多的維度與可能性。

　　而《知音號》作為一種文化生產，其典型之處更在於成功地將演出與文化再生產功能緊密銜接起來，通過有意識的產業結構設計，表演空間與日常消費娛樂空間得以毫無障礙地實現其功能及意義的相互轉化，從而構建出一重新的城市文化公共空間。

第一節 「散點透視」中的「民國想像」

一、「大漢口」的「民國想像」

　　在紛紜眾多的實景演出中，《知音號》是其中極少數以一座城市為表現主

體的。無論是或壯觀瑰麗、或寧靜優美的自然風光如灘江、西湖、玉龍雪山、張家界的高山峽谷，還是歷史悠久的遺址古蹟如華清池、平遙古城、大報恩寺，景觀本身天然地所具有的「奇異性」，對於日常定居於現代化城市的觀眾來說，已經在相當程度上具備了可看性的基礎——暫時地與全球化進程中千篇一律的大都市景觀拉開距離，這不正是旅遊的意義所在嗎？而通常實景演出對可被改造的巨大空間的需求，在被各種產業運行與居民生活佔據得無比緊湊的現代都市，又如何能夠得到滿足？

《知音號》的創作者巧妙地避開了與今天的武漢、這座擁有千萬人口的中部特大城市的正面碰撞，從歷史中鉤沉了1920～1930年代漢口的橫截面，並將其濃縮和置放在「漂移」在長江的一艘遊輪上，並採用了強調觀眾沉浸體驗的「多維體驗」的形式。

武漢作為楚文化的發源地之一，具有3500年的悠久歷史。今天的武漢市在春秋戰國時期歸屬楚國管轄，形成了獨具一格的楚地文化，西漢時期漢武帝大一統之後形成地方建制，在古代中國歷史上始終佔據著較為重要的位置。深厚複雜的歷史積澱與居於版圖中部、臨近長江的特殊位置使得武漢在中國近現代歷史轉換的進程中同樣成為了「重鎮」，也因此具有了迥異於其他地區和省份的獨特歷史軌跡。清末洋務運動奠定了武漢在近代中國的重要經濟中心地位，而辛亥革命的發生也讓武漢成為中國民主革命的發祥地，在二十世紀的中國革命史中幾度成為全國政治中心。

今天的武漢市擁有相當特殊的地理格局，由武昌、漢陽、漢口三個地區組成，又稱「武漢三鎮」。相較於歷史悠久的武昌、漢陽兩鎮，漢口的出現相對較晚。明代成化年間漢水改道，改道後低窪荒洲地帶便逐漸形成了漢口鎮，也基本奠定了今日武漢三鎮的地理格局。漢口鎮憑藉便利的長江水運榮膺「九省通衢」的美稱，至清嘉慶年間已發展成為與河南朱仙、江西景德、廣東佛山並稱的「四大名鎮」之一，舟船如織，商旅如雲。鴉片戰爭前夕，漢口的封建商品經濟發展至鼎盛階段。清末第二次鴉片戰爭之後，1861年3月20日，英國同湖北當局訂立《漢口租借條款》，漢口正式開埠。此後三十餘年間英、俄、法、德、日五國紛紛在武漢通過租借地的方式擴大自己的勢力範圍，當時漢口租界的數量僅次於天津，面積僅次於上海、天津，其影響力位列內地各外國租界前列。在這樣的歷史格局下，發達的水陸運輸使漢口成為了南北物資和商品最大的集散地，遠銷全國各地乃至俄羅斯和歐美等國，其中茶葉

貿易的繁盛由為值得一提。當年的日本駐漢領事小野幸吉寫了一本名為《漢口》的書，他在書中說「漢口今為清國要港第二，……使視察者豔稱為東洋之芝加哥。」幾乎同時，美國的一本叫《豎琴》的雜誌上也刊出名為《中國芝加哥》的文章，其中寫道：「漢口在全國商品市場上所處的地位，可與芝加哥在美國的地位相媲美」，漢口是「東方芝加哥」的說法由此而來〔註1〕。在這樣的背景下，大量西方物質文明與生活方式湧入，武漢城市和市民社會隨之發展，「大漢口」一度成為東方僅次於「大上海」的商業城市繁華之地。

這也正是《知音號》所展示的故事背景，即這樣一個由前現代社會向現代社會轉型歷史語境下，新舊混雜，東西衝突，本土文化與外來事物並存，構成了特定歷史語境下武漢特殊的地方文化。

我們不難在一個個人物和他們表演的劇情中看到當時這種複雜多元的文化形態。演出中不乏關於清末開埠以來，西方資本入侵之下民族工業的抵抗與艱難前行的講述：銀行家拒絕洋人百般賄賂，一心發展華資銀行（「洋人想通過我們控制中國經濟，他們不會得逞」）；叱吒漢口的地皮大王馬漢祥，決定發表一份聯合聲明抗議洋人侵佔土地、掌控經濟命脈，以喚起民意（「洋人想要強收太平路我不能讓」）；為了守護父親的古董不被洋人奪走，從不過問家族事的少爺，帶著所有寶貝家當上了船（「把古董藏在這知音號上，東洋人絕不會發現」）；茶行少東家一心想發展壯大家族茶葉事業，在時局逼迫下舉步維艱（「用洋人的方法把茶葉賣給洋人，嘿，靳春茶葉一定會成為『品牌』」）此外還有從西方學習歌劇回國，希望在國內推廣歌劇藝術的歌唱家、癡迷西洋樂器小號的樂手等等，無不顯示了西方文明湧入所帶來的衝擊與影響。

而決定獨自去漢陽搶碼頭的黑道大佬，為了保住戲班子、捨棄青梅竹馬師兄而嫁給軍閥的戲劇名伶，為見一見鍾情的心上人一面登上知音號的擦鞋匠，叛逆的世家公子等人物則構成了我們所熟悉的本土的、屬於「舊文化」的一面。其中「搶碼頭」的黑道大佬最為典型地顯示了漢口本地的「碼頭文化」——由於繁盛的茶葉貿易使漢口港形成了從漢江邊到丹水池長達三十華里的漢口碼頭，這裡聚集著中國內河航運最大的碼頭工人和運輸茶葉的船工隊伍，有十萬人之眾，形成魚龍混雜、地方宗派色彩濃厚的行幫及碼頭文化。

〔註1〕轉引自方方：《漢口的滄桑往事》，廣西：廣西師範大學出版社，2014年9月，第20頁。

　　這些形形色色的人物與故事中，不乏取材於武漢城史的真實故事。演出開始時，一位男子攙扶著一位戴禮帽、墨鏡的先生在艙外廊橋散步，這位男子向墨鏡先生致意：「先生承建武漢大學，真是了不起！」先生則說：「我用這眼睛換了一所大學，值啊！」這段對話取自 1930 年代，雙目失明的寧波盲人建築商沈祝三承建武漢大學的故事。沈祝三是上世紀初武漢地區成功的建築商，並在漢口開辦了自己的營造廠漢協盛。1928 年湖北省政府在蔡元培擔任院長的大學院指令下同意設立國立武漢大學。經過市場招投標競爭，久負盛名的漢協盛營造廠承擔了新校舍大部分工程。1931 年，時值政局動盪、武漢遭遇水災，又逢經濟危機造成原材料大幅上漲，武漢大學建在山上，沈祝三中標時漏估開山築路費用。諸多不利條件下，他仍然信守合同條文，堅持「不主動向業主提高造價，不拖欠供應商貨款，不拖欠建築工人工資」的「三不原則」，抵押幾乎全部個人資產取得貸款，最終「毀家興學」，修建了武漢大學最早的一批建築〔註2〕。

　　然而這些歷史檔案般正襟危坐的隻言片語很快地消失在其他更為戲劇性和傳奇性的虛構故事中。給觀眾留下更為深刻的印象的段落，是一層酒吧裏地位懸殊的江夏富商千金與晚報記者跨越十年歲月動盪離散後奇蹟般重逢的愛情奇遇，是每晚打來找一個叫「紅表姐」女人的神秘電話。這樣的敘事素材的選取，無疑是近年來所掀起的「民國熱」風潮影響下的產物。

　　在討論近代城市的現代化歷史時，上海，尤其是民國時期的上海似乎是一個繞不過去的參照，《知音號》的宣傳材料中也反覆提及昔日「大漢口」堪與「大上海」比肩的繁華盛景，並將之作為其亮點重點宣傳。這種對於上世紀 30 年代大上海的「懷舊」想像，早在上個世紀 90 年代便已初見端倪，並一直延伸到 21 世紀。上海作為近代史上重要的「移民」城市、昔日的「東方第一大港」、「十里洋場」、「冒險家的樂園」，在之前的主流敘事中一度被遺忘，而在 90 年代的文化翻轉中，其混雜了帝國主義、半殖民地、民族創傷、金錢奇觀與全球化圖景的特性作為一種曾短暫浮現但被打斷的「現代性」代表，為處於現代化／全球化土突飛猛進的浪潮中的人們提供了一幅新的圖景，證明「現代化」不再是於改革開放之時降臨老舊中國的奇蹟，而原本就是內

〔註2〕據史料記載，1918 年時沈祝三就因青光眼雙目失明，主持武漢大學工程時確
　　　實是雙目失明的狀態，但失明原因與武漢大學的修建無關，演出中的臺詞有
　　　虛構之嫌。

在於「中國歷史」的一部分〔註3〕。這一「發現」撫慰再度經歷了歷史斷裂的人們的內心。而近年來「上海熱」更是上升成了「民國範兒」，圍繞民國時期敘事的影視戲劇作品層出不窮，也使得「民國」〔註4〕這個原本屬於歷史分期的概念，其所指變成了一種以華服與奇情故事為符號、充滿小資情調並代表了進步的「現代文明」的文化想像，因此百樂門舞廳身世成謎的頭牌舞女，上海灘黑幫大佬的愛恨情仇，周璇的電影與十里洋場的西式做派，海外歸國的知識精英，上流社會名媛與先生的客廳等等，組成了令人嚮往的歷史時空，甚至在某種意義被視為了罕見具有「真文化」的現代中國圖景。

知音號輪船上所設有的酒吧、舞廳空間則進一步顯示了這種將「半殖民現代性」視為奇觀的想像如何支配了敘事素材的選取。縱貫一層到三層的舞廳是知音號中的最重要的區域之一，富麗堂皇的裝飾，璀璨奪目的聚光燈下，身穿白衣的舞會主持人，充當了這場戲的旁白，介紹著舞廳裏的焦點人物。因此我們得知，這個舞池的主角都是屬於上流社會的大人物，有正當紅的電影女演員、小說風靡一時的女作家、江夏富商等，穿著旗袍身姿婀娜的名媛與士紳在輕快的爵士樂中翩翩起舞，服務生忙碌穿梭其中，報社記者忙著捕捉船上大人物的寫真。而坐在舞池邊的先生名媛，或喝酒聊天，或在吧臺買酒，或是初次見面的禮貌問好，或是聊著聚光燈下大人物的傳聞，觥籌交錯間恍惚間令人聯想起好萊塢經典愛情大片《泰坦尼克號》，只不過這艘船的運氣好得多，它所承載的繁華與傳奇並未在處女航後便沉沒大海，而是保證了歌舞升平、安然無恙地漂移在長江江面上達十餘年之久。

毫無疑問，這種上流社會的社交生活是近代西方文明傳入的產物。通過這般浮華奢靡的場景，昔日「東方芝加哥」的繁華歷史似乎再度顯現在當代人的眼前，並且在整個觀演過程中佔據了三分之二以上的篇幅。據史料記載，漢口市民趨新、趨洋的態度衝擊了千百年來形成的傳統文化習俗，「漢鎮自中

〔註3〕戴錦華：《隱形書寫——90年代中國文化研究》，江蘇：江蘇人民出版社，1999年，第125頁。

〔註4〕「民國」是「中華民國」的簡稱，既指在中國歷史分期中指稱1912～1949的特定歷史時期，同時標誌這一歷史時段裏國民黨所建立的政權統治，也是論者這裡所使用的概念。1911年辛亥革命爆發後，革命黨在南京建立臨時政府，各省代表推舉孫中山為臨時大總統，1912年元月民國正式建立，也是辛亥革命以後建立的亞洲第一個民主共和國。1949年國民黨政權部分轉移到臺灣，仍沿用「中華民國」的稱謂，此階段及政權不在本論的討論範圍之內。

外互市以來，習俗益靡，閭匧多仿西式，服飾宴會，多為豪奢」〔註5〕。誠然這樣選取這樣的西式社交場景的確是對當時歷史風潮的一種呈現，而另一方面觀賞性極強的旗袍、歌舞、水晶燈下的俊男美女也讓舊時代人們眼中的「獵奇」延續到當代，成為當代人目光中的「他者」和消費主義的濫觴。

而這種敘述也正是《知音號》所截取的 1920～1930 這樣一個特殊的歷史斷面所帶來的必然結果。據筆者粗略估計，在《知音號》整部演出所涉當時風貌集中於經濟與文化方面，鮮見對政治人物的敘述。這樣一種「截斷」毫無疑問是「去革命」的，它向前迴避了 1911 年發生的辛亥革命、1927 年開始的北伐戰爭，向後略去了 1938 年開始的抗日戰爭，在這些極其重要的歷史事件中，作為革命重鎮的武漢都曾具有舉足輕重的地位。其中，起到了推翻清朝封建統治的民主革命運動辛亥革命，正是由 1911 年 10 月 10 日夜晚在武漢三鎮之一的武昌爆發的武昌起義所掀起的。切斷前後歷史脈絡的「知音號」過濾了二十世紀革命鬥爭與政治變革的歷史影響，把抽象的情愛、人倫、個人奮鬥和不眠不休的歌舞宴席裝載到一個高度封閉的空間裏，如其「漂移式」的創作概念所暗示的那樣，「漂移」在長江上的同時也「漂移」在歷史長河當中，《知音號》所講述的人與故事彷彿永遠凝固在這樣一個時空當中。輪船與長江的關係，也恰好構成了這個橫截面與歷史進程關係的隱喻。

從另一個角度而言，鉤沉出這段似乎被當代武漢敘事所遺忘的、「漂移」在歷史長河中的歷史與文化記憶，並以實景演出的方式加以濃墨重彩地描繪並作為今天武漢的某種地方代表，似乎糾正了武漢通過流傳在全國人民心目的其他文化符號所塑造的籠統想像，即在遙遠而古典的「白雲千載空悠悠」的黃鶴樓、充滿時代烙印與工業時代痕跡的長江三峽水利工程和武漢長江大橋，以及池莉、方方筆下的瑣屑的小市民生活和遍布大街小巷過於接地氣的熱乾麵之外，「發現」了如昔日「大上海」般「洋氣」的「大漢口」。這種文化「糾偏」對接的是今天武漢的迅速中產階級化，和建設以高新技術產業為代表的新型經濟體系和現代城市形象的自我需求，因此這不僅僅意味著將昔日的「大漢口」與「大上海」比肩，更隱喻著今天的武漢全方位向上海看齊，並成為中部地區的「上海」的某種野心。

〔註 5〕劉曉航：《大漢口：東方茶葉港》，武漢：武漢大學出版社，2015 年，第 173 頁。

　　與其他大多數以傳統古典文化為噱頭的實景演出所截然不同的是,《知音號》所要詢喚出的並不是三千多年的歷史長河中「鄉土武漢」的一面,而是「現代武漢」的一面,並直接將之與今天的武漢城市文化內核相勾連。正如主創團隊對這部演出所指向的文化關切中所描述的,即「大武漢」作為中部中流砥柱的現代城市,通過《知音號》將地方文化資源與現代都市文化融合,並將「舞臺秀」轉為「城市秀」,「從這個意義上而言,《知音號》不再是一場簡單的文藝展演,而是一場基於武漢『城市復興夢想』的文化行動」〔註6〕。所謂「復興」,想要復興和追回的,正是昔日「大漢口」在當時的全中國、乃至全世界版圖中的重要位置,是「東方芝加哥」的「現代性傳統」。而在《知音號》的演出中,當觀眾觀賞完船艙內部的演出,便可順著側面的舷梯走到四層甲板上,從上世紀三十年代的一場繁華傳奇中走出,進入夜色中欣賞今日長江兩岸的高樓林立、華燈璀璨,欣賞這道專屬於現代大都市的風景,在同一空間完成的時間轉換,也在象徵意義層面巧妙地勾連起這段歷史與當下武漢——既是時間層面也是空間層面——的關係。

　　在這樣「城市復興」的夢想中,其復興是以西方現代城市紐約(其沿海位置對應上海)、芝加哥(其中部位置對應武漢)為目標的,武漢曾一度離這些目標如此接近,但又因種種歷史機緣而被拖住了腳步。這種對西方現代性的追尋,正如有學者所指出的,在中國大陸這樣的後社會主義社會裏,往往將資本主義社會的技術發展作為現代性的代表而加以認同,其政治、倫理層面例如殖民等複雜的歷史面向均被屏蔽了〔註7〕。而對於所受到爭議的現代性文化方面的議題,《知音號》則表現出不加辨析地一併接受的含混姿態,《知音號》上各個階層、不同思想立場與身份背景的船客自說自話、各自為政、和諧相處的狀態也表明了衝突並不是這裡所關注的焦點,重要的是對現代性繁華的回首一瞥而已。

　　因此我們看出,經由實景演出這一文化媒介,顯影出地方主體在構建其地方性時所具有的複雜生成機制。地方歷史的演繹與表述在此過程中不斷得到修正,既以其新鮮感、觀賞性和娛樂性吸引和取悅了外地遊客,與此同時

〔註6〕搜狐網:《〈知音號〉:開啟武漢演藝「漂移」時代》,http://www.sohu.com/a/114431428_488359,2016年9月。

〔註7〕〔美〕阿里夫·德里克:《後革命時代的中國》,李冠南、董一格譯,上海:上海人民出版社,2015年,第22頁。

也重塑著當地人對自身歷史的想像，增進了當地人對地方歷史的認同感與自豪感，並因此更加充滿熱情與驕傲地投入當代城市的生活與生產中來。

二、「散點透視」中的「多維體驗」

　　2015 年王潮歌在山西平遙執導的《又見平遙》，專門搭建以平遙城為原型的劇場，首開實景演出中觀眾「浸入」劇場，行進式觀看演出的形式，而《知音號》在觀演方式上則進一步打破了傳統的觀眾席與舞臺之間的距離，試圖實現一種更為徹底的「沉浸」。

　　與這種「體驗」與「沉浸」的目標狀態相適應的是，在敘事層面上，《知音號》採取了與以往任何實景演出都不同的結構方式。演出以碼頭和整艘船艙作為表演場域，分為多個演出區域，包括一層的舞廳和酒吧、演員駐留的二層船艙、觀眾獨立遊覽的三層船艙和博物館以及四層演出中共有百餘位演員，分別具有上世紀二三十年代背景下不同的身份和專屬的完整故事設定。在演出過程中，所有區域的演出同時開始，觀眾們分三條不同的線路登船，依據票面上的參觀順序進入 A、B、C 三個區域，在每個區域中均可以自由地穿梭，跟隨演員走動，在演員之間駐足，挑選所想觀看的故事情節，甚至有機會與演員互動，實現「零距離」觀演。

　　在二層船艙區域，形形色色的人物或駐留在房間內，或隨意在走廊間穿行，同時以獨白的形式面向觀眾講述自己的經歷。電影女演員、建築商人、樂手、地皮大王、銀行家、學者、歌劇演員、茶商、記者、鞋匠、報童，他們的個人經歷共同「組合」和「拼湊」而成了百年前武漢動盪繁榮的歷史。而在身份標籤之外，人與這部演出當中的「實景」——行駛在長江上的遊輪的關係，即這些船客踏上知音號所出於的不盡相同目的，也在他們的敘述中被觀眾得知。有的是以船作為往來通商的交通工具，常來常往於長江上；有的是頭一次乘坐知音號來到武漢，目的是為了謀求生計；有的則是因為偶然的事件，例如尋找只有一面之緣的意中人的擦鞋匠（「我就是為了她才上了這個知音號的」）；有的人以船作為開啟人生的轉折，例如因母親離世決意離開家鄉的旗袍女子；更有人以船為家，終日就生活在這流動的江面上，例如一層酒吧中的酒保，他登上知音號工作的時候只有十幾歲，結果在船上一待就是十餘年，與船一道成為了歷史的見證人，酒吧區域的故事正是以這位酒保的視角展開的。

　　《知音號》以船為空間承載了歷史中的具體的個人，個人的經驗如同鏡子一般透射出時代的一隅。這種類似於宋代畫家張擇端所繪《清明上河圖》採用的「散點透視」的方式，與以往大多數追求故事性、情節性的實景演出所往往採取的線性敘事有很大的差別。《知音號》在敘述策略上摒棄了總體性敘事，以個體視角進入歷史的方式，形成了一種「眾聲喧嘩」的場域。觀眾得以透過這些碎片化的場景，建立起一種對時代風貌的感性認識。在這裡似乎沒有絕對的主角與集中的透視焦點。每位觀眾跟隨的演員不同，在表演中看到的故事也就截然不同，甚至不存在窮盡所有的人物和他們的故事、掌握全貌的可能，觀眾所看到的散落的人物、場景與隻言片語所共同組成的部分恰恰就構成了每位觀眾眼中的「整體」。這也與同樣強調沉浸體驗、但因為主線敘事的存在而使意義相對封閉的《又見平遙》形成了鮮明的對照。

　　而「觀看」只是「多維體驗」的一部分。觀眾在登船的那一刻便被賦予了觀眾之外的船客的身份，在進入到知音號的表演空間中的時候，已經不僅僅是在觀看一部演出，而是參與其中，甚至可以如同進入一間遊樂場般遊戲其間。以導演樊躍自己的表述，這裡沒有舞臺，更沒有傳統觀眾席，精心編製出的「故事」是一個供船客們相遇的時空場域。在這個場域裏，觀眾的行動就是轉場，「觀眾自己的故事與設定的故事相遇，這一刻觀眾就是主角。觀眾的體驗本身就是再創作，因此觀演本身就是主題」〔註8〕。也就是說，在知音號的空間裏，演員及其表演甚至在某種程度上可以被視作是同桌椅、燈盞等道具一般客觀的存在，並是不演員通過表演講述一個個故事或宣告某種歷史理念和定論，而是觀眾根據自己意圖主動「選擇」與「創建」一個個劇情和屬於自己的體驗。

　　在這般「反客為主」的創作意圖下，在一層的舞廳當中，觀眾有可能受到舞池中演員與他們的共舞一曲的邀請，酒吧裏可以隨便坐在任意桌邊甚至打開桌上的紅酒；二層的走廊上，觀眾也由觀看演員表演變成了傾聽其他船客心聲、促膝談心的朋友；而在三層，每位觀眾還被給與了一間屬於自己的房間，可以盡情地在其中躺臥踏立，取閱桌上的報紙書籍，換上衣櫃的衣服，並與同房間偶然相遇的室友交談；四層甲板設有現場樂隊和酒吧，觀眾在音

〔註 8〕王永娟、江朝：《〈知音號〉總導演樊躍：「江、城、船、人」的融合》，《中國文化報》，2017 年 5 月 23 日第 005 版。

樂聲中便能隨意起舞。船艙內部的演出結束之後,觀眾／船客便可順著側面的舷梯走到四層甲板上,在夜色中欣賞長江兩岸的風光,感受知音號在長江上的「漂移」。

在創作者有意設計的另一個劇情段落當中,攝影師會穿過人群,拍攝站在走廊當中每位觀眾的面容表情,以實時投影的方式將影像投影在走廊懸掛的透明幕布中,觀眾可以清晰地辨認出自己的身影面孔。這一瞬間,通過高科技與多媒體的「投射」,觀眾彷彿變成了舞臺上的演員甚至明星,並為其他觀眾／演員所觀看,而這種「自我關照」也顯示出某種特殊的「間離」與「沉浸」的複雜交錯。

因此在知音號上,觀眾的參與是高度體驗性與感官性的,身體性的各個維度從視覺、聽覺再到觸覺到都被充分激活,在每一個觀演區域,創作者調動一切劇場因素,給與觀眾相當高的互動和自由選擇的機會。這些全部的「體驗」賦予了觀眾主體性同時也變成了某種「創作」,在某程度上與在大型商場購物和遊覽迪士尼為代表的主題公園分享著相似的邏輯。

《知音號》這樣一種特殊的觀演結構與敘事策略,顯現出現代性視野下某種關於空間的辯證法。一方面封閉的外部空間限定了敘事的內容和範圍,而人物相對獨立,片段化的場景之間沒有線性相承關係、僅以船上不同的功能的區域作為相對明顯的界限劃分,觀眾的自由選擇權的賦予等特徵,也使得敘事內部具有著開放特性和多種闡釋的可能,這也構成了現代性經驗的一個核心矛盾。

而在另一個角度上,《知音號》的「多維」也揭示出一種「立體」與「平面」的辯證法。一方面,在身體體驗層面,觀眾面對的不再是平面的書籍文本或者電影銀幕,而進入了「立體」的歷史時空,以多維度的感官知覺,得到了專屬於自己的、感性的歷史圖景的一個或多個碎片,而遊戲感的獲得賦予了觀看者某種程度上的主體性與娛樂快感。而另一方面,「散點透視」的敘事策略並不能掩飾其總體性歷史觀念的缺失。人物之間沒有相互關聯,人物和歷史線索之間沒有關聯,歷史作為呈現對象僅僅浮於表面,而未沒有得到更深入的挖掘。從這個意義上說,「知音號」並不是《紅樓夢》中的大觀園,同樣是透鏡或縮影式的再現意圖,大觀園裏面生活的人,是相互勾連而編織出的錯綜複雜的網中的一個個意義節點,而缺失總體性的歷史觀念與歷史根系的知音號上,一個個看似活生生的人難免淪為了浮光掠影般的「活動

幻燈片」，即便演員的服飾再精美，環境陳設再考究，物質細節再接近真實的歷史原貌，「多維」與「印象」之間似乎也只有一步之遙。從這個層面來看，《知音號》的呈現對象並不是歷史、甚至不是敘事，更像是片段式的主觀記憶。與此同時，在這個共同的空間內，表演倒成了其次，演員不過是對民國特定歷史人物的 Cosplay，而觀眾則被是邀請參與到一個特定主題集體狂歡派對中來，並且經過些許的「訓練」，就能不分主客地充分自主體驗並從中得到享受。這也與我們下文對演出空間轉化為文化消費與社交空間的討論做了鋪墊。

三、「知音文化」的「前世」與「今生」

導演樊躍在對《知音號》創作意圖的解讀中談到，與以往任何演藝形式都不相同的是，《知音號》旨在打造兩個博物館，一個是大武漢的城市記憶，另一個是「人們心中久違的靈魂情感」，而踏上這艘滿載故事的「知音號」，觀眾將融入其中，與表演者共同完成關於城市、人生與愛的碰撞，直擊心靈〔註9〕。

樊躍的闡釋為我們顯示了這部演出在城市近代歷史之外另一層面的意味與創作意圖，即在歷史的面目和細節之外，對於一種具有普遍性的情感主題的追求。在這樣的理解中，「船」被視為一種人際交往的場所，一重公共性的空間，人與人的相遇使「情」的發生成為可能。

這就使我們回到知音號命名的緣由上來。如前文我們所述，「知音號」原名江華輪，江為長江之意，華象徵中華民族，而今天的創作者將之命名為知音號，取的是武漢地方文化中「知音文化」的傳統。春秋戰國時期，在古漢陽地區發生了於伯牙和鍾子期「高山流水識知音」的故事：鍾子期在伯牙彈琴時，從琴聲中聽出了伯牙志在高山與流水的意境和心志，因此兩人就從素昧平生成為生死不渝的知音，「知音」即為「知」「琴音」，逐漸流傳為一種比喻性修辭。文獻記載中二人約定來年再相會，屆時伯牙如約前來，及知鍾子期亡故，悲痛之中彈起《高山流水》之曲以悼念子期，並摔琴謝知音，從此絕弦不再鼓琴。先秦至漢代的文獻如《呂氏春秋》《荀子》《韓非子》《列子》《史記》等對此事有所敘述。武漢民間世代傳頌這一知音相識的故事，尤以漢陽地區最為突出。2014 年，「伯牙子期傳說」入選第四批國家級非物質文化遺產

〔註 9〕搜狐網：《〈知音號〉：開啟武漢演藝「漂移」時代》，http://www.sohu.com/a/114431428_488359，2016 年 9 月。

保護名錄。這一傳說還將申報世界非物質文化遺產〔註10〕。

　　而為何以「知音文化」來代表武漢？我們不難看出在面向全球化語境塑造新的「地方文化」時，中國當代文化的種種症候。事實上在以實景演出為代表的尋求地方文化表徵的文化實踐中，始終存在著某種差異性與普遍性的矛盾關係。一方面在歷時性維度上要將中國傳統文化與現代敘事連接，而在共時性維度上，地方／本土要能夠與世界其他文明主體構成對話與互動關係，即尋找某些普遍性的情感或者文化體驗。

　　而在這樣訴求之下，「知音文化」也經歷一個被重塑的過程，由單獨的一個先秦時期的民間傳說轉而變成包括遺物、遺址、研究協會、研究著作、祭祀活動、文化藝術節等等在內的「文化體」，並經由提煉上升成為某種「中華民族的代表」〔註11〕。與此同時，據製作方的表述，「知音文化」是兼具「本土基因」與「全球語境」的典型文化，有助於改變海內外遊客對武漢旅遊形象的模糊認識，形成的新認識、新定義和新體驗，對樹立武漢文化新形象具有整體拉動作用〔註12〕。在對《知音號》這一文化意義的闡釋中，製作方以事實列舉了「知音文化」的海外流傳，例如日本大分市、法國波爾、德國、韓國等地都有古琴臺，都流傳著知音的動人故事，因此總結出「尋覓知音，珍視情誼是全世界人民的共同願望」，而《知音號》所搭載的知音文化不再是過去的狹義化、故事化、符號化，而是中國傳統文化內涵的國際表達。

〔註10〕關於「知音文化」的進一步補充：位於武漢市蔡甸區馬鞍山南鳳凰嘴上的鍾子期墓，是知音傳說歷史文化傳承的重要文物載體。「知音故里」蔡甸，已連續六年舉辦祭祀楚隱賢鍾子期活動，鍾子期公園已成為知音文化重要旅遊景點。早在 2000 年，蔡甸區為打造「知音文化之根」這個品牌，成立知音文化研究會，組織本地專家學者開展知音文化資料收集整理；在漢陽一中建立「知音文化傳承基地」，興建知音傳說組雕；舉辦知音文化藝術節，鍾子期祭祀活動；出版《知音九章》等書籍，錄製知音文化音樂專題片和電視專題片，護理和整修鍾子期墓等一系列工作。2007 年「伯牙與子期的傳說」被列為第一批湖北省「省級非物質文化遺產保護名錄」。直至 2014 年，「伯牙子期傳說」入選第四批國家級非物質文化遺產保護名錄。這一傳說還將申報世界非物質文化遺產。

〔註11〕中國新聞網湖北：《歌劇〈高山流水〉國家大劇院唱響》，http://www.hb.china news.com/news/2016/0413/245225.html，2016 年 4 月。文中提到，知音文化研究專家表示，「高山流水」和「知音」已是中華民族基本的文化符號，具有促進中華民族文化認同的深遠意蘊。

〔註12〕王永娟、江朝：《〈知音號〉總導演樊躍：「江、城、船、人」的融合》，《中國文化報》，2017 年 5 月 23 日第 005 版。

　　事實上《知音號》對於地方文化的闡釋，不僅前文所述的「大漢口」文化，更包括「長江文化」、「碼頭文化」和「知音文化」，其中「知音文化」為主線，「長江文化」和武漢「碼頭文化」是切入點。在這樣的語境裏，「知音文化」就不侷限於一個中國先秦時期兩位士人關於《高山流水》和「捧琴謝知音」的具體故事細節，而演變成對人和人之間相互理解的情誼這樣一種抽象的情感層面的表述，因此超越了地域、語言和國族的邊界，具有了一種「普世性」價值，《知音號》由此從武漢「本土演藝」轉為「世界演藝」。因此演出中也使用大量篇幅著重描繪了知音號上的人與人之間的際遇關係如愛情故事等，並通過共用一個房間、開放的酒吧舞廳等情節設置為觀眾之間進行互動創造可能，臺詞中也反覆強調「遇見」、「人生」、「命運」等詞彙，這不難讓我們聯想起許多好萊塢電影中支撐主人公最終行動邏輯和實現情節反轉和大團圓結局的，往往也是某種抽象的情感，不論是親情、友情或者愛情。我們不難看到，「知音文化」的所指同樣是抽象的，為未來賦予其更多的具體意涵留下了巨大的空間。

　　《知音號》也為我們呈現了地方主體暴露在全球化資本市場當中所遭遇的某種普遍性的處境，即凸顯地域文化與創造跨地域的文化溝通之間的矛盾，這樣的結果是地方主體的崛起，還是在勾連與嫁接的過程中模糊了自己原有的身份屬性，《知音號》這套「世界性語彙」是否能夠像好萊塢電影一樣行之有效，仍有待時間的檢驗，也是留給當代文化工作者的一個難題。

第二節　物質文化視野下的「實景」

　　物質文化（material culture）在過去近三十年重新引起了研究者們的關注。這種關注的發生，在於物質文化的研究範式跨越了考古學、人類學、批評理論、歷史學和文化史研究、社會學對於消費的研究以及科學史和科學研究等多個學科，並同歷史學、藝術史、城市研究、空間研究以及消費文化的研究領域相互重疊，從而在吸取了這些學科的研究方法的同時，為人文社科的研究提供了激發新思考、促進新對話的場所〔註13〕。在這樣一個跨學科的開放空間內，消費和商品研究，禮物和互惠性、流通性研究，技術發展和物質文化的關係等話題均獲得了被重新審視的目光。

〔註13〕孟悅：《什麼是「物」及其文化？——關於物質文化的斷想》，《物質文化讀本》，孟悅、羅鋼主編，北京：北京大學出版社，2008年，第4頁。

　　物質文化史的研究對象主要是廣義上的物質世界，涉及人文、社科以及自然科學等諸多學科領域。從普通的日常生活物品、食品、出土文物、工藝品與工業產品的研究，如繪畫、瓷器、塑料等，到自然人文景觀與與歷史遺跡如花園、博物館和鄉土建築遺跡等，都被納入了物質文化的考察的範圍。

　　在這樣的視野下，與傳統戲曲、戲劇偏向於平面化和藝術化的舞臺布景不同的是，「物質文化」似乎從來就是實景演出中必不可缺、也是成就實景演出的特色之所在。實景演出通常借用已有的自然環境或人文景觀作為構建表演空間的主體，並配套一定的人造建築設施（包括道具、燈光、音響、舞臺、觀眾席、後臺通道等）為輔助，在這樣的概念構想中，「實景」的「實」更強調其景觀作為自然或人文歷史遺產的「真實性」特質。2015 年王潮歌導演的情境體驗劇《又見平遙》，首次通過仿製民居建築及日常生活用品等物質文化的方式，為敘事與表演「再造」了清末平遙縣城居民的生活與生產場所。《知音號》則將這種「造景」推向了極致。但與《又見平遙》以及以往其他實景演出不同的是，同樣是講述「城市文化與記憶」，《知音號》對於城市的展開方式並非遵循通常實景演出對規模場面的「宏大」與「壯觀」的追求，創作者摒棄了大開大合、《清明上河圖》式的全景式呈現法則，而是意在向內聚攏，將多側面的複雜歷史圖景凝結到一個特定的時空載體──「輪船」上來，這意味著實景演出首次將表現對象由室外露天轉向了室內，將以往對一種總體性空間關注轉向了更為具體的日常生活空間。

　　如前文所述，今天的武漢市由武昌、漢陽和漢口三鎮組成，與武昌和漢陽的古老相比，漢口只有五百多年歷史，其興盛發展與長江息息相關，可謂因水路而發達、因商事而繁盛。自明清建鎮至近代開埠，漢口九省通衢的便利位置將長江的運輸作用發揮得淋漓盡致，因而船運毫無疑問地在武漢城市的近代化發展過程中起到了極為重要的作用，也折射出了當時政治、經濟、社會、文化多方面的狀況。而船也成為了與另一重「實景」──長江的連接點。

　　作為實景演出主舞臺的「知音號」及其攜帶的歷史本身便是構成民國時期武漢物質文化的一部分。「知音號」由中船重工（武漢）船舶與海洋工程裝備設計有限公司，按照上世紀初武漢民生公司生產的「江華輪」為原型打造。江華輪是在 1912 年由江南船塢機器廠按照「頭等快船」的規格建造的蒸汽遊輪，建國後名字被調整為「東方紅五號」並持續在長江上發揮通航載客功能。因此，「知音號」／「江華輪」正是以武漢為代表基地的近代民族

工業的產物。1861 年漢口被迫闢為對外開放通商口岸之後，延續數千年長江上「孤帆遠影碧空盡」的古典景觀消失殆盡，而外國洋行製造的輪船與在此格局之下催生的本土船舶競相行駛的場面成為了古老的長江上新的風景。

在外貌上，為還原上世紀二三十年代特定風貌，「知音號」並未採用現代流線型船頭，而是用舊式圓潤船頭，近乎垂直入水，船身上有三萬多顆仿製鉚釘，總長 120 米，寬 22 米，高 15 米。雖然出於環保考慮採用電動發動機，還特意建有兩座老式煙囪，彷彿重返蒸汽時代。知音號共有上下四層，頂層是露天甲板，而演出的主要舞臺在一至三層的 98 個艙室內，分別設置六大演出場景，包括長廊、艙室、舞廳、酒吧等等。船上中央大廳氣勢恢宏，由一層貫通到三樓。

如果說知音號對輪船的複製復原的是這一特定空間的「骨架」，那麼精緻的室內裝潢與大量的道具對象則是附著在這具「骨架」上的「血肉」。在裝修風格上，知音號同樣完全仿造上世紀 30 年代的江上輪船的內部設計。船內共有近千件道具、擺設，都是在創作團隊在閱遍武漢的圖書館、博物館相關文獻後，經由 1：1 復刻而成，並刻意經過做舊處理，例如船艙裏的鋼琴是用老式鋼琴經過維修、校音後，來呈現當年的演奏效果。大到大件家具，船艙客房內的洗臉臺、桌椅、床鋪、衣櫃，小到服飾配件及各種日常生活用品，如摺扇、懷錶、金邊眼鏡等一應俱全。而混雜在這些複製的物品當中的，不乏為數不少、經歷過真實歲月打磨的「真品」。船艙內布置的各類燈光設備都進行了巧妙隱藏，1600 多種燈，幾乎全為定製，外表符合年代特徵，卻能呈現出專業的舞檯燈效，燈光與環境的融合度之高，也常令觀眾忘卻了這是一部虛構的演出，誤以為是進入了真實存在的一個空間。

不止船艙內部，在進入船艙之前的碼頭上，舊時畫報招牌、綠色郵筒、斑駁的報亭、古舊的黃包車與老式汽車，迎面而來著布衫挎布袋的報童，沿路販賣各種老對象、漢味小吃的貨郎，躉船上的水塔、堆砌的木箱等等。碼頭到泵船的巨型鋼結構棧道也是復原著當年老式鉚接工藝，長達 140 米，和泵船緊密相連。從碼頭到躉船的路上，所有的場景都是按照老照片復建，並用電影做舊工藝處理，包括商鋪，商品和擺設也是舊時對象與風格，給予觀眾一種濃厚的帶入感。

正是以這樣的方式，《知音號》摒棄了對歷史的進行抽象、宏觀描述的敘述策略，轉而採取以具體的對象「實景」重建當代人眼中的特定歷史時空。

深入的考古式發掘與高度講究的「複製」式還原，使得整艘遊輪本身便具有了博物館的性質，抽象的歷史敘述與個體記憶以一種「物質性」的方式重新具有了可被辨識、觀看乃至進入的「肉身」，這具「肉身」以真實可感的姿態為呈現地方性文化提供了一重立體的、具體的維度。一方面，「物品」在此處毫無疑問已經脫離其原本所具有的實用性功能和使用價值，而成為了附加了特定情感與記憶屬性的人類行為的載體「紀念物」，負荷了人類更內在的因素如記憶、情感、非經濟性的交換決定〔註14〕，人的記憶通過這些陳設的物品得以傳承與表達。同樣，對於生產、擁有、購買、贈送、使用和消費過這些物品的人來說，這些物品都附帶了極其特殊的意義。相較於連篇累牘記載歷史的文本與檔案，圍繞物質文化與人的關係，當我們的關注點轉向何種文化導致了這樣的物品的出現、決定了人類的行為的改變環境的方式時，這些隨處可見、平易近人的物品，反映出的是身處特定時代的人在日常生活中的喜好、心理活動、消費方式、集體行為習慣，從而顯影出某種情感、社會、文化與經濟關係如何被構建起來的機制。物品本身也不再是歷史的簡單道具，而是塑造人們日常生活的一種工具。正如有學者所定義的，物質文化是「我們生存的自然環境中，被文化所決定的人類行為所改變的那部分環境」〔註15〕，在這樣的視角下，物質文化的「物」就從以往侷限在對作為商品的「物」的討論中蔓延了出來。

而在二層飾演上世紀二三十年代不同人物角色的房間中，物品的存在則提示了他們的迥異的身份：漢劇名伶的房間擺放著劇照、戲服、頭面；戰地記者滿牆的照片，桌上除了打字機、相機，還有他自己寫的手稿；茶商的房間，擺滿了各色茶罐等。這些物品在一方面起到了輔助劇情敘述的意味和作用，而在另一方面也構成了人物身份、階層的象徵。

事實上，知音號在其頂層的休息室也專門打造了一個佔地200餘平方米的「城市記憶博物館」，展出從全球徵集的老對象與老故事，涵蓋19世紀漢口開埠至建國初期老武漢人的衣食住行，從而反映武漢城市變遷、經濟發展、傳統習俗、民間技藝、日常生活等方面。據主辦方介紹，2017年10月，「知音號」項目投資方武漢旅遊發展投資集團聯合武漢博物館等單位開展了「拾

〔註14〕John Frow, *Time and Commodity Culture: Essays in Cultural Theory and Postmodernity,* New York: Oxford University Press, 1997.

〔註15〕James Deetz, *In Small Things Forgotten and Archaeology of Early American Life,* New York: Anchor Books / Double day, 1996, P.35.

光知音——尋找城市記憶」全球老對象徵集活動，短短幾個月，主辦方收到千餘件精品老對象，包括展示在艙室內的老照片、老郵票、老報紙、老發票等各種老物事，還有貼在牆上的老海報、老廣告等。

　　因而「知音號」為我們造就了一間奇異的「博物館」——一重介於歷史遺產與現代的複製品的共存和混雜的空間。有研究者指出，博物館與旅遊業均可進入當今世界發展最快之行列。其中第三世界國家博物館的增長速度甚至更快，而這是出於旅遊業發展、彰顯當地人的本土意識以及民族認同訴求的需要，博物館在對特定族群、階層、城市或國家等更大社會組織成員共享遺產方面的保存功能與認同意義正是這一文化機構的內在屬性。在某種程度上，旅遊與博物館具有相當多的共性之處，它們都迎合了內在於中產階級的現代性，並對他們發出一種召喚，這些共性包括：世俗教育，來源於疏離感的懷舊情緒作用下維護過去與現在連續性的保守意識，將遊歷作為自身處境、地位、品味和智慧的標誌，激發好奇感與發覺感的審美品味，樂趣與休閒等〔註16〕。英國旅遊人類學研究者麥坎內爾（Dean MacCannell）認為，現代人過著類似旅遊者的生活，由於對「真實表述」的依賴，我們轉而訴諸像博物館這樣的機構，進入遙遠的過去或異國他鄉，不僅是去尋找事物的本真與本源，也是去尋找關於自身困境的解釋。而今天，博物館更成為了某種角鬥場，因為其內部充滿了關於歷史與遺產真實性的紛爭、鄉土與都市的衝突、階層之間的對抗，以及民族與民族主義者對價值和所有權的無休止的論爭。其中博物館、文化中心與數不勝數的主題公園與其他人造娛樂設施、同時也是最有利可圖的新興旅遊吸引物之間構成了巨大的重疊與競爭，即仿擬的人造樂園與真實的歷史遺產之間對於吸引力與話語權的競爭，而這二者之間的界限也越來越模糊〔註17〕。事實上我們今天所面對許多以真實為名的歷史遺跡和遺產空間，也處處充斥著遺物與人造物、考古、模仿與仿擬的混居，它們集體地構成了當代對於歷史的話語闡釋系統，並作為一地的文化被教授和傳播著。

　　「知音號」演出所延伸出的這種有意識的博物館式的考古，顯然地超過了單一的藝術演出的內涵範疇而成為一種新的文化生產方式。這樣一種有意

〔註16〕〔美〕納爾遜‧格雷本：《人類學與旅遊時代》，趙紅梅等譯，廣西：廣西師範大學出版社，2009年，第304～310頁。

〔註17〕〔美〕納爾遜‧格雷本：《人類學與旅遊時代》，第304～310頁。

的找尋和追憶標識特定歷史時刻的物品的過程，也是不斷創造新的「紀念物」、不斷重塑乃至建構其地方文化的過程，而這一過程也被嵌入了新的城市經濟—文化生產與再生產的體系。憑藉博物館作為保存遺產的權威文化機構的公信力，這些物品（無論是原件或仿製品）以及物品主人所講述的故事便天然地具有了某種歷史真實性與可信度，其真實或虛構與否不必再加以分辨，從而進入和參與到地方主體性的建構過程當中來。

而另一方面，知音號的「物質文化」呈現的特殊之處在於，傳統意義上的博物館以靜態的展示性陳列為主，這些文物多半受到了嚴格的保護與看管，躺在冰冷的玻璃櫃裏，享受恆定的溫度與濕度，與參觀者保持著無法被打破的距離，具有「文物」專屬的高高在上的地位，而知音號上的作為歷史象徵的「物品」是可以被感知、親近和觸摸的，這些曾被真實地使用過的物品進入可以行、立、踏、臥的日常使用空間，多了一份煙火氣與市井氣。這種親密接觸正是創作者所鼓勵的。在《知音號》體驗劇的三層艙室內，每位觀眾被給予了一個專屬的房間，可以隨意站立或者坐下，端詳和取用桌上的物品如金邊眼鏡、書信、懷錶、舊書、摺扇等，床上隨意攤開的《良友》雜誌，床頭的書架上 1854 年出版的英文書，老舊的木桌上的竹製暖壺和白搪瓷茶缸，更擺好了船客寫好的信件，「卿雲我兄如晤……」，還可以打開房間的衣櫃，換上代表不同身份、階層人物的戲服，這些戲服極為廣泛地涵蓋老師、學生、郎中、洋人、警察、車夫、名伶、報童、記者、群眾、老闆、幫派成員等身份。這時這些「文物」在其紀念意義之外，同樣被還原了其最基本的使用價值。觀眾通過對「物」的使用而獲取了暫時的想像性的身份，從當下日常生活中脫離出來，「進入」了另一種真實可感的日常生活的經驗和想像，無異於一場角色扮演（role play）遊戲。

更重要的是，這些物品也被期待成為遊客拍照留念的道具，也就意味著這些物品進入的並非真實的商品流通過程，而是憑藉其文化屬性進入了象徵意義交換的過程當中，成為了鮑德里亞意義上的「符號」、一種文化消費品。作為拍照的道具的物品不必具有真實的使用價值，只作為符號存在，並由遊客在社交媒體上發布的照片進行傳播，其意義已經溢出了「知音號」這艘遊輪的所轄的空間場所，進入了更廣泛的消費社會的空間當中，並召喚著更多懷有這種潛在欲望的消費者。正如導演樊躍所希望的，通過觀眾的隨意拍照、攝相甚至現場直播，引發更多人的關注並形成自主傳播的趨勢，即通過「線

下劇場的漂移式體驗」和「線上社交網絡的漂移式傳播」，共同定義「漂移式多維體驗劇」這樣一種全新的展演理念〔註18〕。

由這些物品所建構出的「知音號」時空，為觀眾／遊客提供了多維度的「漂移」經驗，其多重維度既在於歷史想像層面，也在於感官經驗層面。《知音號》對於「物質文化」的重視和運用，在實景演出的序列中毫無疑問是獨樹一幟的。

知音號官方網站上像歷史文物科普一樣鄭重其事地列舉了這些日常生活物品，包括地球儀、放大鏡、檯燈、眼鏡、電話機、懷錶、老地圖、留聲機、馬燈、煤油燈、權杖、收音機、首飾盒、掛鐘、梳妝盒、銅盆、油紙傘、自行車燈和燭臺等，這在實景演出中也尚屬首創。然而對於這些物品的介紹並不是關於其時間、產地、材質、工藝和用途等中規中矩的文物檔案，而是為每件物品虛構了一段與其使用者相關的「故事」，在這個故事裏，物品或是背景、細節和線索，或是與使用者地位相當的另一個角色，人與物之間的多重互動關繫以一種戲劇性的方式被凸顯出來。而這些細節豐富、繪聲繪色的故事恰恰揭示出了知音號上這些物品所兼具的多重身份：這些並不侷限於「知音號」時空範圍的「故事」，既被用作以呈現一種今／昔、當下／歷史的對照，並以抒情性的語調召喚一種「物是人非」的普遍性情感體驗，即使用者對於物與時代之間錯綜關係的個人記憶，也擔負著「推銷員」的重任。

例如這臺「收音機」的「故事」：

> 徐家是漢口數一數二的有錢大戶，當年收音機是最先進的有聲家當，徐家便早早的添置了收音機放在家裏。徐家老爺有一愛好，每天都要收聽漢劇大師陳伯華的《霸王別姬》《風塵三俠》。後來，徐老爺出差乘坐知音號，也把收音機帶上了船，每天都會有很多其他遊客圍在徐老爺的房間旁聽收音機裏傳出來的聲音。歲月變遷，網絡科技漸漸取代了收音機的電波之音。但「知音號」上至今還保留著徐老爺當年的那臺老式收音機，期待著你再次擰開它，聽它傳出的悠悠之聲。

這個被當年的遊客徐老爺帶上「知音號」的「收音機」不僅親歷了「知音號」所屬的「東方芝加哥」之繁榮，也側面反映了當時市民階層收聽地方劇中漢

〔註18〕王永娟、江朝：《〈知音號〉總導演樊躍：「江、城、船、人」的融合》，《中國文化報》，2017年5月23日第005版。

劇的文化習慣，知音號上遊客環繞的場景顯示出特定生活方式與娛樂行為，同時也勾連起收音機這一聽覺媒介從最先進的現代性產物直至今日被網絡所取代的物質變遷歷史，以及迴蕩在收音機「悠悠之聲」中集體性情感記憶。

　　自行車燈則被給予了一個更為通俗的親情故事。一位不顧家人反對、執意留洋學畫的畫家登上了離開的知音號，卻在自己的行李箱中發現了父親留給他的信、準備的錢，還有小時候父親總愛用來逗他的自行車燈。這個物品在父輩與子輩之間傳遞的「故事」也在知音號的高度集中的歷史橫截面之外，為我們展示了物品在走出商品市場之後，在更廣泛的社會生活、在人與人、文化與文化之間的流傳歷程，其作為商品的意味已經淡去，而其價值與意義將在文化和社會的流動中被重新界定〔註19〕，因此物在歷時性的維度裏也具有了自己的社會生命乃至「傳記」。

　　而「梳粧檯」的故事：

> 她說這是一件古董，一個中西結合的梳粧檯。中間的鏡子就是傳說中的「美人鏡」。其實這面鏡子看起來很普通，和現在用的平面鏡幾乎一樣，但由於當時社會還沒有能力生產平面鏡，過去女子化妝用的都是銅鏡，照出來人的面目並不清晰。這件藏品最後兜兜轉轉來到了母親手裏面，成為了她的陪嫁品之一，但是在動盪時期，這款「美人鏡」當時被人收走，很多年以後，她輾轉了很多地方、歷經坎坷才得以再次將這個梳粧檯再次找回。即使是生在現代的姑娘，你也一定喜歡民國女子對鏡梳妝的意蘊和風情，看姑娘抿了紅唇，掃了胭脂，是那晨曦中梳妝時的剪影，明豔動人。你是否也想輕撫這只屬於「知音號」的梳妝盒，她多了一份歷史的沉澱，同時也多了一種歲月打磨的精緻。

則在「中西結合」、「婚嫁習俗」、「民國風情」和「動盪記憶」等關鍵詞之外，借由女性使用群體的視角完成了由傳承的記憶到文化消費品的當代轉化。一件「梳妝盒」盒被打開的同時，「物質文化」的多重顯影機制也由此被我們次第展開。

　　以物質為基礎的文化概念，則無可避免地要討論「地方」與日常生活實踐的關係。正是這種日常生活實踐賦予了空間文化意義，造就了人文地理學

〔註19〕相關理論可參考阿君‧阿帕杜萊（Arjon Apadurai）和一些社會人類學和人類文化學家編輯出版的《物的社會生命》（The Social Life of Things）一書。

意義上的「地方性」概念範疇。與其他實景演出側重對外地遊客的吸引不同，《知音號》對於武漢本地人的地方認同則具有更為明顯的作用，不僅僅通過物質文化的「考古」所挖掘和追溯一段本土記憶，同時以此為資源，在新舊文化的碰撞中構造一種新的城市記憶。

第三節　社交、娛樂與新的文化消費空間

　　如前文所分析，《知音號》的空間既是物理意義上的劇場、展示文化的博物館，同時也是公共生活的場所。在上世紀二三十年代，在交通運載的基本功能之外，大型輪船也通過表演、歌舞、飲酒等提供著進行社會交往、娛樂的實際用途。

　　「知音號」在設計之初便試圖將這種多重用途延續下來並由此不斷衍生其功能，不僅僅將輪船作為一場演藝的舞臺，而是城市新的公共文化空間，並深入到當代武漢人的文化記憶和認同的建構過程當中，甚至發揮上世紀「武漢民眾樂園」的功能。

　　「知音號」的表演是品牌和名片，如何在表演之外仍然發揮和延伸其作用於價值，即同時作為文化產業鏈條的起始，帶動相關的文化以及商業活動的舉行，並向各個領域不斷延伸。而這也是實景演出作為旅遊演藝的屬性下由其最根本的經濟的訴求所決定的。

　　對於「知音文化」這樣一種情感性主題的提煉，首先為「知音號」發揮其社交、娛樂和文化體驗的功能，與營銷與線下活動相結合提供了文化性鋪墊。

　　這種訴求也自然而然地嵌套在表演本身的劇情設定當中。例如在知音號三層客艙中，創作者專門設計了使得原本彼此陌生的觀眾互相認識的環節，即按照船票上的門牌號在指定段落中進入客艙，成為短短五分鐘中的暫時的「室友」，即依照創作者的想法「產生一段緣分」、發生關聯——「觀眾兩個原本陌生的人可以一起聊天、寫明信片，也許就憑著這段特殊緣分成為了『知音』」。觀眾也有可能從客艙抽屜裏發現從前船客留下的書籤，讀到屬於他人的故事。所謂「互動」，不僅僅是產生在觀眾與表演、觀眾與演員中間，同樣也可能發生在觀眾與觀眾之間。

　　而在創作者有意設計的另一個劇情段落當中，剛剛經歷了「偶遇」的觀眾被要求打開船艙門，接受邀請站在船艙走廊當中，身穿現代服裝的演員來

到走廊中間，奏響樂器，載歌載舞，耳邊響起的是昔日船客的聊天談笑之聲。與此同時，攝影師會穿過人群，拍攝每位觀眾的面容表情，以實時投影的方式將影像投影在走廊懸掛的透明幕布中，觀眾可以清晰地辨認出自己的身影面孔。在創作者的創意中，三層船艙創造的是「屬於每個觀眾自己的故事」，並為遇到和結識陌生人創造了可能。

在船艙內的演出結束之後，觀眾可以來到頂層的開放甲板，室外移步換景的長江夜色的將觀眾帶回了現實時空，而專門設置的酒吧露臺與爵士樂隊的演奏，將知音號頓時轉變為可供飲酒跳舞的社交場所。

由此在非夜晚的表演時間，作為在長江上移動的「年代主題公園」，「知音號」一方面繼續發揮其社交功能，提供另一方面因為特殊的場景設置，還成為了高端婚禮、大型演出、頒獎典禮、高端商務酒會、明星見面會、親子互動沙龍、兒童戲劇教育、青年創業競賽、大學生畢業典禮的場地和民國風情婚紗照拍攝基地，為所有想穿越回去過「民國癮」的人提供了「樂園」。諸多本地酒店將為「知音號」提供和配備相應的餐飲和會議服務。這種多功能也就是導演樊躍所強調的「一臺演出的多維性」的另一重含義。

在對文化品牌的利用上，《知音號》以開發衍生消費品的方式講述城市文化。《知音號》與「漢口二廠汽水」聯合推出老漢口歷史上的「爆款」飲料「漢口和利汽水」。1891年，英國人開始在租界開辦漢口和利冰廠，售賣冰塊和冰水。30年後，冰廠擴建，此後二十多年一直生產武漢暢銷的消暑飲品和利汽水，還享有「味最美、香最濃、水最淨、汽最足」的美譽。直到1949年，冰廠成為國營的武漢飲料二廠，其生產的濱江牌汽水是70、80後武漢人童年時代的回憶。

綜上，把經由敘事和表演行為、以及文化符號的提煉之後，已然被高度抽象化的歷史意義再度「實體化」，把「知音文化」的內涵轉換為「社交」、「娛樂」和「消費」功能，而在這個由「虛」轉「實」的過程中，「知音號」借由「所指」所釋放出的文化象徵意義再次履行了其作為「能指」的經濟效用，所產生的物質價值同時也注入並構成了新的現代城市體系再循環的一部分。

而從一種更為後現代的視點來看，現代人好不容易建立起來的物質和文化的分野正在崩潰。孟悅指出，深層結構、經濟、生活原料和生產等這些原來只和物有關，而文化、意識形態、心理等被看作是對這些物質活動的反映，

然而這個分野變得日益模糊〔註 20〕。以杰姆遜對於波拿宛切酒店建築的分析為例，表明功能性的使用空間正在被所謂文化性的建築空間所替代——人們所使用的就是文化。在這個意義上，物質的酒店空間本身就是文化構成的〔註 21〕。文化正在成為經濟，成為使用價值，成為我們的生存空間，成為我們的餐具、衣著、居室和食品，而文化領域正是資本主義經濟和政治邏輯的體現。知音號毫無疑問就是遵循這樣一種邏輯，知音號並不僅以其文化性內涵與歷史所指成為武漢的城市象徵，更憑藉其轉化生產出的經濟效益成為現代城市的新招牌。

小結

　　通過物質文化構建出的「實景」，《知音號》經由表演的媒介「構建」出了一個上世紀二三十年代繁華的「大漢口」時空橫截面。這艘豪華的「知音號」遊輪及其所承載當代人的民國時期的武漢城市想像，在夜晚漂移在流動的長江江面上，觀眾由此進入民國記憶中的日常生活空間，彷彿遊戲一般「沉浸」在歌舞升平和富有傳奇性色彩的歷史幻境中，而在白天的「知音號」則成為市民娛樂、消費與進行社交生活的「民眾樂園」。在這裡，歷史記憶、藝術虛構與真實日常生活的邊界也逐漸變得模糊起來。因此《知音號》不但進一步拓展了實景演出的形態以及功能，並以文化品牌和物質承載的方式直接地參與到當代武漢地方文化生產與當代人共同記憶形成的過程中來。

　　而另一方面，實景演出所力圖營造的「在場感」、「參與感」、「真實感」是層層疊加、不斷強化的過程，而使這種身體與意識的「沉浸」進一步升級的可能，便是對最前沿科技、多媒體手段乃至物質性重造時空等手段的運用，然而此時的「實景」之「實」與「虛擬」的邊界又在哪裏？另一個發展趨勢則是實景演出的泛娛樂化、遊戲性特徵將被不斷被突出，然而觀眾能在何種程度上獲得觀演的主動性，仍然有待我們進一步檢視。

〔註20〕孟悦：《什麼是「物」及其文化？——關於物質文化的斷想》，《物質文化讀本》，孟悦、羅鋼主編，北京：北京大學出版社，2008 年，第 4 頁。

〔註21〕Frederic Jameson, *Postmodernism or The Cultural Logic of Late Capitalism, Durhram: Duke University Press, 1991.*

第五章 《紅色娘子軍》

　　本章將以海南三亞的大型實景影畫《紅色娘子軍》為研究對象，並結合山西《太行山》、江西《井岡山》、湖南《中國出了個毛澤東》等其他實景演出，討論以「革命歷史」為主題的「紅色系列」實景演出，如何重新講述這些我們耳熟能詳的關於「革命的起源神話、英雄傳奇和終極承諾」〔註1〕的故事，而這些原本具有高度政治性的敘事，如何經由當代的實景演出這一載體，即以真實的景觀空間和新的劇場形式作為媒介，重新被賦予與「十七年」時期不同的敘事策略與美學形態，從而更符合當代人的觀看目光、審美消費心理和主體想像，而這一重述與賦形的過程又呈現出怎樣的當代文化症候。

第一節 「紅色經典」的創造與改編：《紅色娘子軍》的誕生與流傳

　　「紅色娘子軍」可謂是中國二十世紀社會主義文藝時期創造的經典敘事之一，對這一題材不同體裁的反覆改編，構成了關於「紅色娘子軍」的文藝作品序列。

一、報告文學

　　「紅色娘子軍」敘事最初來源於劉文韶〔註2〕在五十年代所撰寫的報告

〔註1〕黃子平：《灰闌中的敘述》，上海：上海文藝出版社，2001年，第2頁。
〔註2〕劉文韶（1934～），報告文學《紅色娘子軍》作者。1950年渡海解放海南島戰役，後留在海南軍區擔任海南軍區政治部宣傳幹事。曾任《紅旗》雜誌駐深圳記者站站長、深圳市委政策研究室主任、深圳市委副秘書長等職。

文學作品《紅色娘子軍》。1956 年，解放軍總政治部決定在全軍開展徵文活動以紀念中國人民解放軍建軍三十週年，海南軍區政治部領導指派時任海南軍區政治部宣傳幹事的劉文韶負責海南地區的工作。劉文韶生於 1934 年，1950 年代曾參加過解放海南島的戰鬥，據此他決定藉此機會深入挖掘老革命根據地上瓊崖工農紅軍的歷史與英雄事蹟。在檢閱資料的過程中，他在《瓊崖縱隊發展史》中發現了關於瓊崖地區女子軍連的記載。1931 年 5 月 1 日，在今海南瓊海市（原）內園村小學的操場上，中國工農紅軍第二獨立師第三團女子軍特務連召開了成立大會，編為三個排，每排三班共九個班，加上連部的傳令兵、旗兵、號兵、庶務、挑夫和三個膳食員，全連共一百零三人。經過 1931 年 6 月配合紅軍主力攻打國民黨樂會縣「剿共」總指揮陳貴苑的英勇戰役後，1932 年春天女子軍特務連擴編建制，成立女子軍特務連第二連，下轄兩個排約共六十人。但好景不長，1932 年 7 月，海南主力紅軍在反對廣東反動當局第二次「圍剿「的鬥爭中失利，女子軍第一、二連一部分英勇犧牲，一部分失散，女子軍被迫解體，散落民間。

　　劉文韶採訪了大量當年歷史的親歷者，最後決定以當年女子軍連第二任連長、時任海南樂會縣婦聯主任馮增敏〔註3〕的回憶視角，來撰寫一部報告文學。報告文學《紅色娘子軍》按照時間順序分為七個部分，以馮增敏為第一人稱敘事者，講述了從成立「女子軍特務連」與馮增敏參加革命開始，到她與部隊走散後歷盡苦難又回歸部隊的經歷，詳細記述了以馮增敏為代表的當時「女子軍特務連」女兵們如何參軍、戰鬥和生活等翔實情況。

　　而在擬定報告文學的題目時，劉文韶聯想到中國自古流傳的花木蘭、楊門女將等女性英雄形象和「娘子軍」的提法，斟酌之後決定以《紅色娘子軍》為題，以紅色象徵革命，以娘子軍表明女兵的特殊身份，因而在文中也採用娘子軍連、娘子軍的提法，文字與標題統一，「紅色娘子軍」作為一種文學性表述由此誕生〔註4〕。報告文學《紅色娘子軍》於 1957 年 8 月發表在《解放軍文藝》上，全文約兩萬五千字。發表後引起極大反響和轟動，1962 年由上海文藝出版社出版了單行本。

　　大約在同一時期，瓊劇《紅色娘子軍》也經歷了從醞釀到成熟發表的過

〔註 3〕馮增敏（？～1971），中國工農紅軍第二獨立師女子特務連一排排長，後為連
　　　　長。建國後曾擔任海南樂會縣婦聯主任。
〔註 4〕劉文韶：《我創作〈紅色娘子軍〉的歷史回顧》，《軍事歷史》，2007 年第 3 期。

程。瓊劇是屬於廣東省內部的一個地方劇種。1958 年，海南區黨委成立了瓊劇創作小組，為即將到來的建國十週年組織文藝創作，廣東省劇作家吳之便開始創作瓊劇《紅色娘子軍》，創作材料來源於他於 1954 年撰寫的《瓊崖縱隊發展史》。瓊劇《紅色娘子軍》屬於集體創作，經過吳之、楊嘉、朱逸輝、李秉義、王平集體討論，由吳之、楊嘉、李秉義三人執筆完成。1959 年 4 月，瓊劇《紅色娘子軍》開始上演，並先後在廣東省內上演了兩百多場，也是廣東省唯一參加了匯演的優秀劇目。同時期《海南日報》副刊從 1959 年 5 月 7 日開始連載瓊劇《紅色娘子軍》劇本。1959 年 9 月，海南人民出版社出版發行了瓊劇版的《紅色娘子軍》〔註5〕。吳之在回憶錄中強調，雖然實地採訪和內容故事相似，但瓊劇與報告文學的產生是相互獨立的過程〔註6〕。

此外同一時期，其他海南地方劇團也關注並演出了關於瓊崖女子縱隊的故事。1954～1957 年集新劇團以該題材創作和演出了瓊劇，原名明《瓊花》，1957 年修改定名為《紅色娘子軍》。這一題材在被不同的創作者不約而同地重新挖掘，與當時的歷史語境不能不說有一定的相關性。

二、電影

1958 年，廣州軍區作家梁信，開始關注《紅色娘子軍》的傳奇故事，他用了兩年時間進行調查採訪和精心寫作，終於在 1960 年完成了《瓊島英雄花》的電影劇本，並分別寄給了各大電影製片廠。其中謝晉回信願意拍攝這一劇本，並更名為《紅色娘子軍》。

1961 年 7 月 1 日，作為向建黨四十週年的獻禮影片，由梁信編劇、謝晉導演、上海電影製片廠拍攝製作的《紅色娘子軍》〔註7〕在全國範圍內上映獲得了強烈的反響。1962 年《紅色娘子軍》獲得了首屆大眾電影「百花獎」〔註8〕

〔註5〕吳之、楊嘉、朱逸輝：《（瓊劇）紅色娘子軍》，海口：海南人民出版社，1959年版。

〔註6〕孔慶東：《紅色娘子軍——中國戲劇發展縱論》，北京：中華書局，2014 年 1 月，第 46 頁。

〔註7〕電影《紅色娘子軍》中，祝希娟飾演吳瓊花，王心剛飾演洪常青，陳強飾演南霸天。

〔註8〕大眾電影百花獎創辦於 1962 年，由周恩來總理發起、由中國電影家協會和中國文聯聯合主辦。「百花」命名意為體現當時「百花齊放、百家爭鳴」的文藝方針。百花獎代表觀眾對電影的看法和評價，並由觀眾投票產生獎項，因此又被稱為「觀眾獎」，也是中國歷史最為悠久和最有群眾基礎的電影獎。大眾電影百花獎與中國電影華表獎、中國電影金雞獎並稱中國電影三大獎。自

的最佳電影、最佳導演、最佳女演員、最佳配角四項大獎〔註9〕，一時間為全國觀眾所家喻戶曉。

與報告文學的情節相比，我們不難看出這兩部同題之作（或者說具有大致相同素材的兩種文藝形式）之間的巨大差別，電影劇本顯然地更為藝術化或者說富有戲劇性〔註10〕。編劇梁信根據自己經歷〔註11〕，提煉和創作了吳瓊花這樣一個女性角色作為主要人物，講述了她從「女奴─女戰士─共產主義先鋒戰士」的「成長經歷」：這個海南島椰林寨裏的貧農女兒，不願受地主南霸欺辱與壓迫，冒著生命危險屢次逃跑，恰被喬裝打扮成華僑富商、深入南府與南霸天巧妙周旋的共產黨指導員洪常青設計救出，並在他的引導下她走上了參加娘子軍的道路，途中還遇到了同樣命運多舛的底層勞動婦女紅蓮。但由於瓊花復仇思想強烈，首次執行偵察任務遇到南霸天時，未能壓抑個人怒火而貿然開槍，結果違反紀律導致目標暴露。在洪常青的開導下，瓊花慢慢地發生了思想上的轉變，開始懂得參加革命不僅僅是要為自己報仇，而是要去解放全中國的勞苦大眾。洪常青再次喬裝二入南府，瓊花出色地完成了偵察任務，紅軍裏應外合攻下了椰林寨，但南霸天卻從暗道機關落荒逃走，並引來國民黨軍隊對紅軍展開全面「圍剿」。戰鬥中洪常青為掩護同志們不幸壯烈犧牲，瓊花化悲痛為力量，接任黨代表一職並帶領著娘子軍繼續戰鬥在解放瓊崖的征途上。

從報告文學到電影，我們可以清晰看到「十七年」時期社會主義文藝的生成機制。電影《紅色娘子軍》的無疑遵循的是在「十七年」時期文藝中佔據主流的「革命通俗小說」與「成長小說」的敘述邏輯。編劇從有些平淡無奇的、流水帳式的報告文學中提煉出了主人公吳瓊花的形象，原本報告文學中

2005 年起，金雞獎與百花獎隔年評選一次，合稱金雞百花電影節。

〔註 9〕其中導演謝晉獲最佳導演獎，吳瓊花扮演者祝希娟獲最佳女演員，南霸天扮演者陳強獲得最佳男配角獎。此外，《紅色娘子軍》還曾獲捷克卡羅·維法利國際電影節最佳劇本獎，第三屆亞非電影節第三名萬隆獎。

〔註10〕關於電影《紅色娘子軍》劇作原創權的問題，歷來存在許多爭議，當事者說法不一。電影劇本作者梁信稱自己沒有看過吳之所撰寫的瓊劇劇本，吳之則稱自己為電影創作提供了許多素材。該爭議至今都未能得到一個公認的說法。

〔註11〕梁信：《從生活到創作──吳瓊花形象的塑造經過》，中國電影出版社編：《〈紅色娘子軍〉：從劇本到影片》，北京：中國電影出版社，1962 年，第212～215 頁。

經受過革命思想啟蒙的女共青團員，變成了身負「內化為中華民族的集體無意識」〔註12〕的個人血仇的女奴，給賦予她「女奴－女戰士－共產主義先鋒戰士」的新的政治主體的生長過程，這樣的敘事策略一方面容易更為熟悉《三國演義》《水滸傳》等通俗小說的中國讀者所親近和接納，另一方面也成功地將具體可感的個人仇恨置換為高度抽象的階級仇恨，這正是革命歷史題材所遵循的根本邏輯動因。而瓊花的政治覺悟的轉變與階級意識的成長之路，是在梁信加入的虛構的男性主人公、共產黨黨代表洪常青的這一人物角色的指導下完成的。事實上，根據《瓊崖縱隊發展史》中，瓊崖女子縱隊中除炊事員外，包括戰士和指導員在內全部是女性。此外，梁信還將面對馮朝天的直接進攻的戰役改編為洪常青兩度喬裝打扮混入南府、智取壞人的革命英雄傳奇，洪常青則具有類似於《三俠五義》這樣典型俠義公案小說中男性正面人物的智勇雙全、運籌帷幄的品質，地主南霸天則是典型的嘴臉醜惡的反面人物，構成了黑白鮮明的「正／邪」、「地主／無產者」的對峙格局。導演謝晉也在自述中指出《紅色娘子軍》的性質是「革命傳奇色彩的正劇」〔註13〕而非「革命歷史正劇」。

三、芭蕾舞、京劇與樣板戲

在電影迅速風靡全國的基礎上，其他藝術體裁對這一題材的改編也紛紛湧現。1963 年 11 月，周恩來總理觀看了由中國實驗芭蕾舞團演出的歐洲芭蕾舞劇《巴黎聖母院》之後，確切地提出中國芭蕾業已積累了近十年的艱苦探索和實踐經驗，初步具備了創作本國芭蕾舞題材的能力和條件，希望能在跳「王子」、「仙女」的基礎上創作些「革命化」、「大眾化」的作品，例如可以先以「反映巴黎公社和十月革命題材的舞劇」進行創作。1963 年底文化部副部長林默涵召集相關人員落實周恩來的意見。1964 年 1 月，文化部、中國音樂家協會、中國舞蹈家協會在北京聯合召開了首都音樂舞蹈工作座談會，主要討論音樂和舞蹈的革命化、民族化、群眾化的問題，這一座談會又被簡稱為「三化座談會」。在這樣的契機下，因為電影中的人物個性鮮明，又適合發揮芭蕾以女性舞蹈為主的特點，時任中央芭蕾舞團創作組負責人的李承祥等人提出改編電影《紅色娘子軍》的意見被採納。由此同名革命芭蕾舞劇的創作

〔註12〕李楊：《50～70 年代中國文學經典作品再解讀》，濟南：山東教育出版社，2006 年，第 6 頁。

〔註13〕謝晉：《導演闡述》，中國電影出版社編：《〈紅色娘子軍〉：從劇本到影片》，北京：中國電影出版社，1962 年，第 256 頁。

被正式提上了日程。

1964 年 9 月底，北京舞蹈學校實驗芭蕾舞劇團創作的芭蕾舞劇《紅色娘子軍》在天橋劇場首演，周恩來觀看後對改編表示了稱讚。1964 年 10 月 8 日在芭蕾舞劇在人民大會堂小禮堂上演，毛澤東觀看了演出，並稱讚《紅》劇的改革：「革命是成功的，方向是對頭的，藝術上也是好的」。此後劉少奇、朱德、鄧小平等黨和國家領導人相繼觀看，並屢次以此劇作為招待來訪的外國元首、政府首腦的代表性文藝節目。1972 年尼克松訪華期間便在周恩來的邀請下觀看了該劇，事後在回憶錄中寫道該劇「令人眼花繚亂的精湛表演藝術和技巧給我留下了深刻的印象」〔註 14〕。

在劇情方面，芭蕾舞劇《紅色娘子軍》未做過大的改動，保留了瓊花受苦逃離和參軍的主線，而為了使劇情更緊湊、舞蹈場面更加集中，刪去了底層出身、投奔革命的紅蓮和阿貴夫婦的線索以及南霸天的大管家的戲份。

同年，由著名戲劇家田漢改編、中國京劇團劇組集體創作、中國京劇四團編排的《紅色娘子軍》在全國京劇現代戲觀摩演出大會上亮相。京劇基本上照搬了芭蕾舞劇的劇情人物設定。

在 1967 年《人民日報》的社論《革命文藝的優秀樣板》中，芭蕾舞劇《紅色娘子軍》連同京劇《紅燈記》《智取威虎山》《沙家浜》《海港》《奇襲白虎團》，芭蕾舞劇《白毛女》以及交響樂《沙家浜》一起，並稱為八個「革命藝術樣板」或「革命現代樣板作品」〔註 15〕。

1970 年，電影版芭蕾舞劇上演，在江青的參與和指導下，主演吳瓊花名字改為吳清華。1972 年，由杜近芳、馮志孝等人主演的京劇樣板戲電影《紅色娘子軍》公映。通過電影這一更為大眾化的媒介，「紅色娘子軍」的故事被推向了高峰。其中「清華訴苦」、「常青引路」等場面成為了樣板中的樣板。而電影中的娘子軍連連歌《向前進》〔註 16〕和芭蕾舞劇中表現軍民魚水情深的插曲《萬泉河水清又清》〔註 17〕也成為了流傳全國的音樂旋律。

〔註 14〕木河：《〈紅色娘子軍〉榮辱興衰四十年》，《中國新聞週刊》，2004 年第 36 期。

〔註 15〕載 1967 年 5 月 31 日《人民日報》。

〔註 16〕《向前進》出自電影《紅色娘子軍》，由梁信作詞、黃准作曲。曲調方面黃准以瓊劇作為主要的素材來進行加工創作，同時也吸收了民歌、山歌、舞曲以及革命歌曲作為補充素材。

〔註 17〕《萬泉河水清又清》出自芭蕾舞劇《紅色娘子軍》，由杜鳴心作曲、吳祖強填詞，曲調上吸收了海南當地民歌的元素，體現出鮮明的黎族音樂風格和特點，

四、新時期：從「革命」到「紅色」

「紅色娘子軍」這個題材為什麼能從諸多表現革命歷史的社會主義文藝作品中脫穎而出，並經由多種藝術體裁一再改編直至成為「經典」和「樣板」？

毫無疑問，電影在藝術創造上的成功起到了相當重要的作用。而另一方面，「紅色娘子軍」以其表現海南革命和女性鬥爭的罕見性，先天地具有了題材上的優勢，正如電影評論家袁文殊在當時指出的：

> 影片《紅色娘子軍》所指寫的不僅是在一九三〇年代婦女們參加一般的革命活動的生活，而且是參加了武裝鬥爭——娘子軍，有的甚至背著孩子打仗，這又是海南島上的人民革命鬥爭生活中所特有的。雖然過去有不少影片，如《中華兒女》《趙一曼》等等也曾描寫過婦女們參加武裝鬥爭的事蹟，但是表現這種「娘子軍」的鬥爭生活的作品畢竟還未有過，因此這一題材便顯得新穎而有特色。但是這個題材儘管特別，而這種被惡霸地主、封建軍閥壓迫得無法生存而不能不拿起槍桿來進行革命鬥爭的內容卻又是十分典型的。所以雖然在影片中描寫了婦女背上背著孩子、肩上扛著槍桿的現象顯得如此的不尋常，但它並沒有使人感到不可信，相反的卻特別使觀眾受到感動。
>
> 在描寫一個婦女的鬥爭故事的時候，作者並不是一般化地去泛述一個女性的成長過程，而是選擇了一個受到重重壓迫的丫環（所謂女奴），從自發的反抗復仇發展成為一個無產階級戰士的過程，並作了具體的描繪，這對於表現被舊中國的封建政治和經濟雙重壓迫的婦女的命運便更具特色。儘管他寫的是一個丫環出身的女性，但她反映的卻是一般被壓迫的婦女的命運。我們知道，在封建社會裏面，被壓迫者所受的封建制度的超經濟的剝削是異常殘酷的，但是封建社會裏的婦女卻被壓迫在一切被壓迫者的最底層，所以通過一個丫環（女奴）的反抗鬥爭的描寫也最能夠體現出被壓迫者的反抗精神和揭露出反動階級的反動本質。〔註18〕

開創了芭蕾舞劇載歌載舞的新形式。

〔註18〕袁文殊：《評影片〈紅色娘子軍〉》，《〈紅色娘子軍〉：從劇本到影片》，北京：中國電影出版社，1962 年，第 415 頁。

由此我們看出，以「新穎的題材」、「特定的環境」為基礎，這幅以個體人物的命運反映普遍性真理、「形象鮮明的藝術圖卷」〔註19〕自然而然地被一再地進行改編，並逐漸被「經典化」和「樣板化」。

進入新時期以來，《紅色娘子軍》這一帶有鮮明時代意識形態訴求的敘事在「去革命」的思潮之下並沒有完全被人遺忘。1992年中央芭蕾舞劇團重排了《紅色娘子軍》，但從音樂、舞蹈、燈光、舞美等方面都基本遵循著最初的傳統，未作大的改變。上演五十餘年以來，《紅色娘子軍》至今演出場次累計達4000多場，並先後受邀在美國、英國、俄羅斯、丹麥、以色列、法國、意大利等20多個國家上演，都引起了相當熱烈的反響。2014年，芭蕾舞劇《紅色娘子軍》選段還登上了馬年春節聯歡晚會的舞臺。

2003年，廣州花城出版社出版了署名為郭小東和曉劍的小說《紅色娘子軍》〔註20〕，作者在前言中將小說創作的動因與視角概括為「以一個現代女性的視角，去審視這場發生於七十年多年前的戰爭故事，使原來以階級鬥爭為綱的矛盾衝突，具有了一種新的文化意蘊和多元視角」〔註21〕。小說以「將『革命歷史敘事』欲望化的特徵」被學者評論為「用舊式的階級鬥爭框架來表現當前世情世態」〔註22〕。2005年，同名電視劇《紅色娘子軍》〔註23〕上映，「為人們觀摩、體會、思考人性中的各種欲望打開了一扇窗戶」〔註24〕。

而海南當地政府也愈發看到了這個昔日的革命歷史題材的價值所在。2000年，海南瓊海市建立了紅色娘子軍紀念園，並成為旅遊熱點，娘子軍歷史成為商業化的「遊覽」資源。有幾位幸存者被接到紀念園，被當成「發展旅遊產業的無價之寶」供養起來，頻繁地接受各類媒體的採訪，給遊客講述20世紀30年代的英勇戰鬥故事。「紅色娘子軍」也因此成為了海南旅遊的「風景」標誌物之一。

〔註19〕袁文殊：《評影片〈紅色娘子軍〉》，《〈紅色娘子軍〉：從劇本到影片》，北京：中國電影出版社，1962年，第416頁。

〔註20〕郭小東、曉劍：《紅色娘子軍》，廣州：花城出版社，2003年。

〔註21〕郭小東、曉劍：《紅色娘子軍》，廣州：花城出版社，2003年，第2頁。

〔註22〕羅長青：《〈紅色娘子軍〉的文藝敘述史》，《新文學史料》，2010年第4期，第82頁。

〔註23〕電視劇《紅色娘子軍》（2005），共21集，由袁軍導演，王志剛、王偉、劉佩琦、殷桃等主演，由天馬電影製片廠製作。

〔註24〕羅長青：《〈紅色娘子軍〉的文藝敘述史》，《新文學史料》，2010年第4期，第82頁。

第二節 實景影畫《紅色娘子軍》

革命歷史敘事「紅色娘子軍」進入到實景演出的題材當中來，實際上並不是一件令人感到意外的事情。實景演出《紅色娘子軍》的投資方陝西旅遊集團〔註25〕歷來關注紅色題材與紅色旅遊，陝西旅遊集團所開發製作的大型旅遊實景演藝作品《延安保育院》《延安記憶》、華清宮《12.12》、黃河壺口《黃河大合唱》等，均以共產黨在陝甘寧地區的革命歷史作為表現對象。據資料顯示，《紅色娘子軍》是陝旅集團開闢十平方公里文旅新市場、紅色旅遊演藝品牌的第六部巨作。對紅色題材的關注，也使得陝旅集團成為目前國內第一個推出最多常態紅色旅遊演藝的企業。

選址於海南三亞天涯區的實景演出《紅色娘子軍》全稱為「大型椰海青春實景影畫・紅色娘子軍」，由陝西旅遊集團和北京春光集團共同投資開發，同時是率屬於正在建設的「紅色娘子軍演藝公園」中最重要的一個演藝項目。據陝西旅遊集團的官方介紹顯示，實景影畫《紅色娘子軍》（以下簡稱《紅》）前期投資共 5.85 億。創作團隊主要成員有導演金鐵木、製作人和音樂家程池、中國藝術研究院舞蹈研究所研究員導演劉春等，參與演出的演職人員共達 300 餘人。

實景演出作為一種新的文藝形式，在敘述手法、空間運用等方面都具有自身的特色，如何以實景演出為媒介，在今天重述這個耳熟能詳的革命歷史敘事，恰恰能為我們顯示出當代人對於「革命」敘事之理解。

一、「革命歷史傳奇」的退場

經前文所述我們可知，劉文韶創作的報告文學《紅色娘子軍》經過一系列不同體裁和形式的改編後，在創作者與時代文藝思潮的影響下，其故事情節不斷「典型化」和「藝術化」，從而距離瓊崖女子特務連的史實越來越遠，人們廣為熟知並奉為經典的「瓊花訴苦」、「常青指路」等情節是均是創作者根據藝術需求進行的再創作。

再次挑戰這一紅色經典題材，實景影畫《紅色娘子軍》在介紹中明確指

〔註25〕陝西旅遊集團是國內較早開始進入實景演出市場的地方企業之一，目前陝西旅遊集團旗下的大型旅遊實景演藝作品有《長恨歌》《延安保育院》《出師表》《大唐女皇》《延安記憶》、華清宮《12・12》《法門往事》《黑娃演義》、文安驛《穿越道情》、黃河壺口《黃河大合唱》等。

出其是由劉文韶的報告文學《紅色娘子軍》、而非這一序列中的其他版本改編而來。這一選擇不但規避了電影《紅色娘子軍》本身所附加的版權爭議之外，也顯示出某種特殊的當代意味。然而我們不難看出，無論是在人物性格、視覺形象乃至音樂上，實景影畫《紅色娘子軍》直接挪用了電影與芭蕾舞劇的設計，由此呈現出一種格外複雜的面貌。創作者一方面想要秉持還原歷史真實、消解「樣板戲」所具有的政治傾向的創作原則，但另一方面為了挖掘和調動觀眾對經典化了的前文本已有的情感結構、從而最大程度地吸引觀眾觀看，又不得不將電影與芭蕾舞的要素、尤其是審美形象上的創造吸納入其中。

中國的「報告文學」是晚清至 20 世紀三十年代受西方散文及新聞體裁影響下產生的新的文體樣式，並作為反映和記錄中國革命抗爭歷史的重要載體在三十年代後進入了快速發展及成熟階段。報告文學創作雖然也注重文學性的描繪以及典型人物的塑造，但秉持的紀實性原則基礎將其與帶有虛構性質的小說等文體形成了鮮明的區別，報告文學創作者需經過實地走訪，對採訪對象進行細緻、深入的訪問，並結合大量的前期資料收集和整理。因此選擇報告文學作為改編文本，也就意味著創作者試圖延續這種紀實性的風格與底色，而不再採取對其採取謝晉在上世紀 60 年代所選擇的「傳奇式」的改編策略。儘管有研究者對馮增敏回憶的可信度提出了質疑，但報告文學《紅色娘子軍》總體上仍然具備了口述史這一形式所內在的相當高程度的真實性。

而紅色娘子軍演藝公園園區作為觀眾進入演出空間前的環境營造和氛圍鋪墊，在設計上也強化了這個題材「歷史性」的一面。園區內設計了大量的歷史展覽，通過圖片、文字、檔案、實物陳列等形式來輔助觀眾理解演出情節的真實歷史語境，對每一位可考的瓊崖女子特務連成員的生平、所經歷的戰役等進行了詳細的介紹，與此同時，瓊崖女子特務連也作為引入，引出了園區對二十世紀中國漫長的革命史以及世界反法西斯戰爭的歷史陳列展覽。

在劇情上，實景影畫《紅》共由《序》《第一幕·紅色火焰》《第二幕·紅色劫難》《第三幕·紅色新生》《第四幕·紅色森林》《尾聲·重生》六個部分組成，採用了報告文學中二連連長馮增敏（劇中名為瓊花）的回憶視角，並以追憶娘子軍戰友和革命青春歲月為切入點。

回憶的部分總體上呈現為一個倒敘結構。第一幕中，地主馮朝天在文市炮樓中大宴賓客，邀請當地土豪士紳、國民黨旅長，慶祝自己生辰，與此同時娘子軍戰士在龐瓊花的帶領下，在槍聲與炮火中攻下了馮朝天的府邸，解

救了被奴役的當地老百姓。隨著瓊花的畫外音,「還有人記得我們嗎?記得那一百二十個女孩子的愛、眼淚、鮮血和青春嗎?就讓我們回到,故事最開始的地方。我們曾有一個共同的名字,紅色娘子軍⋯⋯」,《第二幕‧紅色劫難》追溯了瓊花如何成為娘子軍戰士的過程:地主馮朝天發起了一場對紅軍戰士的圍剿,瓊花的哥哥、共產黨員瓊海在掩護其他戰士和村民的撤退中壯烈犧牲,男性村民被殺光,因此瓊花、村民大娥和阿蘭在失去親人的痛苦中立下復仇之志,請求洪師長加入了紅軍的作戰隊伍中。師長帶著她們來到了樂會縣蘇維埃政府。在這裡,瓊花、大娥與阿蘭開始的全新的生活構成了《第三幕‧紅色新生》。她們為了成為合格的娘子軍連戰士艱苦訓練,起初指導員指責她們三人戰鬥技術不過關,三人沒日沒夜地訓練、戰鬥,並深入熱帶密林對抗種種蟲魚鳥獸,終於通過考核。長髮剪短,便服換為了灰色的軍裝,授旗、宣誓,成為了真正的紅軍戰士。她們所接受第一個任務便是攻打馮氏炮樓,活捉馮朝天。自此之後,三人參加了很多戰役,其中力大無窮的大娥成為了一名優秀的投彈手,而阿蘭在部隊裏還與戰士阿良發展出了革命情誼。她們學習識字、撰寫橫幅和標語,並與當地的老百姓相處融洽,軍民魚水,一派歡騰。然而這樣的日子並不長久,《第四幕‧紅色森林》中,地主請來的國民黨部隊,向中共瓊崖蘇維埃所在地展開了猛烈攻擊,軍事裝備的懸殊迫使紅軍戰士邊戰邊退,大娥、阿良跟隨師長掩護眾人,在炮火中犧牲。四散突圍中,瓊花帶領著阿蘭和一堆娘子軍艱難前行,開始了叢林裏的長征。叢林中蚊蟲叮咬,食不果腹,娘子軍連不斷迷路,阿蘭最終因體力不支而犧牲。瓊花強忍著內心傷痛,帶領剩下的娘子軍穿越森林,終於同前來尋找她們的政委和援軍會合。

　　由此我們看出,實景影畫的劇情敘述上基本採用的都是報告文學中的素材,包括參軍、攻打文市炮樓、被國民黨主力襲擊不得不穿越叢林等,電影中虛構的男性指導員洪常青不復存在,還娘子軍連以真實的全「女性」底色,而主要角色也由單一的人物瓊花(至多電影中多一個紅蓮),變成了瓊花、阿蘭和大娥三個娘子軍隊員。瓊花加入娘子軍連的動因,也由常年受惡霸地主壓迫欺侮,變成了共產黨員哥哥龐瓊海被馮朝天殺害,這與報告文學中馮增敏在犧牲的共產黨員哥哥影響下自願要求參軍有一定的相似性,而報告文學中馮增敏哥哥鼓勵妹妹的語言「殺了男的,還有女的」這樣的敘述更是直接進入了實景影畫的臺詞。而報告文學中被一筆帶過的細節,如女孩子們參軍

要剪短髮、寫標語時自己的字被戰友們嘲笑、神槍手陳大娥（真實姓名陳月娥）的犧牲等，都在實景影畫中得到了捕捉和放大。報告文學中以辣椒油和煤油火燒文市炮樓、捉拿民團長馮朝天的戰役等細節也都被如實還原。

相較於電影、芭蕾舞和京劇中提煉出瓊花作為代表性人物的做法，實景影畫則更注重群像式、集體性的呈現。這些娘子軍戰士、即親歷者的名字，被主創者著意強調，在演出中的首尾部分不止一次地反覆出現。開場前，嵌入在舞臺背景上的屏幕反覆播放著女子特務連戰士的歷史影像資料。在演出的序幕中，隨著清脆的集結號聲響起，以點名的方式進行的「入場儀式」再次向觀眾介紹了這個群體，「娘子軍連長龐瓊花，娘子軍神槍手陳大娥，娘子軍戰士阿蘭，指導員王時香，連長馮增敏，二排排長王振梅，三班班長，陳宗琪，傳令員胡葉蘭，班長謝士蘭，戰士王運梅……」舞臺上，幾名娘子軍成員出現，向觀眾敬禮、報導，屏幕則配合出現其他隊員形象。在演出的結尾，年邁的龐瓊花坐在輪椅上被緩緩推入，「姐妹們，我來看你們了，來，大娥，阿蘭，大家再跟著老連長我出一次操吧！立正！報數！1—2—3—4—5—」此時作為舞臺背景的巨大山體上，又一次投影出了這些親歷者的名字，娘子軍戰士們再度從彌漫在舞臺上的煙霧中走出。

與此同時，實景影畫本身也有相當藝術化改編的部分。毫無疑問的是這部號稱來自於報告文學、標榜紀實性的演出，在許多層面上都直接挪用了電影和芭蕾舞劇的藝術創造。主人公仍然沿用了瓊花的名字〔註26〕而非馮增敏，但故事情節卻是馮增敏的個人經歷，這顯然與電影及芭蕾舞中的吳瓊花是有一定關係的。報告文學中，馮增敏本身已經是有相當程度革命意識的共青團員，一度主動向上級請願加入娘子軍，而非對革命一無所知的貧下中農，她的哥哥犧牲也是在此前的戰鬥當中，因此並不是造成她參加娘子軍連的直接動因〔註27〕。她們也正是娘子軍建立編制招募的第一批戰士。實景影畫中雖然借用了哥哥也是共產黨員的設定，但瓊花親眼目睹了哥哥被馮朝天殺害，參加革命的直接動因就轉換為殺兄之仇這樣的個人恩怨和樸素的階級情感，不但創造了一個「找尋」和「加入」娘子軍的環節，同時也就為她在攻打馮府一役中面對馮朝天時、是要報私仇還是尊重上級指令活捉時的內心鬥爭埋下

〔註26〕此處需要說明，真實歷史記錄中國，娘子軍一連連長為龐瓊花，後為馮增敏。電影中的吳瓊花據主創聲稱是虛構的。
〔註27〕見劉文韶所撰寫的報告文學《紅色娘子軍》，《解放軍文藝》，1957 年 8 月。

了伏筆，此種自我矛盾的情形是作為真正的革命戰士的所必須經歷的「捨小我、為大局」的成長遭遇，個人仇恨與階級壓迫的雙重因素倒是與電影中的瓊花擁有的更為戲劇性的「受到壓迫—被指引—找尋—挫折考驗—成長」的結構反倒更為接近。

除去情節和人物動機的相似，實景影畫中瓊花的一身紅色衣褲似乎直接是從電影中走出來的。電影在拍攝時，舞美設計者曾談到，作為常年被南霸天關押和鞭打的貧下中農女兒瓊花，身著一身耀眼的紅衣在現實中是不具有可能性的，但這是為了電影視覺形象的創作，但這隨後成為了瓊花的標誌性形象。而「開滿紅色鳳凰花的紅色操場」、紅區的舞臺美術設計，包括娘子軍訓練和表現當地老百姓與紅軍深厚情誼的舞蹈段落，均與經典芭蕾舞劇有著高度相似之處。演出中除去幾首具有當代流行抒情風格的原創歌曲外，對《向前進》和《萬泉河水清又清》的反覆運用，也讓人不由得一度「穿越」回到電影與芭蕾舞劇的情境當中。

而實景影畫最大的虛構之處，在於阿蘭與阿良的「革命情誼」——愛情段落。1961 年電影版當中關於吳瓊花與洪常青隱約的情愫一直為人們所爭議，導演謝晉指出原本曾構想了二人的愛情線索，但在特定的時代條件下刪去了〔註28〕，保留的是老鄉紅蓮與阿貴的感情關係。實景影畫中愛情的部分則交給了黎族姑娘阿蘭與革命戰士阿良來完成，而在阿蘭臨死前的幻境中，她和犧牲的阿良還完成了一場頗具有黎族特色的盛大婚禮。

由此我們看出，實景演出以一種親歷者追溯歷史的視角進入，一方面回歸併著意強調了劇情的紀實性特徵，與真實的歷史構成了呼應關係，在增加真實感的同時試圖創造一種有別於電影和芭蕾舞劇的講述方式，但在視覺設計和情節處理上，有意無意參照了甚至是直接挪用了電影和芭蕾舞劇的人物形象、名字、性格和音樂等，因而呈現出一種介於紀實與藝術化虛構之間中和效果，在削弱了鮮明、強烈的時代的特色，仍然構成了某種當代「傳奇」。

事實上，無論是報告文學還是電影、芭蕾舞劇至今天的實景影畫，忠實地還原歷史並不是這些文藝作品的根本訴求，重要的在於其題材在不同時代所具有的文化意義，只是所運用的虛構的方式在不同罷了。這一點在結尾的處理上體現得尤為明顯。歷史上，瓊崖女子軍特務連自 1932 年 8 月間的牛鞍嶺阻擊戰後即處於十分艱難的轉移和流散狀態。1932 年 11 月初中國工農紅

_____

〔註28〕見謝晉：《謝晉談藝錄》，上海：上海文藝出版社，1991 年，第 201～204 頁。

軍第二獨立師師長王文宇宣布女子軍特務連化整為零、疏散隱蔽，至此女子軍特務連正式解散，其成員有的又回到了好不容易脫離的家庭，有的甚至因參軍經歷而在日後遭受到反動勢力的再度迫害。「娘子軍」後來淒慘的命運，這是電影、芭蕾舞劇和實景演出中都沒有交代的，也就是說，這些具體的個體命運並不重要，重要的是這一特殊群體存在的對於中國革命歷史以及作為今天建構地方文化符碼的象徵意義。

二、「女性」的上升與「革命」的下降

「紅色娘子軍」題材之所以得到高度關注，並成為樣板和經典的重要原因之一，便是由女性組成的軍隊在中國革命敘事當中的奇觀性。這一同時包含了革命與性別的敘述，不但塑造了極為少見但鮮明的女性英雄形象，同時也講述了反對性別壓迫與階級鬥爭之間緊密的內在關聯，正如電影評論家袁文殊曾談到的：

> 封建社會裏的婦女卻被壓迫在一切被壓迫者的最底層，所以通過一個丫環（女奴）的反抗鬥爭的描寫也最能夠體現出被壓迫者的反抗精神和揭露出反動階級的反動本質。〔註29〕

而當代的研究者在女性主義的理論視域下指出，這部看似標示了女性通過革命獲得解放的影片實際上存在著巨大陷阱。一方面對階級鬥爭的強調壓抑了真正的性別覺醒的可能，女性在解放在這裏被粗暴地理解為通過取消性別差異來實現男女平等，即無差別地加入階級鬥爭的陣營，如戴錦華所述，「當代中國婦女在她們獲准分享社會與話語權力的同時，失去了她們的性別身份與其話語的性別身份；在她們真實地參與歷史的同時，女性的主體身份消失在一個非性別化的（確切地說，是男性的）假面背後」〔註30〕；而另一方面虛構的共產黨指導員洪常青這一形象，用作瓊花的引路人，是以男性力量去反映中國現代革命的頑強意志，以精英意識去反映中國現代革命的崇高理想——「男性」與「精英」對於女性解放的強勢介入，是高度男性主義中心的。而在後繼不斷的改編過程中，洪常青的地位與戲份更加凸顯與上升，甚至掩蓋了瓊花以及整個娘子軍連作為女性的自我意識。也就是說，1960～70年代的紅色娘子軍們，所謂的女性

〔註29〕袁文殊：《評影片〈紅色娘子軍〉》，《〈紅色娘子軍〉：從劇本到影片》，北京：中國電影出版社，1962年，第415頁。

〔註30〕戴錦華：《涉渡之舟——新時期中國女性寫作與女性文化》，西安：陝西人民教育出版社，2002年4月，第7頁。

解放，實際上是處在「階級鬥爭」與「男權意識」的雙重壓抑之下的。

在實景影畫中，昔日的這種「壓抑」與「困境」似乎找到了突圍的可能，並在某種程度上與當代女性主義的理論訴求構成了一種呼應關係。首先，女性與革命的議題被擺放在了更為醒目的位置上。無論從戲份分配到戲劇畫面的視覺位階上，女性形象都佔據了絕對的中心。而劇情設置上不但抹除了洪常青的男性指導員形象，唯一稍微有些功能性的男性角色如阿蘭的愛人阿良，也被設計成為一個身材清瘦、體力還不如陳大娥、顯得有些文弱的普通戰士，也不具有超越娘子軍戰士們的軍銜或者資歷，即並非洪常青式的「指導者」和「引路人」。瓊花在面對馮朝天時，在殺兄的私人仇恨與階級仇恨之間，是通過自我鬥爭的方式做出了將大局置於個人之先的決定的。與此同時，作為電影中絕對主角的瓊花，在實景影畫中，身邊多了兩個性格各異的姐妹、戰友和夥伴——阿蘭和大娥。影畫通過武裝訓練、深入密林接受考驗、剪短頭髮換上軍裝等一系列場景，具象化地呈現女性意識覺醒和不斷自我錘鍊、實踐的過程，在此過程中並沒有任何男性力量的參與，似乎表明了這些女戰士並不需要特定的「男性／父權」來引導。

此外，實景影畫捕捉了許多報告文學中敘述者馮增敏的所提及的細節並加以放大。在三個女孩子通過了熱帶雨林的生存考驗之後，要經歷剪髮和換裝的「儀式」，標誌著她們的身份由普通的女性轉變為「女性戰士」。由於實景演出往往由於本身巨大空間尺度，對於呈現複雜的人物內心活動則有比較明顯的侷限性，實景影畫《紅》因而採用了實景演出與銀幕結合的方式，在必要時給予主人公以特寫，從而彌補細微的人物情感流露。在剪髮和換裝的「儀式」中，鑲嵌在背景上的屏幕中，以近景特寫鏡頭的方式，特意通過慢動作展現了這一過程中三位女性臉上細膩的表情與神色。阿蘭在參軍後的臺詞中，還曾透露出對於自己容貌長相的不自信。而在她犧牲前的幻覺段落中，阿蘭換上少數民族的禮服，與心上人阿良舉行了一場富有少數民族特色的婚禮，而瓊花與大娥也脫去軍裝，被革命收編的身體換上了自己本來的衣服（瓊花的紅衣與大娥的少數民族服裝），擔任婚禮的伴娘，這一幕將女性對愛情、婚姻與家庭的渴望和想像表現得最為集中和強烈。戴錦華曾指出，衣著正是娘子軍們女性身份的象徵〔註31〕。創作者似乎有意通過這些細節的呈現，扭

〔註31〕戴錦華：《涉渡之舟——新時期中國女性寫作與女性文化》，西安：陝西人民教育出版社，2002年4月，第7頁。

轉以往女性「革命」為敘述主體的文學文本中長期被忽視的女性生命感受，給予淪為革命話語的符號與政治工具的女性以表達自我的空間，並努力去貼合當代人尤其是青年觀眾對於個體的「情」的體驗。

而另一方面，實景影畫《紅色娘子軍》中性別解放議題的理解也存在某些悖謬與自相矛盾之處。我們不妨以一系列體現女性意識的臺詞為考察對象，通過瓊花決定參軍時的獨白「拿起槍，保衛家鄉，和男人一樣，去戰鬥」、三位女性主人公最終通過考核時大娥所立下的誓言「讓那些瞧不起女子的人去看看，我們不是奴隸，我們也可以拿起槍，像男人一樣去戰鬥」，乃至連長和師長對於阿蘭對「女孩子當兵不好」的擔憂的回應「女孩子怎麼了，等上了戰場，一樣讓敵人聞風喪膽」、「這裡每一個人都是革命的種子，而革命不分男女」等臺詞，不難看出，影畫中女性的主體意識以及對自身能力的認知始終是以男性作為參照的，而「革命不分男女」隱含的意味同樣指向的是消滅了女性特質和性別差異之上的一種性別平等。

另一方面，伴隨情節中女性生命體驗的上升，是具體的「革命」行動與思想的失蹤。實景影畫中，對女性施加直接壓迫的人是劇情中最大的反派地主馮朝天。在馮朝天看來，最重要的利益是「土地」與「女人」，並且從一出場就被識別為一個利慾薰心、愛好美色的臉譜化人物，而在對革命根據地的進攻過程中，馮朝天喊出的「把男人都殺了，女人留下」等臺詞更為直截了當地表現出他對女色的欲望，這與電影中同樣作為反派的地主南霸天老謀深算的形象和極強的階級屬性有著相當大的差別。而革命的重要目標之一，應當奪回的屬於窮人的「土地」在隨後女性的革命活動中也消失不見了。

創作者對於作為《紅色娘子軍》敘事兩大主題之一的「革命」的處理，是頗為值得玩味的。失去男性親屬的女人們一心投奔共產黨，來到了樂會縣蘇維埃政府的紅色操場，而瓊花此的時內心獨白最能顯現創作者對於「革命」的理解，「我看到了那如同紅色海洋般綻放的鳳凰花，也看到了傳說中的紅色娘子軍。從那時起，我們只想著，要成為真正的戰士，改變被壓迫的命運，去尋找黑暗中的光明。」「革命」的具體所指既不包括土地革命、武裝鬥爭與啟蒙群眾，僅僅是「改變被壓迫的命運」，其意義也被抽象地概括為「黑暗」與「光明」的區隔。

因此我們不難看出，在 1960 年代的版本中掩蓋性別解放議題的「革命」與「階級」話語，在實景影畫中遭遇的是全面下降的命運。這是當代「去革

命」的思潮下最為典型的症候之一，更是「革命」帶來的後果。

實景影畫《紅色娘子軍》作為革命歷史題材的文藝作品，最濃墨重彩、也是花重金打造的部分是娘子軍武裝操練和參與戰鬥的情節，而關於勞動生產、接受識字啟蒙和思想教育等段落均被略去。電影的編劇梁信的在創作自述中談到，瓊花是在「敵我鬥爭」和「自我鬥爭」的兩條線索中完成了從「女奴—女戰士—共產主義先鋒戰士」的「三級跳」〔註32〕。「敵我鬥爭」指的是由女奴出身與地主的對立關係所產生的樸素的階級鬥爭意識，而「自我鬥爭」則是「痛苦地客服自己的非無產階級意識」〔註33〕。這一人物的內心衝突與成長過程是梁信根據自己的革命經歷、在藝術化的過程中所提煉出來的，因此才有了瓊花第一次進南府偵查犯錯誤的情節編排。事實上在報告文學中，敘述者馮增敏的革命啟蒙是由作為共產黨員的哥哥通過言傳身教完成的，然而無論是何種方式，革命「啟蒙」對於瓊花的性別解放意識的昇華具有重要的意義，這一「啟蒙」過程卻在實景影畫中被輕輕帶過。

在臺詞表述上，「十七年」及「文革」時期反覆被強化的「無產階級」、「共產主義」等特定的一套政治詞彙與話語表述（以及電影中的《國際歌》）也消失不見，取而代之的是「自由」、「解放」、「光明」等等一系列抽象而空洞的詞彙，去掉了具體的革命目標，沒有點明政治階級根源，沒有對主義、信仰和價值的闡釋，相當於徹底抽空了革命這一能指。搞革命被簡單粗暴地理解為武裝訓練、寫標語、談戀愛和軍事鬥爭，劇中的人物並未獲得政治思想上的轉變與進步。

劇中對女性個體意識和生命體驗的凸顯，毫無疑問是 20 世紀 80 年代以來盛行的人道主義思潮下的產物。這樣的敘事策略，實際上遵循的是新世紀以來新歷史主義的小說的歷史觀念，即將革命歷史欲望化與人性化。實景影畫中，女性並沒有和革命有效地結合併產生互動。這一看似把女性從上世紀六十年代階級鬥爭和革命話語的枷鎖中「解救」出來的嘗試，脫離了革命的框架，反而致使女性解放的可能性變得曖昧與模糊起來。

〔註32〕梁信：《從生活到創作——吳瓊花形象的塑造經過》，《〈紅色娘子軍〉：從劇本到影片》，北京：中國電影出版社，1962 年，第 216 頁。
〔註33〕梁信：《從生活到創作——吳瓊花形象的塑造經過》，《〈紅色娘子軍〉：從劇本到影片》，第 216 頁。

三、「地方性」視域下的《紅色娘子軍》

　　關於電影《紅色娘子軍》的美學風格定位，最具有代表性的表述之一便是「鮮明的時代氣息，濃鬱的地方色彩」〔註34〕。其中美術設計應當突出蘇區的標誌性景觀是「光明的世界，雄奇的五指山，秀麗的檳榔樹，粗壯的椰子林，到處是南國美麗的風光⋯⋯」〔註35〕而在音樂旋律方面，作曲黃准也表示自己經過無數嘗試之後，從海南瓊劇當中獲得了靈感：

> 我感到海南的瓊劇音樂既具有鮮明的海南風味，從它的基本調式
> 中，又找到了和影片濃鬱、粗壯、比較沉重的時代特徵相符合的情
> 緒。同時，它的戲劇性的表現手法及以嗩吶為主的渾厚音色、它的
> 具有強烈抒情性的優美音調，都是值得參考借鑒的，因此我就決定
> 以瓊劇作為主要的素材來進行加工創作，同時也吸收了民歌、山歌、
> 舞曲以及革命歌曲作為補充素材。〔註36〕

黃准在娘子軍五指山上練兵的一場戲中也採用了海南的民歌《五指山歌》。而芭蕾舞劇的音樂也延續了電影的做法，吸收了海南島少數民族和民間音樂曲調的風格，如《五指山歌》《囉尼調》《跳娘舞》曲和《雙刀舞》曲等〔註37〕。

　　正因如此，影片中海南「濃鬱的地方色彩」也是令當年觀眾耳目一新、印象深刻之處。評論者馬鐵丁曾談到，看完影片後，為其「鮮明的色彩，濃重的筆觸，傳奇的情節」〔註38〕所深深吸引，其中美術與音樂共同營造的「南國風味」更是十分突出：

> 影片的整個色彩、情調、氣氛，辣而濃。那神奇雄偉的五指山峰，
> 那隨風飄揚的一片片椰林，那高高密密的甘蔗⋯⋯那些房屋、溪流，
> 灰綠中帶著微紅，顯得天很低，總是霧騰騰的樣子，有著鮮明的南

〔註34〕張漢臣：《紅色娘子軍》美術設計的體會，《〈紅色娘子軍〉：從劇本到影片》，
　　　　北京：中國電影出版社，1962 年，第 387 頁。
〔註35〕張漢臣：《紅色娘子軍》美術設計的體會，《〈紅色娘子軍〉：從劇本到影片》，
　　　　第 387 頁。
〔註36〕黃准：《為電影塑造鮮明的音樂形象》，《〈紅色娘子軍〉：從劇本到影片》，北京：
　　　　中國電影出版社，1962 年，第 394 頁。
〔註37〕彥克：《革命的芭蕾舞劇好得很──喜看芭蕾舞劇〈紅色娘子軍〉》，《人民音
　　　　樂》，1964 年增刊第 2 期。
〔註38〕馬鐵丁：《瓊島英雄花──〈紅色娘子軍〉觀後感》，《〈紅色娘子軍〉：從劇
　　　　本到影片》（原載《大眾電影》1961 年 6 月號），北京：中國電影出版社，
　　　　1962 年，第 431 頁。

國風味。影片音樂，特別是紅色娘子唱的歌子，又剛強又柔和，又
是進行曲又是抒情嗣，悠揚悅耳，十分好聽。〔註39〕

而當代的實景影畫的基本功能之一便是為當地旅遊發展的助推，因此最能彰
顯海南「地方性」的景觀、民俗風情等在這部演出中被放到了極其重要的位
置上。據其官方資料介紹，實景影畫是「以神秘的海南熱帶雨林為環境意象」、
「以靜謐寬廣的萬泉河水為情感符號」、「融合黎族風情和少數民族特色」等。
總導演金鐵木也在採訪中指出，要想在三亞打造一場成功的駐地演出劇目，
本地特色文化是必不可少的元素。一場成功的駐場劇目，應該在保障娛樂性、
體驗性的前提下，用現代的表演形式將三亞特色文化、特定的文化符號在舞
臺上呈現給觀眾，讓他們在體驗視覺和聽覺盛宴的同時，也能感受當地的特
色文化。《紅色娘子軍》就是這樣一個響亮的海南文化符號〔註40〕。

通過電影、芭蕾舞劇、京劇的改編序列，「紅色娘子軍」這一題材在傳統
舞臺形式方面已經達到了巔峰。而用實景影畫則在突出「南國風情」的實景
環境上向前推進了一步。演出以真實的山體作為背景，舞臺的最前端是萬泉
河水，以大小十一個可移動車臺作為舞臺，車臺上的景觀如椰林密布、碉樓
林立、海邊的礁石、夢中的榕樹、鳳凰花下的蘇維埃紅色操場，都跟隨每一
幕劇情的需要開動、運行和組合。配合移動車臺設置了 2400 個動態坐席，使
得觀眾席能根據劇情的延展整體移動，前行或者後退，和演出融為一體。而
在實景、銀幕等多媒體載體綜合的基礎上，舞臺美術和高科技光影手段變得
更加複雜多樣，多視覺焦點的營造出的環繞和立體效果也突破了傳統舞臺的平
面透視法則，令人目不暇接，增強了對「南國風情」的沉浸體驗。而在當代隨
著海南旅遊發展才逐漸成為海南地方特色之一的黎族傳說「鹿回頭」〔註41〕，

〔註39〕馬鐵丁：《瓊島英雄花——〈紅色娘子軍〉觀後感》，《〈紅色娘子軍〉：從劇
　　　　本到影片》（原載《大眾電影》1961 年 6 月號），北京：中國電影出版社，
　　　　1962 年，第 435 頁。
〔註40〕搜狐網：《沉浸式實景演出〈紅色娘子軍〉明年將亮相三亞》，https://www.sohu
　　　　.com/a/158460954_749400，2017 年 7 月。
〔註41〕「鹿回頭」是海南黎族一個愛情傳說，講述古代一位英俊的黎族青年獵手從
　　　　海南五指山翻越九十九座山，涉過九十九條河，緊緊追趕著一隻坡鹿來到南
　　　　海之濱。在面向大海山崖上，青年獵手正準備射向鹿時，被坡鹿的哀傷所打
　　　　動沒能射出弓箭，這時坡鹿回過頭變成一位美麗的黎族少女，兩人遂相愛結
　　　　為夫妻並定居下來，此山因而被稱為「鹿回頭」。海南三亞根據這個美麗愛情
　　　　傳說而建造了雕塑及以愛情為主題的公園，目前已成為三亞的地標性景觀及
　　　　熱門旅遊景點，而三亞市也因此得名「鹿城」。

也以具體的「鹿」的視覺形象出現在了實景影畫的舞美設計當中。

但其中值得我們注意的是，今天被創作者作為觀賞亮點所提出的「海南黎族風情和少數民族特色」，作為海南「地方性」特色的一部分，在「十七年」及「文革」時期的電影和芭蕾舞中卻在相當程度上處於某種「隱形」狀態。

根據第六次人口普查資料，海南島的主要少數民族是黎族、苗族和回族。黎族是海南島上最早的原住居民，也是海南島上獨有的民族和人數最多的少數民族，人口數量約 124 萬。公元 9 世紀末，在漢文書籍中就出現了關於海南黎族的記載。海南的苗族是十六世紀從廣西去的士兵後裔發展而成。目前海南島上的苗族人口約 7 萬人，生活在海南中部山區和黎族居住地的周邊〔註42〕。

在 1957 年的報告文學中，馮增敏的回憶中並沒有明確提及娘子軍當中是否有成員具有少數民族身份。在電影和芭蕾舞中，當地少數民族民眾並不見於臺詞和劇情敘述當中，但我們能清晰地在軍民魚水情等場景中看到身著少數民族服飾的當地百姓載歌載舞，其絢麗多彩的民族服飾構成了畫面當中鮮明的色彩，但並不是被表現的主體。這些不見於直接的文字敘述中的當地百姓，僅以服飾的方式顯示了存在，也就意味著他們是作為無產階級、勞動人民集體的一部分出現的，其潛在含義是共產黨的革命也同樣也實現了對不同民族的解放。

而在實景影畫中，少數民族不僅作為勞苦大眾集體的一員出現在被馮朝天殺害的村民、馮朝天的文市炮樓露臺上、馮朝天被押解示眾時的發洩憤怒的圍觀群眾中，更從背景走向了前臺，成了革命的主人公——另外兩位女性阿蘭與大娥正是少數民族婦女的代表。與瓊花身上所穿的代表其身份的紅衣一樣，阿蘭與大娥在參軍之前的服飾也代表著她們的某種差異性「身份」。

地方性特色與少數民族風情在阿蘭的幻境一場中被推向了極致。阿蘭犧牲前產生了幻境，自己在姐妹的陪伴下，與革命伴侶阿良舉行了符合當地少數民族風俗習慣的婚禮儀式，她身著紋飾精美的禮服，瓊花拿著花，大娥捧著紗，舞臺遠景中的女性演員跳起了少數民族的舞蹈，與此同時銀幕上不斷浮現某種圖騰形狀。伴隨著哀傷深沉的音樂，阿蘭在實現了自己的心願之後，以自己少數民族的原生身份離開人世。

〔註42〕據人口普查資料顯示，除黎、苗、回這 3 個世居少數民族外，海南省還有蒙古、藏、維吾爾、壯、布依、朝鮮、滿、侗、瑤、白、土家、哈尼、哈薩克、傣、傈僳、佤、佘、高山、水、納西、土、達斡爾、仫佬、羌、布朗、撒拉、毛南、仡佬、錫伯、塔吉克、俄羅斯、京、塔塔爾、赫哲等 38 個少數民族。

事實上，通過分析我們不難看出，《紅色娘子軍》在「十七年時期」並不是以少數民族電影的定位存在於主流話語中的，也就是說，與《劉三姐》《內蒙人民的春光》等以少數民族為表現主體的電影不同，《紅色娘子軍》更多地強調的是其婦女革命題材的特殊性，只是故事恰好發生在具有一定少數民族特色的海南，當地少數民族並不是當時創作者關注的重點，他們在舞美上所要著力呈現的，更多地是以椰林、草屋、甘蔗林和五指山等構成自然景觀的總體氛圍，一種「南國風情」。電影中有這樣經典的一幕，洪常青在椰林寨的師部房間裏，讓瓊花在中國地圖上尋找海南島，並進一步告訴她，椰林寨只是海南島上極小的一部分，而海南島同樣是龐大的中國領土中的一小部分，單靠個人的英勇是無法解放整個國家的，只有「每一個無產者，都敢點一把火」，依靠集體和階級的力量，才能「燒掉整箇舊社會」。電影通過指出「椰林寨—海南島—全中國」的關係，也就指出了在這個意義上，海南是作為革命的地方的存在的，是構成普遍的中國革命的一部分。

瓊崖地區「紅色娘子軍」的鬥爭與民族國家的革命之間這種「特殊—普遍」、「個體—整體」之間的辯證邏輯也在實景影畫中以另一種方式呈現出來。攻打文市炮樓戰役勝利後，阿良對愛人阿蘭許下承諾，「解放文昌，我們就結婚」，而阿蘭則問「那還有五指山、瓊海、萬寧、保亭、海口……」阿良的回應是「等解放海南島，解放全中國，我們都會做到。」

實景影畫中，一方面在對地方性文化主體和市場經濟消費文化、視覺文化的訴求下，概念化的「少數民族」不斷想要展示主體性的意圖是顯而易見的，但在前文本經典敘事的籠罩之下，這種限制始終無法被突破，因此「少數民族」依然沒有獲得正面的臺詞「話語」，只能在視覺形象層面顯示某種存在感。這種現象事實上說明了，在當代中國的語境當中革命經典敘事體系依然擁有的強大的收編能力以及難以被顛覆或者修改的「經典性」，因此尤為明顯地折射出當代政治、文化、經濟之間錯綜複雜的互動關係。

第三節　紅色經典的當代可能

正如我們在本論中反覆指出的，實景演出首要的功能便是表徵其地方性特徵，以促進當地旅遊產業的發展。海南儘管遠在中國版圖的最南端，與大陸隔海相望，但憑藉其以海濱度假為特色的發達的旅遊產業為依託，實景演出類項

目的開發走在了全國前列，陸續有《印象‧海南島》《三亞千古情》《田野狂歡》等進駐這座旅遊資源豐富的島嶼。與當下大部分實景演出對於表現地方文化的策略一致的是，這些演出著重挖掘的是「傳統」中國文化結構中的種種要素，例如古代歷史與神話傳說（《三亞千古情》）、中華稻作文明和當地黎族民俗風情（《田野狂歡》），唯一表現現代海南生活、主打海濱風情與休閒文化的《印象‧海南島》雖然有張藝謀團隊作為後盾，卻已於 2015 年停演。

因而實景影畫《紅色娘子軍》與當地其他大型旅遊演藝的所選取的內容題材相比，顯得有些「另類」。當下的實景演出中，以革命歷史為表現內容的演出雖然數量不多，但可謂是獨樹一幟，這一序列還包括江西井岡山的《井岡山》（2008）、山西武鄉縣的《太行山》、陝西西安的《12‧12》、湖南韶山《中國出了個毛澤東》（2014）、四川甘孜的《飛奪瀘定橋》（2019）等。這些演出都屬於近年來興起的「紅色旅遊」系列衍生物。被視為「紅色旅遊」的這些景區，都曾發生過革命歷史上的重要戰役或事件。以井岡山為例，1927 年～1930 年間毛澤東、朱德革等共產黨領導人率領工農紅軍輾轉來到位於湘贛兩省交界處的井岡山，創建了中國第一個農村革命根據地。

事實上，為這些地方及地方景觀賦予極強的象徵意義，正是當代革命歷史敘述的得以建構完成的重要手段之一。在這個意義上，井岡山已不僅僅是一片自然風景、一個地名，更是中國革命起死回生的關鍵轉折點，是「中國革命的搖籃」。隨著政權的確立及其合法性話語敘述的完成，在革命歷史上的重要位置便構成了該地方在自然風光、風土民情和屬於前現代文化範疇的神話傳說之外的「地方性」的一部分。此外，由於共產黨革命鬥爭所經過或建立根據地的地域多為自古代以來相對貧困落後的地區，革命歷史在相當大程度上成為了這些地域在現代社會所建立的新的地方文化的核心所在，作為「革命老區」的身份也是在現代經濟體系當中成為旅遊景觀而獲得經濟效益的「文化資本」。

而採用實景演出這樣一種形式，其中一大看點便是結合當地的標誌性景觀、以超出傳統室內劇院數倍的巨大空間尺度、通過高科技與現代特效將革命歷史中耳熟能詳的經典戰役重現呈現在觀眾面前。例如實景影畫《紅色娘子軍》中，為了營造出硝煙彌漫的逼真戰場，大量採用了電影拍攝道具，槍炮、飛機應有盡有，結合聲光電特效，給予觀眾更強烈的代入感。以實景還原戰鬥的慘烈與艱苦，身臨其境的「槍林彈雨」對於觀看者最直接的效果便

是映襯出當代生活來之不易的和平、文明、繁榮，恰恰再次佐證並強化了革命的正當性與合法性，因而構成了某種閉合循環。

與此同時，在以革命歷史為題材的實景演出當中，始終存在一種地方性與集體性的辯證對話關係。

對於中國這樣一個幅員遼闊的國家來說，現代歷史的展開過程並非是均一的，鴉片戰爭以來西方現代性的侵入使得封建社會晚期明清兩朝相對統一和封閉的統治出現了分裂，並在隨後的幾十年當中，不同政權此消彼長的勢力抗爭導致了地區之間在空間上的高度割裂。從韶山、井岡山、太行山到位於中國最南端、最遙遠的版圖上海南，把散佈在中國版圖上的各個角落串聯起來成為一條線索，不但寓意這些「地方」一步步走向解放的過程，也是一步一步經由革命這一實踐被納入到一個政治共同體的過程。它們共同構成了革命歷史空間層面推進的演化過程，隱含著一種整體性的民族—國家想像。

正如電影《紅色娘子軍》中瓊花和洪常青所翻看的中國地圖，實景影畫中裏是阿蘭與阿良的對話中從解放文昌到解放海南島、再到解放全中國的革命理想的藍圖，這裡的「地方」始終是和國家主權的統一與完整息息相關的，每一個地方都是不可缺少的一部分，邏輯是服從於整體性敘述的，也更容易引起在身份上同屬於中國這個民族國家的觀眾的共鳴。而湖南韶山的實景演出《中國出了個毛澤東》更是把毛澤東為中國革命立下的豐功偉績，立體地呈現到縮小的中國版圖式舞臺，還原了中華民族謀求民族解放、民族獨立，直至新中國成立的輝煌征程，劇情貫穿了從安源起義、秋收起義、長征、抗日戰爭、國共內戰與建立新中國的開國大典儀式等完整的共產黨革命歷史。革命敘事的普遍性在這裡超越了地方性，與 20 世紀 60 年代電影《紅色娘子軍》中階級敘事壓倒了女性敘事的邏輯在某種程度上是同構的，也是始終內在於革命歷史敘述本身的。因此即便原生於陝西、關注陝西本地文化資源開發的陝西旅遊集團，得以越過廣闊的疆域，遠赴與黃土高原地域文化差異極大的海南開發這樣一部實景演出，其根本動因在於今日講述革命敘事的話語邏輯的同一性。

在此之外，附加在旅遊行為之上的「紅色」所具有「懷舊」意味和象徵同樣是值得我們注意的。20 世紀 90 年代以來興起的「紅色文化熱」正是市場化衝擊下，人們對社會主義時代「懷舊」情感結構的浮現。這一熱潮催生了大量的經典革命歷史題材文藝作品的改編與新編，無論是小說、電視劇或是

實景影畫《紅色娘子軍》都與新歷史主義小說分享了相似的敘述策略，以及以少數民族為代表的地方文化符號不斷溢出已有的革命敘述等現象，均是當代社會重新敘述革命歷史過程中所呈現出的症候。

有學者指出，現代旅遊業中興起「紅色旅遊景區」因此可以被視作一種「懷舊性」展演空間，包括以革命歷史為主題的博物館、紀念館、歷史遺址、名人故居、鄉村聚落，乃至一些公園、餐館（如「老知青」餐館、「人民食堂」飯館）等，它們將特定的生活時代、場景、政治符號、標誌物，甚至是日常生產生活用具等聯繫在一起，用不同的方式組合再現懷舊場景，構成一種「幻覺化舞臺」〔註43〕。承載實景影畫《紅色娘子軍》的「紅色娘子軍」演藝公園就是這樣一種以「紅色」為主題的集合式空間。除演出劇場之外，園區內以海南當地建築風格的民居、船屋、騎樓、穹樓瓊漿以及東南亞風格建造了提供餐飲、購物、休閒娛樂等服務的場所，園區內還會不定期舉行非物質文化主題展和紅色文化主題展覽。演出開始前，園區裏的大喇叭如播放流行歌曲一般反覆播送《向前進》與《萬泉河水清又清》兩首歌曲及其不同版本的變奏音樂，身著演出服飾的演員們三三兩兩地在園區內走動，向候場的觀眾們致意並開放合影機會。此時曾作為「樣板」文藝中極強的政治意味早已消失不見，剩下的只是純粹的情感性乃至娛樂性的體驗。

毫無疑問的是，旅遊業從這種「集體懷舊」的情感結構中得益，「許多落後地區因為國家對革命歷史教育的推動成為旅遊點，接受來自城市中產階級的『朝拜』」〔註44〕的同時，其市場效益也在不斷激勵著類似的文化生產，用一個富有改革時期特色的詞來描述，上述這些將改革與市場經濟行為和革命話語結合的現象可以被統稱為「紅色經濟」〔註45〕。近年來的所謂「紅色電影」，也一改以往主旋律電影或者革命歷史題材僅有政策加持、但在市場與票房中「遇冷」的尷尬情形，在商業和社會反響上都取得了令人矚目的成績，並引發全民關注和熱議，如《戰狼2》（2017）《紅海行動》（2018）《流浪地球》（2019）等等。

而實景影畫《紅色娘子軍》也僅僅是投資方打造海南「紅色經濟」的一

〔註43〕朱江勇：《「舞臺互動」：旅遊表演學視域下的旅遊展演空間》，《旅遊論壇》，2014 年 3 月，第 89 頁。
〔註44〕吳靖：《文化現代性的視覺表達：觀看、凝視與對視》，北京：北京大學出版社，2012 年，第 160 頁。
〔註45〕吳靖：《文化現代性的視覺表達：觀看、凝視與對視》，第 160 頁。

個開端，未來還將經由「政府搭臺、國企主導、民企配合」的模式，以愛國主義和革命傳統教育為主題，進一步開發以海南「歷史文化」、「紅色文化」、「民風民俗」為依託的中國首個演藝文化主題公園，相繼打造《新紅色娘子軍》《解放海南島》《夢幻三亞》《船》《鳥秀》《海島精靈》等多部實景演藝作品，而這樣的規劃原因在於「在海南全省推進自貿區建設的大背景下，優秀的演藝作品將為講好海南故事提供形式多樣的載體和表達方式，將為海南旅遊發展提供更大的動力」〔註46〕。

因此「紅色文化」在當代所煥發出的新的「生機」，也提示我們再度審視，在當下這樣一個社會利益和價值體系日益多元／分裂的語境下，主流意識形態和民族主義所具有的複雜面向及其在政治乃至經濟領域所引發的一連串連鎖反應。

小結

與電影《紅色娘子軍》中以革命敘事收編「地方」色彩的「去地方化」策略不同，海南三亞的大型實景影畫《紅色娘子軍》試圖通過回歸最初報告文學的文本、突出少數民族符號與當地傳說等手段，重塑地方在這一革命經典敘事中的特殊性位置，即實現某種「再地方化」。與此同時，實景影畫又必須被動或主動地借用電影和芭蕾舞劇等前文本的元素，建立起「地方」與更大的共同體之間的關聯與通道。

而 20 世紀 90 年代進入新時期以來在官方與市場的雙重因素影響下，對革命歷史敘事的「懷舊」情感結構催生了「紅色經典」再度浮出水面，並附身旅遊等文化產業搖身變為「紅色經濟」。事實上，從「革命經典」到「紅色」，「紅色」成為旅遊業、成為大眾消費與流行文化的講述對象，「紅色」後面帶上了「經濟」，這一稱謂的變化也顯示出在今天市場經濟下的主流意識形態與文化消費、文化工業和民族認同之間複雜的互動關係。實景影畫《紅色娘子軍》便為我們提供了考察這種當代症候的一個典型案例。

〔註46〕搜狐網：《開創紅色經典！三亞市大型紅色演藝〈解放海南島〉面向全球徵集方案》http://www.sohu.com/a/289667589_596894，2019 年 1 月。

結　語

　　如導言中所述，當代中國的實景演出的發生與發展是基於 1978 年改革開放以來，市場經濟條件下旅遊業的快速現代化和地區作為經濟主體紛紛崛起的大背景之下，因此地方文化主體性的建構，既是一種形象需要和對本地人文化呼籲的回應，同時也是一種內在於現代經濟發展過程的訴求。獨具特色、差異性的地方文化「品牌」，正如「品牌」這個概念所示，具有巨大的經濟潛力，也為本地人提供了地方認同的文化及精神來源。實景演出便是這樣一種以旅遊景觀為依託、通過表演的方式再現與展示地方性的「文本」與文化實踐，其本身也作為一重景觀，經由當代文化、社會乃至經濟體系的運轉和流通，直接參與到地方性的塑造過程當中來。

　　而另一方面，毫無疑問的是，實景演出為紛繁多樣、魚龍混雜的當代大眾文化市場提供了一種在世界範圍內都可謂具有原創性的文藝形態，經由對景觀、空間、媒介、科技和多種表演形式的重新結構，創造了一套新的語彙與表意方式，並始終處在不斷自我更新的狀態當中，在表徵一地地方文化同時甚至成為一種國家形式，張藝謀為 G20 峰會所指導的西湖上的實景演出《最憶是杭州》便是證明。

　　本論以個案分析的方式深入討論了四個代表性實景演出《印象·劉三姐》《又見平遙》《知音號》《紅色娘子軍》，它們分別代表了實景演出中「自然」、「傳統」、「城市」、「革命」四種主要的表現主題與演出類型，同時因表現對象的不同而在形式上迥然相異，也由此展現了「實景演出」這一表演形式所具有的包容性與多樣性。然而在如何表徵與建構今日新的地方文化與認同的過程中，它們也呈現出相當多的共性之處。事實上，「地方性」從來就不是一

個靜態、封閉、純粹的物質實體，而是一個不斷建構的、動態的過程，從歷時性的線索中選取哪些文化景觀與標誌物來定義今天的地方、來組成這樣一部演出，也恰恰顯現了當代中國某種集體性的文化症候之所在。

實景演出所呈現的地方景觀與文化的異質性部分，構成了本地人─遊客、我者─他者視野下第一層次的吸引，在強化當地人對本地文化認同的同時，也造成了新鮮感和獵奇心理，這種吸引目標也促使實景演出當中多媒體與技術手段的一再升級，演出場面和規模的一再擴大。而在「越奇觀越吸引」的法則之外，實景演出往往希望構造出一種更為普遍性的情感和認同結構，來盡可能地詢喚外在於這個地方文化系統的「他者」。而實景演出所尋求到的重要文化資源之一，便是以前現代、即古代／古典中國的傳統文化為地方景觀與敘事賦予文化意涵。在儒家哲學「天人合一」與道家「道法自然」為核心的創作理念之下，無論是中國山水詩畫的審美意境下的桂林風光與「原生態」的少數民族風情（《印象・劉三姐》），或是從晉商「捨生取義」的傳統出發對血緣與祖先的追尋（《又見平遙》），都顯示出古代中國的文化傳承、桃花源式的鄉土社會的倫理與價值體系對當代國人的「魅力」。當代西方學者認為，這種對於鄉土社會或傳統文化的「懷舊」與「鄉愁」普遍地內在於現代人的情感訴求中，現代人以此作為對現代性所造成的抽象的均一化狀態的抵抗，而這也正是催生現代旅遊業的重要動機之一。具體到中國歷史的脈絡和語境下，今日許多實景演出的所謂亮點與噱頭，都可以在「懷舊」的視野下得到解釋，甚至離我們不過幾十年之遙、從屬於「現代性」進程本身的文化記憶都得到了「復魅」──上世紀三十年代堪比「大上海」之繁華的「大漢口」所代表的「民國現代性」（《知音號》），乃至社會主義文藝時期的革命歷史記憶（《紅色娘子軍》）都成為了當代國人「懷舊」情感經驗的抒發對象。

事實上這種懷舊文化症候與社會時尚在 20 世紀 90 年代的中國便已興起，並且在消費主義文化的潮流中，被直接轉換為一種消費方式與消費時尚，如戴錦華指出的，這樣這一種對意識形態與記憶的消費，逐漸以成熟的形態佔據了新的文化空間。懷舊成為一種商品包裝與流行文化，以再度構造的記憶撫慰和填充了今天的空虛，成為一種現實的文化需求〔註1〕，在日漸多元的和分裂的現實面前提供規避與想像的庇護空間。

〔註 1〕戴錦華：《隱形書寫──90 年代中國文化研究》，江蘇：江蘇人民出版社，1999 年，第 125～127 頁。

　　而這種「懷舊」所揭示出的，正是當代中國文化中典型的「去革命」與「去政治化」症候。因此我們無法在一個講述上世紀三十年代武漢城市的敘事中看到關於辛亥革命、北伐乃至抗日戰爭的蹤影（《知音號》），也無法在一個以本身即以革命歷史敘事為對象的演出中，聽到海南島上的娘子軍唱起「向前進」的軍歌時也唱起《國際歌》（《紅色娘子軍》），「革命」的能指在這裡已經被掏空，轉化為抽象的對「自由」與「光明」的嚮往。

　　德里克曾試圖描述出這種變化的發生，他指出，1978 年後對革命歷史的拒斥引發了一種文化民族主義，在 1990 年代越發清晰起來，從而對中國人思考文化和歷史產生了深遠的影響。這種 1978 年以來所取的路徑看似是對中國二十世紀前半個世紀主導潮流的一種逆轉，這一逆轉並不僅僅是拒斥革命歷史的產物，而是一種新近產生的權力意識，隨著東亞／中國社會作為資本主義世界體系的另一個可替代的中心而一同成功湧現出來，以往被中國知識分子視作阻礙現代發展的歷史和文化遺產搖身一變成為想像國家富強和權力的源泉，乃至引以為豪的中國身份的標記，甚至在全球範圍內作為世界的啟迪被宣講〔註 2〕。

　　經由實景演出這一再現地方「風景」的機制，我們不難看出今天的「地方」，不再是以新中國成立時大一統的政治認同所建立的現代民族國家的地方，地方─民族國家的結構關聯一再被削弱，而民族文化則為把地方認同與集體性認同連接起來提供了一種可能，觀眾在身處同一空間時所共享的文化傳統，幫助他們再度從演出中指認了自己的位置。以《又見平遙》為代表的實景演出所呈現出的文化想像與認同方式，所延續的正是 20 世紀 80 年代以來構建的「文化─民族認同」機制。

　　與此同時，當代中國的實景演出與「地方」的關聯因自身所處的資本和文化全球化的趨勢之下，得以被給予另一重觀察的視角。結構主義視角下的「地方」這一相對概念曾經同民族國家範疇關係重大，但在全球化的背景下被重新賦予了意義。我們必須認識到全球化的作用是錯綜複雜、模糊不清的，其產生的後果甚至可能是相互矛盾的，當代語境中的全球─地方二元結構中既存在現代性的散播所造成「去地方化」的一面，同時也有「再地方化」的一面，即有意識地創造新地域意識和社會群體意識，使得地方性在新的關係體

〔註 2〕〔美〕德里克：阿里夫·德里克：《後革命時代的中國》，李冠南、董一格譯，
　　　　上海：上海人民出版社，2015 年，第 1 頁。

系中被重構和賦予的新的意義。而與此同時，全球化也有可能激起對地方情感與地方認同的一種懷舊、內向、狹隘、封閉的面向。

　　當民族文化成為了今天中國面向世界、今天的實景演出吸引海外遊客時的重要招牌時，此時的「地方─中國」、「地方─世界」也被賦予了更加複雜糾纏和充滿張力的關係，清晰地辨認出這些概念的意義邊界和從屬關係是相當困難的一件事。作為全球化結構中的「地方」，一方面，在與其他他者文明對話碰撞的過程中也必將不斷重新界定自身的位置，重新劃定其自身的邊界與疆域，形成新的地方性內涵，地方記憶和遺產延續也將在地方保有主體性的過程愈發重要。與此同時，曾作為全球結構最重要的主體的民族國家在這個結構當中的位置也變得十分微妙，其文化想像更關聯著作為經濟實體和政治行為主體的實際影響力。而另一方面如何在世界範圍內尋找到一種更具有普遍性的「感同身受」結構，將是中國的實景演出未來所面臨的課題。《知音號》找到的將「本土基因」與「全球語境」相連接的「知音文化」〔註3〕構思便是這樣的一種嘗試，為我們提供了一種在確立文化的地方主體性和形式的民族原創性的同時，跨越文明邊界、貫通更普遍情感與體驗的可能性，而這是否是一種有效的「世界文化語言」，仍有待於我們未來的檢視。

〔註3〕搜狐網：《長江首部漂移式多維體驗劇〈知音號〉全球公演》，http://www.sohu.com/a/142562025_216427，2017年5月。

參考文獻

基本資料

1. 工農兵芭蕾舞劇團集體創作：《革命現代芭蕾舞劇：〈紅色娘子軍〉》，北京：北京出版社，1967年。

2. 柳州《劉三姐》劇本創作小組創編：《劉三姐——八場歌舞劇》，南寧：廣西壯族自治區人民出版社，1960年。

3. 劉文韶：《紅色娘子軍》，《解放軍文藝》，1957年8月。

4. 中國電影出版社編：《〈紅色娘子軍〉：從劇本到影片》，北京：中國電影出版社，1962年。

5. 中國京劇團移植創作：《革命現代京劇：〈紅色娘子軍〉》，北京：人民文學出版社，1972年。

專著類

1. 阿爾托：《殘酷戲劇——戲劇及其重影》，桂裕芳譯，北京：商務印書館，2015年1月。

2. 阿里夫‧德里克：《後革命時代的中國》，李冠南、董一格譯，上海：上海人民出版社，2015年。

3. E‧霍布斯鮑姆、T‧蘭格：《傳統的發明》，顧航、龐冠群等譯，南京：譯林出版社，2004年。

4. 安東尼‧吉登斯：《現代性的後果》，田禾譯，黃平校，南京：譯林出版社，2000年。

5. 安東尼・史密斯：《民族主義：理論、意識形態、歷史》，葉江譯，上海：上海世紀出版集團，2006 年。

6. 安東尼・史密斯：《全球化時代的民族與民族主義》，北京：中央編譯出版社，2002 年。

7. 鮑德里亞：《物體系》，林誌明譯，上海：上海世紀出版集團，2002 年。

8. 貝・布萊希特：《布萊希特論戲劇》，丁揚忠、李建鳴譯，北京：中國戲劇出版社，1990 年。

9. 貝拉・迪克斯：《被展示的文化——當代「可參觀性」的生產》，北京：北京大學出版社，2010 年。

10. 本尼迪克特・安德森：《想像的共同體——民族主義的起源與散佈》，吳叡人譯，上海：上海世紀出版集團，2005 年。

11. 彼得・布魯克：《空的空間》，邢歷等譯，北京：中國戲劇出版社，1988 年。

12. 彼得・斯叢狄：《現代戲劇理論：1880～1950》，王建譯，北京：北京大學出版社，2006 年。

13. 柄谷行人：《日本現代文學的起源》，趙京華譯，北京：生活・讀書・新知三聯書店，2003 年。

14. 陳星、范靜：《山歌唱出十個億——〈印象・劉三姐〉幕後的故事》，北京：西苑出版社，2011 年。

15. 大衛・哈維：《希望的空間》，胡大平譯，南京：南京大學出版社，2006 年。

16. 戴錦華：《涉渡之舟——新時期中國女性寫作與女性文化》，西安：陝西人民教育出版社，2002 年。

17. 戴錦華：《隱形書寫——90 年代中國文化研究》，南京：江蘇人民出版社，1999 年。

18. 道格拉斯・凱爾納：《波德里亞：批判性的讀本》，陳維振、陳明達、王峰譯，南京：江蘇人民出版社，2005 年。

19. 段義孚：《空間與地方——經驗的視角》，王志標譯，北京：中國人民大學出版社，2017 年。

20. 丹尼爾・貝爾：《資本主義文化矛盾》，趙一凡等譯，南京：江蘇人民出版社，2012 年。

21. 弗雷德里克・詹姆遜：《布萊希特與方法》，陳永國譯，北京：中國社會科學出版社，1998 年。

22. 漢斯・蒂斯・雷曼：《後戲劇劇場》（修訂版），李亦男譯，北京：北京大學出版社，2016 年。

23. 賀桂梅：《「新啟蒙」知識檔案——80 年代中國文化研究》，北京：北京大學出版社，2010 年。

24. 胡紅一：《中國式山水狂想——梅帥元與〈印象・劉三姐〉》，桂林：廣西師範大學出版社，2012 年。

25. 黃子平：《灰闌中的敘述》，上海：上海文藝出版社，2001 年。

26. 霍克海默：《霍克海默集》，曹衛東編選，渠東、付德根等譯，上海：上海遠東出版社，2004 年

27. 卡特琳・古特：《重返風景：當代藝術的地景再現》，黃金菊譯，上海：華東師範大學出版社，2014 年。

28. 凱・安德森主編：《文化地理學手冊》，李蕾蕾、張景秋譯，北京：商務印書館，2009 年。

29. 孔慶東：《紅色娘子軍——中國戲劇發展縱論》，北京：中華書局，2014 年 1 月。

30. 雷蒙德・威廉斯：《馬克思主義與文學》，王爾勃、周莉譯，開封：河南大學出版社，2008 年。

31. 理查德・謝克納：《環境戲劇》，曹路生譯，北京：中國戲劇出版社，2001 年。

32. 李楊：《50～70 年代中國文學經典作品再解讀》，濟南：山東教育出版社，2006 年。

33. 李亦男：《當代西方劇場藝術》，桂林：廣西師範大學出版社，2017 年。

34. 梁昭：《表述「劉三姐」——壯族歌仙傳說的變遷與建構》，北京：民族出版社，2014 年。

35. 劉禾：《跨語際實踐——現代思想史寫作批判綱要》，桂林：廣西師範大學出版社，2017 年。

36. 麥坎內爾：《旅遊者：休閒階層新論》，張曉萍等譯，桂林：廣西師範大學出版社，2008 年。

37. 邁克・費瑟斯通:《消解文化:全球化、後現代主義與認同》,楊渝東譯,
北京:北京大學出版社,2009 年。

38. 邁克・克朗:《文化地理學》,楊淑華、宋慧敏譯,南京:南京大學出版
社,2005 年。

39. 孟悅、羅鋼主編:《物質文化讀本》,北京:北京大學出版社,2008 年。

40. 米歇爾・福柯:《詞與物——人文科學考古學》,莫偉民譯,上海:上海
三聯書店,2001 年。

41. 納爾遜・格雷本:《人類學與旅遊時代》,趙紅梅等譯,桂林:廣西師範
大學出版社,2009 年。

42. 濮波:《社會劇場化——全球化時代社會、空間、表演、人的狀態》,南
京:東南大學出版社,2015 年。

43. 濮波:《全球化時代的空間表演》,北京:北京大學出版社,2015 年。

44. 濮波:《三元思辨:當代劇場的戲劇性、空間性和向度考察》,杭州:浙
江大學出版社,2016 年。

45. 讓・鮑德里亞:《象徵交換與死亡》,車槿山譯,南京:譯林出版社,
2006 年。

46. 讓・鮑德里亞:《消費社會》,劉成富譯,南京:南京大學出版社,2014 年。

47. 饒曙光:《中國少數民族電影史》,北京:中國電影出版社,2011 年。

48. 容小寧等編:《印象・劉三姐——文化產業新視野》,上海:百家出版社,
2007 年 11 月。

49. 孫惠柱編:《人類表演學系列:政治與戲》,北京:文化藝術出版社,
2011 年。

50. 維克多・特納:《戲劇、場景及隱喻:人類社會的象徵性行為》,王珩、
石毅譯,北京:民族出版社,2007 年。

51. 吳靖:《文化現代性的視覺表達:觀看、凝視與對視》,北京:北京大學
出版社,2012 年。

52. W. J. T. 米切爾編:《風景與權力》,楊麗、萬信瓊譯,南京:譯林出版社,
2014 年。

53. 溫迪・J・達比:《風景與認同:英國民族與階級地理》,張箭飛、趙紅英
譯,南京:譯林出版社,2011 年。

54. 小川環樹：《論中國詩》，譚汝謙、陳志誠、梁國豪譯，貴陽：貴州人民出版社，2009 年。

55. 約翰·厄里：《遊客凝視》，楊慧、趙玉中、王慶玲、劉永清譯，桂林：廣西師範大學出版社。

56. 約翰·費斯克等編：《關鍵概念：傳播與文化研究辭典》，李彬譯，北京：新華出版社，2003 年。

57. 約翰·費斯克：《理解大眾文化》，王曉鈺等譯，北京：中央編譯出版社，2001 年。

58. 約翰·費斯克：《解讀大眾文化》，楊全強譯，南京：南京大學出版社，2006 年。

59. 詹明信：《晚期資本主義的文化邏輯》，張旭東編，陳清僑、嚴鋒等譯，北京：生活·讀書·新知三聯書店，2013 年。

60. 鄒統釺：《中國大型實景演出發展理論與實踐》，北京：旅遊教育出版社，2016 年。

61. 朱江勇、陸棟樑：《旅遊表演學》，天津：南開大學出版社，2015 年。

62. Adam Alston, *Beyond Immersive Theatre: Aesthetics, Politics and Productive Participation,* London, United Kingdom: Palgrave Macmillan, 2016.

63. Denis E. Cosgrove, *Social Formation And Symbolic Landscape,* Croom Helm, 1984.

64. Edward C. Relph, *Place and Placelessness: Research in Planning & Design,* London: Pion, 1976.

65. Edward S. Casey, *Earth-mapping: Artists Reshaping Landscape,* University of Minnesota Press, 2005.

66. Edward S. Casey, *Getting Back Into Place: Toward A Renewed Understanding Of The Place-World,* Bloomington: Indiana University Press, 1993.

67. Edward Casey, *The Fate of Place: A Philosophical History,* University of California Press, 1997.

68. James Frieze editor, *Reframing Immersive Theatre: The Politics and Pragmatics of Participatory Performance,* London, United Kingdom: Palgrave Macmillan, 2016.

69. Marc Auge, *Non-Places: Introduction to an Anthropology of Supermodernity,* New York, Verso, 1995.

70. Paul Clark, *Chinese Cinema: Culture and Politics Since 1949,* New York, Cambridge University Press, 1987.

論文、報章類

1. 高字民:《景觀戲劇民族之路的創意探尋》,《唐都學刊》, 2012 年第 28 卷第 1 期。

2. 高字民:《戲劇:能否與景觀共舞──從景觀審美和創意產業角度看中國民族戲劇理論的建構》,《中國古代小說戲劇研究》, 2013 年第 1 期。

3. 賀桂梅:《1940～1960 年代革命通俗小說的敘事分析》,《中國現代文學研究叢刊》, 2014 年第 8 期。

4. 賀桂梅:《革命與「鄉愁」──〈紅旗譜〉與民族形式建構》,《文藝爭鳴》, 2011 年第 7 期。

5. 賀桂梅:《「文明」論與 21 世紀中國》,《文藝理論與批評》, 2017 年第 5 期。

6. 黃偉林:《此山、此水、此人──山水實景演出的藝術法則與核心價值》,《南方文壇》, 2014 年第 6 期。

7. 李紅春:《審美快感與生態責任──對大型山水實景演出藝術的生態學批判》,《百家評論》, 2015 年第 1 期。

8. 黎學銳:《環境戲劇與旅遊表演:山水實景演出的兩個思想來源》,《貴州社會科學》, 2017 年第 12 期。

9. 李徵:《消費文化視域下山水實景演出研究》,河南大學碩士學位論文, 2011 年。

10. 劉燕:《「印象」的危機──一談「印象系列」山水實景劇視覺機制對傳統審美的消解》,「傳播與中國‧復旦論壇」(2008):傳播媒介與社會空間,復旦大學信息與傳播研究中心會議論文集,2008 年。

11. 劉中望:《技術膜拜與藝術消費──大型實景演出的文化社會學分析》,《湘潭大學學報(哲學社會科學版)》, 2015 年第 6 期。

12. 羅長青:《〈紅色娘子軍〉的文藝敘述史》,《新文學史料》, 2010 年第 4 期。

13. 梅帥元:《實景演出就是此山、此水、此人》,《中國旅遊報》, 2014 年 9 月 5 日第 9 版。

14. 濮波:《表演雜糅:山水實景奇觀表演的空間編碼》,浙江傳媒學院學報,
    2016 年第 3 期。

15. 饒曙光:《少數民族題材電影:概念·策略·戰略》,《當代文壇》2011 年
    第 2 期。

16. 蘇里:《廣西各族人民智慧的勝利》,載《民族藝術》,1991 年第 4 期。

17. 孫惠柱:《「戲劇」與「環境」如何結合?——兼論「浸沒式戲劇」的問
    題》,《藝術評論》,2018 年第 12 期。

18. 王珏:《「十七年」少數民族題材電影民族敘事初探》,《北京電影學院學
    報》,2008 年第 5 期。

19. 楊子涵:《中國式沉浸——沉浸式戲劇在中國的成長》,《藝苑》,2017 年
    第 1 期。

20. 張冰君:《新媒介環境下傳統儀式的實景呈現——以〈中華泰山·封禪大
    典〉為例》,《泰山學院學報》,2014 年第 2 期。

21. 張仁勝:《山水實景演出初探》,《歌海》,2015 年第 4 期。

22. 張仁勝《山水實景演出再探》,《歌海》,2015 年第 6 期。

23. 朱江勇:《「舞臺互動」:旅遊表演學視域下的旅遊展演空間》,《旅遊論
    壇》,2014 年 3 月。

後　記

早在博士論文最初醞釀階段，我便已經開始在腦海中構思後記的內容，甚至在很多時候，後記寫什麼甚至成為了支撐我渡過寫作最困難時刻的某種撫慰。然而真正到要提筆寫下的時刻，洋洋灑灑的心得也好，感受也罷，結果都只能化作這篇看上去笨拙和了無生趣的感謝。

首先要感謝我的導師李楊教授。我仍然記得五年前初入師門時他對我的叮嚀與期望，在這五年的博士生涯中，他在學術上給予了我非常多的教誨與指導，寬容與理解，也在我為選題和職業道路選擇迷茫和搖擺不定的時候給我指明了方向。作為他第一個直博生，希望最終的成果沒有令他失望。

其次要感謝我的父母，在我遠離家鄉在北大求學的九年期間，在精神上給予了我最多的呵護、關懷與理解，雖然他們並不曾真正接觸過學術研究工作，但始終無條件地支持著我的每一個選擇。

再次要感謝在攻讀博士學位期間一起攜手並進、相互鼓勵與支持的同儕們。如果沒有這些暢春園的麻辣香鍋、各式火鍋與奶茶間的陪伴、吐槽、打氣和集思廣益，也不會有這篇博士論文的誕生。畢竟連論文標題都是在火鍋邊上頭腦風暴出來的。由此感謝歐陽月姣、葉青、楊宸等火鍋組成員，感謝李軼男從本科到當代文學博士的一路互相扶持，感謝吳瓊、沈建陽二位一同畢業的同門，以及盧冶、朴婕兩位師姐以過來人的經驗賜予我的力量。還有太多在我寫作期間主動幫助我疏導心情、緩解壓力的小夥伴們。謝謝你們。

就容許我用這篇乾巴巴的後記合上博士生涯的這一頁，並在九年之後，真正地踏出燕園，繼續勇敢地前行吧。